Schwarze Liebe

Linda Pfeiffer

Schwarze Liebe

Roman

Kiepenheuer & Witsch

© 1989 by Verlag Kiepenheuer & Witsch, Köln
Umschlag Kalle Giese, Overath
Satz Froitzheim, Bonn
Druck und Bindearbeiten
Freiburger Graph. Betriebe, Freiburg i. Breisgau
ISBN 3-462-01963-5

Ich bin Eva. Meine Haare sind gefärbt. Schwarz. Ich habe hellblaue Augen.

Das Rauschen eines Wasserfalls. Es ist ein sehr großer Fluß mit vielen Stromschnellen. Die Fälle von Iguaçu. Das donnernde Geräusch des stürzenden Wassers. Dieser Lärm übertönt alles andere.

Crazy Horse. Das größte Monument der Erde, wenn auch unfertig. Es ist höher und breiter als Mount Rushmore. Allein der Zeigefinger des Reiters, der in die Ferne deutet, ist elf Meter lang. Das Loch, das das Auge des Pferdes darstellt, ist so groß, daß ein Haus darin Platz fände.

Sonnenaufgang. Die Knospen öffnen sich im Zeitraffer. Und sie schließen sich bei Nacht. Der Sternenhimmel sieht aus wie ein sparsam inszenierter Werbestreifen, funkelnd und tonlos. Ich gehe zurück ins Haus, um zu schlafen. Jérôme schläft schon lange. Mit Samtpfoten schleiche ich die Treppe herauf.

Wenn ich an meine Kindheit zurückdenke, sehe ich mich früh erwachsen geworden. Vielleicht ist das der Grund, warum ich heute mit dem Erwachsensein wenig anzufangen weiß. Die Gegenwart interessiert mich nicht. Was um mich herum geschieht, interessiert mich nicht mehr, denn ich habe die Hoffnung verloren, daß sich in meinem Leben noch etwas Wesentliches ändern könnte. Mein Augenmerk richtet sich mehr und mehr auf die Vergangenheit. Erst in meiner Jugend verlor ich die aufmerksame Ernsthaftigkeit meiner Kindheit und begann zu spielen.

Mit dreizehn war ich die Anführerin einer harmlosen Kinderbande. Die anderen waren jünger als ich. Mit ihnen erlebte ich die Kindheit noch einmal, so wie ein alternder Mann sich mit einem Mädchen die Jugend zurückzuholen versucht. Mit meiner Bande verfolgte ich die rothaarige Schauspielerin aus der Nachbarschaft mysteriöser Verdächtigungen wegen. Wir lauerten ihr abends hinter den Büschen der Vorgärten auf oder schnüffelten um die Wohnung im Parterre herum, deren Fenster erleuchtet waren. In unseren Kinderphantasien keimten die Bilder hinter den Vorhängen wie Samen in feuchter weißer Watte.

Meine größte Liebe hat immer denen gegolten, die mich verachtet haben. Denn ich bin ihr Unglück. In gewisser Weise habe ich sie alle ins Unglück gestürzt.

Rückblickend möchte ich sagen, es gab einige annehmbare Möglichkeiten. Doch meine bizarren Phantasien gestatteten mir keine Kompromisse. Ich habe gelernt, auf schroffen Rändern zu balancieren. Ich hatte bis heute ein beinahe abenteuerliches Leben. Und doch hege ich den Verdacht, daß mir etwas vorenthalten wurde.

Hin und wieder verbrachte ich damals mit meiner Familie die Sommerferien in einem Hotel an der französischen Küste. Die Balkontür im Zimmer meiner Eltern öffnete sich zum Meer hin. Es war, als würde das Meer ihnen mit jedem Wellenschlag Trost zusprechen. Mein kleiner Bruder und ich bewohnten das gegenüberliegende Zimmer, dessen Fenster auf den Innenhof des Hotels hinausgingen. Die Geräusche aus der Küche drangen zu uns herauf. Die Konstruktion des Innenhofes, der nicht viel mehr als ein großer, mit Vogeldreck bekleckerter Luftschacht war, wirkte wie ein Verstärker. Jedes Wort bei offenem Fenster, jedes Stuhlrücken wirkte theatralisch. Wenn die portugiesischen Kinder, die nebenan wohnten, sangen, sangen wir mit. Sie kamen jedes Jahr. Wir kannten die Melodien der Lieder, und die Wörter ahmten wir nach. Der Luftschacht war von ekelerregender Häßlichkeit. Das Bild der schmutzigen, abgeblätterten Wände vermischt sich mit den Gerüchen aus der Küche im Erdgeschoß. Bittersüßen Orangensirup und metallisch sauren Estragon, mit dem sie täglich das Rindfleisch würzten, rochen wir aus dem Gemisch der Speisen heraus.

Als wir eines Abends wie gewöhnlich gegen acht Uhr zum Abendessen durch den langen Flur mit dem Kokosläufer gingen, überkam mich ein seltsames Angstgefühl, dessen Ursache ich in diesem Moment nicht herausfinden konnte. Ich blieb plötzlich stehen. Dann sah ich die junge Familie sich dem Ende des Ganges nähern, dort, wo er in die große Halle des dritten Stockwerks mündete. Ein Zimmermädchen war hastig von einem Sofa aufgesprungen und grüßte schnell, als hätte sie etwas zu verbergen.

Schon hielt der Liftboy die Tür des Fahrstuhls geöffnet, worin die Familie verschwand. Gleich würde ich sie wiedersehen. Sie waren die Hauptpersonen einer nicht endenwollenden Serie, in der alles hätte geschehen können, es aber immer auf das gleiche hinauslief. Wieder tauchen ihre Gesichter über meinem auf und ermahnen mich zu vergessen. Ich habe mich gefragt, was sie damit meinten, was es war, das ich vergessen sollte. Sie sprachen nicht wirklich aus, daß ich vergessen sollte, aber es war deutlich zu sehen. Zuerst dachte ich, es müsse sich um so etwas wie Kidnapping handeln. Irgend etwas hatten sie mir weggenommen, und nun erpreßten sie mich. Aber ich wußte nicht einmal, was sie mir weggenommen hatten. Sie halten einen Teil meiner Existenz bis heute unter Verschluß. Ich weiß nicht, was geschehen ist. Es sind die Szenen meiner Ermordung, nehme ich an. Vielleicht habe ich mir das alles bloß eingebildet, und niemand hat mich je töten wollen. Aber warum schlang ich mir noch als junges Mädchen nachts die Arme um den Hals, damit mir niemand im Schlaf die Luft abdrücken konnte? Im Grunde genommen ist es mir gleichgültig, ob mich jemand töten wollte oder nicht. Ich kann das verstehen. Ich könnte heute demjenigen, der es versucht oder auch nur gewünscht hat, daß ich sterbe, verzeihen. Ich könnte ihm wirklich verzeihen und würde sagen, beruhige dich, es ist gut.

Eine Freundin meiner Mutter erschien eines Morgens mit blauen Flecken am Hals zum Frühstück. Sie hatte es die ganze Nacht mit dem Vater der portugiesischen Kinder getrieben. Sie machte einige Andeutungen. Ich verstand, obwohl ich ein Kind war. Sie war sehr schön. Ihr Gesicht erschien zerbrechlich und fein, ihre Haut dünn und straff gespannt. Ihr Haar war undurchsichtig und glänzend schwarz, Nofretetenfrisur wie aus einem Stück Kohle. Am Tag zuvor hatten wir gemeinsam einen Spaziergang gemacht. Die Freundin kaufte sich in einem Laden, dessen Schaufenster direkt aufs Meer hinausgingen, ein dünnes rosa Baumwollkleid. Durchsichtig und rauh. Als sie es aussuchte, hat sie vielleicht schon an diesen Mann gedacht.

Als ich zwanzig war, zog ich mit einem jungen Schlagzeuger zusammen. Er schenkte mir einen indischen Silberring mit einem großen ovalen Stein. Von seinen Reisen nach London brachte er mir kirschroten Diornagellack mit. Ich wurde für ihn mehr und mehr zu einem Ausstellungsstück. Er unterwies mich, wie ich mein Haar zu kämmen hatte, und riet mir von bestimmten Farben ab. Wir hatten kein Geld. Ich trug schwarzen Samt, dunkelgrüne und pflaumengroße unechte Ohrringe. Obwohl meine Aufmachung etwas Hochmütiges hatte, dachte ich an einen Garten oder ein Stück Landschaft, wenn ich mich zurechtmachte. Kohlfelder, Obstbäume, faulende Birnen im Herbst, die im Gras liegen, an denen Schnecken schimmernd kriechen, Schleimspuren nach sich ziehend. Meinetwegen irgendein einsamer Schrebergarten am Stadtrand. Eigentlich liegt mir nichts am Repräsentieren.

Es kam vor, daß ich weinte, weil ich mich nicht entscheiden konnte, was ich anziehen sollte. Ich konnte mich auch für diesen Mann nicht wirklich entscheiden.

Vor einem Jahr habe ich einen Industriellen geheiratet.

Dann diese Nachmittage, an denen nichts geschieht. Ich brauche Ruhe, damit mein Innenleben aufsteht und mir vortanzt. Mit lasziven Bewegungen schlage ich meine Phantasien ab wie Hefeteig. Ich greife nach der warmen, weichen Masse, die mich tröstet, wühle mich hinein und schlage in einer einzigen ruckartigen Bewegung alles von mir, um mich erneut hineinzustürzen.

Was ich in die Welt trage, wird von ihr zerstört. Ich habe deshalb bestimmte Geheimnisse, für deren Schutz ich bereit bin, mein Leben zu riskieren. Mein Mann sitzt jetzt in seinem Büro im dreiundzwanzigsten Stockwerk und blickt über den Westteil der größten französischen Stadt. Paris hat etwas von seinem Glanz verloren. Er ist vierundfünfzig Jahre alt und weißhaarig. In seinem ganzen Leben hat er noch nie eine Frau angefaßt. Er hat die allergrößte Hochachtung vor Frauen. Als wir uns ansahen, erinnerte ich mich an den Tag, an dem ich einen Orgasmus hatte, der aus dem Kopf kam. Ich lag auf dem Bett, und neben mir schlief ein haariger, dünner Algerier, der einem Vogel glich oder einer Ratte. Ich wurde plötzlich überwältigt, von mehreren Seiten zugleich. Aus der Luft und aus dem Wasser, von überall stürzten Bilder auf mich ein, die meinen Körper vor Lust Kontraktionen unterwarfen, ohne daß mich irgend etwas berührt hatte.

Ich habe immer alles bekommen, was ich wollte. Ich denke aber, es ist das größte Glück, etwas zu erfahren, was man nicht gewollt hat.

Ein Wunsch geht in Erfüllung: Jérôme fährt mit mir ans Meer. Wir sitzen auf der Promenade im Wind, und er bestellt thé citron. Seine Souveränität beeindruckt mich. Ich bin hingerissen von dieser hohen Kultivierung, die seine wahre Natur zu unterdrücken und saisonweise auszurotten scheint wie ein Unkrautvertilgungsmittel. Jérôme ist der perfekte Gentleman. Nur ich weiß, daß er seine Jungs teuer bezahlen muß, weil sie Verletzungen davontragen, wenn er ihnen den Arsch aufreißt, als solle daraus irgendein neues Wesen geboren werden, das ihn erlöst von seiner porzellanhaften Kühle, die, wunderbar unabhängig von der Raumtemperatur, immer gleichbleibt. Ich bin beeindruckt von der geschwungenen durchsichtigen Form seiner lügenhaften Erscheinung, die Haut gespannt über dem unsichtbaren Skelett aus teuflischen Ideen. Jérôme ist mein Teufel. Ich sehe ihn an und bin verliebt. Ich habe ihn als Nachfolger von Sternberger auserwählt. Ich spüre, daß diese Liebe größer ist, als die zu einem gewöhnlichen Ehemann es jemals sein könnte. Der würde mich langweilen mit seinen Forderungen nach Futter wie ein Haushund, dem man den Trieb zur Jagd abgeschwätzt hat für eine Büchse Hundefutter. Ich scheine durch und durch verdorben zu sein. Es gibt dafür keine Entschuldigung. Für diese Verrücktheiten. Dieses aufmerksame Entlangstreichen an der Grenze. Ich halte Ausschau nach verdächtigen Bewegungen, dem letzten Abenteuer.

Bereits als Kind war ich vertraut mit einer tiefen, selbstlosen Form der Lüge. Ich habe gelernt, das Gegenteil von dem zu sein, was ich bin. Ich habe ja gesagt, wenn ich nein meinte, und lächelnd Nachmittage verbracht, die mich quälten. Von daher habe ich einen untrüglichen Sinn entwickelt für das wirkliche Wesen der Menschen um mich herum. Dieser Sinn funktioniert wie ein hochempfindliches Suchgerät. Es schlägt aus und reißt den Menschen die Verkleidung vom Leib. Mein eigentlicher Lebenszweck ist die Enttarnung. Ich stelle Fallen und lauere im Gestrüpp. Irgendein stolzes Tier fällt herein und schreit. Auch er ist hereingefallen, Sternberger. Ihn zu fassen hat mich sehr viel gekostet. Vielleicht zu viel. Er war in der Lage, vollkommen auf mich einzugehen. Ich weiß, es klingt seltsam, aber es kam vor, daß ich das Gefühl hatte, mit mir alleine zu sein, wenn wir zusammen waren. Er war wie Luft, die sich jeder Bewegung anpaßt, anschmiegsam. Oder wie Wasser, das überall eindringt, sanft, aber unerbittlich. Ich wäre fast ertrunken.

Jérôme und ich waren kaum ein Jahr verheiratet. Kurz vor unserer Trennung kam er mit schneidigen, fast soldatischen Bewegungen auf mich zu und faßte mich unters Kinn. Madame, machen Sie sich fertig zur Hinrichtung, scherzte er. Dann warnte er mich, plötzlich ernst geworden, inständig davor, irgend jemandem anzuvertrauen, was in mir vorgehe. Er dachte offenbar, Frauen könnten ihre Gefühle weniger gut verbergen als Männer. Er unterstrich seine Befürchtung noch zusätzlich mit der angeblich begründeten Sorge vor Erpressung. Er und ich seien dieser Gefahr ständig ausgesetzt. Er hatte Angst um seinen Ruf. Er nimmt eine wichtige Position im französischen Wirtschaftsleben ein. Mit anderen Worten, ich sollte mich fernhalten von meinen zweifelhaften Künstlerfreunden, die hinter der Bastille wohnten. Ich sollte Stärke und Solidität sowie eine gewisse Solidarität mit ihm wenigstens demonstrieren. Da ich das ohnehin dauernd tat, schien er zu befürchten, ich könnte damit aufhören. Noch gab es dazu keinen Grund. Übrigens hatte Jérôme selbst der Einstellung eines Absolventen der Universität von Vincennes zugestimmt, der jetzt eine leitende Position in seinem Unternehmen einnimmt. Hast du keine Angst, daß er dir marxistisches Gedankengut ins Haus trägt? fragte ich herausfordernd. Nicht im geringsten, antwortete Jérôme. Gerade weil er diese Schulung durchlief, ist er für diesen Posten prädestiniert. Ich halte ihn für loyal. Er hat die Schwächen dieser Ideologie erkannt und eine völlige Kehrtwendung gemacht. Ich habe nichts gegen Renegaten, wenn sie mir nützlich sind.

Zu Beginn unserer Ehe sahen wir uns abends oft in unserer Stadtwohnung in der Rue de La Rochefoucauld. Wir hatten eine Vereinbarung getroffen: Wenn Jérôme zu Hause war, sollte ich immer um ihn sein. Ich sollte ihn auch auf gewissen Reisen begleiten. Und ich sollte um ihn sein, wenn er sich mit Geschäftsleuten traf, besonders wenn es sich um deutsche Geschäftsleute handelte. Jérôme hat Vorbehalte den Deutschen gegenüber, obgleich er sich das niemals anmerken läßt. Vor einer dieser Begegnungen sah ich ihn einmal dieses Medikament einnehmen. Auf der Schachtel ist ein großer schwarzer Vogel zu sehen, ein beängstigendes Tier, das mit einer großen hellen Hand einfach beiseite geschoben wird.

Zuerst hatten weder Jérôme noch ich den Gedanken an eine Heirat gehabt. Ich sah in den Blicken der anderen, daß sie an uns glaubten. Auch Jérôme sah es: Wir waren ein faszinierendes Paar. Diese Ehe sollte ein wohldurchdachtes Kunstwerk sein, in dem bestimmte Gefühle zugunsten einer ästhetischen Überzeugungskraft im Hintergrund bleiben würden.

Auch ich strebte zunächst eine saubere, klare Lösung an. Ich dachte, es sei möglich, einfach einen Schlußstrich zu ziehen. Nie mehr wollte ich ein Spiel im Dunkeln, wie ich es mit Sternberger erlebt hatte.

Gewöhnlich erklärte ich Jérôme am Wochenende, welche Pläne ich für die kommende Woche hatte. Es freute ihn zu hören, daß ich beschäftigt war. Bald schon erfand ich hin und wieder etwas, denn ich hatte kaum etwas zu tun, und wenn, so hätte es nicht plausibel geklungen.

Jérôme schenkte mir ein stacheliges Schmuckstück mit wasserblauen Diamanten, und es war, als würde er mich für eine große, geheimnisvolle, unaussprechliche Tat auszeichnen.

Einmal machte ich eine unachtsame, schwungvolle Bewegung und riß mir mit dieser Brosche ein wenig die Haut an den Pulsadern auf. Das war der Tag, an dem ich begann, nur noch mir selbst zu vertrauen. Ich bat Jérôme mehrmals um größere Summen und versuchte, mir meine Wünsche selbst zu erfüllen. Da fühlte ich, daß ich von

Jérôme zu wenig verlangte, daß mir mehr zustand als Geld. Seitdem funktionierte unsere Zusammenarbeit nicht mehr reibungslos. Ich fing an, Jérôme öfter zu belügen. Mit der Zeit wurde Jérômes Ausstrahlung für mich so beängstigend, daß ich ihm aus dem Weg ging, soweit das möglich war.

Irgendwann besuchten wir gemeinsam nur noch die Empfänge bei Geschäftsfreunden oder gaben einige Male ein Essen in unserer Wohnung, bei dem ich anwesend sein mußte wie eine tropische Zimmerpflanze. Hinterher brach ich regelmäßig zusammen und schrie und tobte. Ich erinnere mich an den Abend, als es zum ersten Mal passierte. Wir kamen von einer Abendeinladung bei einem argentinischen Großhändler. Es waren Leute, die durch den Viehhandel reich geworden waren. Zuerst waren sie in einen der nördlichen Villenvororte von Buenos Aires gezogen, dann nach Paris. Ihr Elternhaus hatte noch das bestechende Rosa gehabt, das entsteht, wenn man Mörtel mit Ochsenblut mischt. Diese schön geschnittene Pariser Wohnung hatten sie mit schweren Vorhängen verdunkelt und mit geschnitzten Möbeln aus schwarzem Palisanderholz vollgestopft. Doña Sarah hatte mich gleich nach der Begrüßung am Arm gefaßt und zu den anderen Frauen herübergezogen. Ihre Gesichter waren stark geschminkt, länglich und bleich und hatten trotz des Puders und der kunstvoll aufgetragenen Lidschatten etwas Männliches. Die Frauen hielten sich gerade, streckten die großen, schweren Brüste vor. Sie hatten erwachsene Kinder. Doña Sarah trug eine dreireihige Kette aus dunkelgrauen Perlen über einem violetten

Samtkleid, das ihren Körper fest wie ein Panzer umschloß. Die Frauen begannen sofort, mich auszufragen über die Läden, in denen ich einkaufte, über Ärzte, die ich konsultierte, und sie lobten Jérôme unentwegt, er sei ein hervorragender Mann. Sie kannten Jérôme schon länger. Wir saßen auf den schwarzen Stühlen. Die Frauen rückten eng an mich heran. Manchmal sprachen sie spanisch, und ich verstand sie kaum. Ich hörte ihnen nur noch mit halbem Ohr zu, drehte mich etwas zur Seite. Neben uns saßen die Männer in bequemen Ledersesseln und redeten über Polopferde, die vor Erschöpfung zusammenbrächen, würde man sie nicht während ein und desselben Spiels schon gegen andere Tiere austauschen. Zwei dieser Männer waren jung und sahen sehr gut aus mit ihrem straff zurückgekämmten schwarzen glänzenden Haar. Die Frauen tuschelten etwas über mich. Aber sie sieht unfruchtbar aus, sagte die Frau mit den dichten schwarzen Augenbrauen, *infértil*. Jérôme lachte laut. Ich suchte seinen Blick. Aber er war zu weit entfernt, saß verdeckt. Ich sah nur seine übereinandergeschlagenen Beine, die leichten, glänzenden Abendschuhe. Die Frauen hatten jetzt nicht mehr das Bedürfnis zu reden. Sie waren stumm. Sie hatten sich mit einer heftigen inneren Bewegung von mir abgewandt. Ihr Instinkt täuschte sie nicht. In dieser Ehe stimmt etwas nicht. Auch ich war jetzt still.

Endlich brachte ein Mädchen mit einer weißen kleinen Spitzenhaube im Haar den Kaffee. Sie öffnete das Fenster ein wenig. Von der Straße drangen der Autolärm und das Hupen des großen Boulevards wie eine Erlösung herein.

Als Jérôme und ich auf die Straße hinaustraten, sagte ich, daß ich jetzt nicht mit dem Wagen fahren wolle. Vergiß diese Frauen, antwortete er. Ich war wie versteinert. Die Nacht war windstill und schwül. Ein fischiger Geruch lag in der Luft, als wir in eine Seitenstraße einbogen, auch ein Geruch, wie er von Fäulnis, von Verwesung ausgeht. Der Gestank wurde intensiver, dann wieder schwächer, dann schien er wieder stärker zu werden. Jérôme fragte mich, ob mir etwas fehle, ich sei früher viel lebendiger gewesen. Es ist wahr, Jérôme verlangte von mir nichts Außergewöhnliches. Er wollte eine glückliche Frau. Es ist doch wunderbar gelaufen, sagte er. Ich möchte wissen, was dir fehlt. Wir gingen jetzt nebeneinander in der Dunkelheit. Ich mußte an das Gesicht des jungen Mannes denken, an dieses Gespräch über Polopferde. Ich drehte mich plötzlich um und lief davon. Ich lief in die Richtung, aus der wir gekommen waren, zurück durch diese Wellen aus Gestank. Jérôme rief meinen Namen, folgte mir ein kurzes Stück. Dann gab er auf.

Ich verbrachte den Rest der Nacht in einem Café in der Nähe der Métrostation Odéon, von dem ich wußte, daß es durchgehend geöffnet war. Ich redete dort mit einem jungen Paar, das eben aus Spanien gekommen war und für die angebrochene Nacht kein Hotelzimmer mehr nehmen wollte. Ich fragte die beiden, ob ich sie einladen dürfe. Wir bestellten uns etwas zu essen, saßen nebeneinander unter den Spiegeln und sahen die Leute kommen und gehen.

Ich kehrte erst am nächsten Morgen in unsere große, helle Wohnung zurück.

In Jérômes Pariser Büro steht eine goldene Uhr mit Säulen aus Ebenholz. Sie tragen wie zwei Beine das bauchige Uhrengehäuse, über dem sich ein Haufen wüster Verzierungen aus Gold und bemaltem Gips balgen. Zwischen den schwarzen Schenkeln baumelt das Pendel der Zeit. Jérôme blickt neuerdings nicht mehr über die Stadt, sondern hat seinen Schreibtisch so plaziert, daß er von seinem Sessel aus auf die Kommode mit der Uhr sieht. Marion hat mir erzählt, daß hinter dem schwingenden Pendel eine Fotografie steht. Ich wollte wissen, was für ein Foto das ist, aber Marion sagte, daß sie so genau auch wieder nicht hingesehen habe. Vielleicht hält sie es bloß für eine originelle Idee.

Als wir Kinder waren, hatte Marion manchmal einen unvermittelt ernsten Blick gehabt, mitten im Spiel. Sie ist einige Jahre älter als ich. Ich nannte sie meine Freundin. Aber es gab schon damals dieses Trennende zwischen uns. Abends, wenn Marion pünktlich zu Hause sein mußte, wartete auf mich am Ende der Straße meine kleine Bande, mit der ich im Sommer bis zum Einbruch der Dunkelheit auf den sonnenerwärmten Steinen am Straßenrand saß. Die Erwachsenen ließen uns unbeachtet. Marion wußte nicht, was gewisse Erlebnisse bedeuten können. Sie würde für immer davor bewahrt bleiben, gewisse Dinge zu begreifen.

Meine Frage nach der Fotografie ist ihr unbegreiflich.

Ich würde Jérôme jetzt gern im Büro besuchen, um herauszufinden, was ihm wieder im Kopf herumgeht. Aber wir sind seit wenigen Monaten getrennt, und ich mußte ihm schwören, daß wir uns nicht wiedersehen. Jérôme und ich nehmen unsere Schwüre ernst. Für einige Zeit jedenfalls.

Er hat es so eingerichtet, daß mir ein monatliches Budget von fünfhundert Dollar zur Verfügung steht. Das ist nicht viel, aber Jérôme war der Meinung, dies sei das einzige Mittel, mir die Freude am Leben nicht ganz zu nehmen. Er ist der Meinung, daß Geld nicht glücklich macht.

Marion, das ist die Vernunft. Marion ist der gute Wille, die Bemühung, die zum Ziel führt. Marion, das ist die Frau, die mir immer wieder gesagt hat, daß es einen Mittelweg gibt. Marion glaubt auch, daß es in bürgerlichen Kreisen weniger schlimm zugeht als anderswo. Es ist seltsam, wenn sie so zu mir spricht: Ich kann mir dich durchaus als eine ganz normale Ehefrau und Mutter vorstellen. Sie sagt, es sei doch möglich, einer Bürgerinitiative oder einer Partei beizutreten. Ich solle endlich einmal das versuchen zu tun, was alle tun.

Eines Tages sitze ich im Zug Paris/Köln. Im Speisewagen habe ich die Ellenbogen aufgestützt und die Hände ineinander gefaltet. Mit den letzten Francs bestelle ich Mineralwasser. Jetzt berühren meine Hände meinen heckenrosa Mund, während draußen eine belgische Schranke sich herabläßt. Ich denke an Jérôme, mit dem mich zumindest verbindet, daß er das Gegenteil von mir ist. Ich weine, er lacht. Ich bin arm, er ist reich. Ich habe Angst, er ist skrupellos. Er ist zynisch, ich bin naiv. Er ist sadistisch, ich bin das Opfer. Oder umgekehrt. Die gefalteten Hände sind mein Gebet. Ich bitte um die nächsten fünfhundert Dollar, Jérôme. Der Scheck für diesen Monat ist schon seit drei Wochen überfällig. Ich brauche Geld. Ich verlasse mich auf dich. Laß mich nicht hängen. Ich sende dir stumme Gebete aus einem kleinen belgischen Ort nahe der deutschen Grenze, der harmlos am Zugfenster entlangfliegt und flattert. Die Häuser sind verwischt. Ich halte diesen Ort fest und quäle ihn. Er ist im Fensterspalt eingeklemmt. Wir reißen alles mit, solange wir es brauchen, bis es zerschlissen ist. Jetzt ist alles verschwunden, und nur du bleibst übrig. Alter Angstmann, Jérôme. Dein Haar ist weiß und fein wie Federn. Ich schiebe das Fenster herunter und lasse dich herausfliegen. Du schlägst mir ins Gesicht wie der klatschende Fahrtwind. Du entwickelst Widerstand, oder ist es nur Gleichgültigkeit? Du streckst dich über die gesamte Landschaft aus. Du bist wie Sternberger. Du bist mein unsichtbarer Bewacher, und alles räkelt sich um mich herum in Schlangengruben, glitzernd, züngelnd und doch sehr ausgeglichen, wie sich kräuselnde Wellen auf einem kleinen unbedeutenden See, tagelang.

Es ist schwer zu sagen, wer ich eigentlich bin. Ich war Sängerin, Malerin, Schauspielerin. Manchmal habe ich mich jeden Tag anders gefühlt, als müsse ich jeden Tag einen anderen Beruf ergreifen. Gärtnerin, Soldatin, Putzfrau, Philosophin. Für mich bedeutete es Glück, in einer neuen Facette meines Selbst zu erscheinen, als sei dies die einzige. Ich war jedesmal überzeugt, jetzt die Existenzform, meine Farbe, mein Licht, meine Sprache gefunden zu haben. Und wenn ich erkannte, daß dies nur ein winziger Teil von mir war, mußte ich mich trennen. Es war eine Art von seelischem Training. Wie andere Leute laufen oder schwimmen, um sich körperlich fit zu halten, trennte ich mich immer aufs neue von etwas. Ich war sehr jung und sehr lebendig. Ich wuchs und zerfiel, blühte, glühte und vertrocknete erneut und begann von vorne. Ich habe nie in meinem Leben versucht, etwas aufzubauen, weil ich tief im Verborgenen der Überzeugung bin, daß ich verloren bin. Indem ich nicht glauben will, daß ich verloren bin, halte ich mich am Leben. Ich treibe ständig glaubhafte, aber falsche Alibis auf, um den Beweis zu liefern, daß es einen Ausweg gibt. Das aber scheine ich nicht auszuhalten und reiße an meinem Lügengebäude herum, bis es zusammenbricht. Dann beginnt alles von vorne.

So betrachtet ist es nicht verwunderlich, daß aus mir nie etwas Bestimmtes geworden ist. Ich bin Malerin gewesen und hielt es nach kurzer Zeit nicht mehr aus, Malerin zu sein. Ich bin Sängerin gewesen und hielt es nach kurzer Zeit nicht mehr aus, Sängerin zu sein. Ich habe eine Zeitlang studiert und nannte mich Sinologin, bis ich es nicht mehr aushalten konnte, mich Sinologin zu nennen. Es kam mir lächerlich vor. Ich bin Schauspielerin gewesen und konnte es nach kurzer Zeit nicht mehr aushalten, Schauspielerin zu sein. Ich habe sicher noch hundert andere Rollen gespielt, und ich denke, es wird ewig so weitergehen. Es ist interessant. Ich beobachte mich genau und führe Buch über jede Einzelheit. Ich führe sehr gewissenhaft ein Tagebuch. Vielleicht bin ich Wissenschaftlerin und Versuchsobjekt zugleich. Es handelt sich um einen Versuch.

Manchmal habe ich die gräßliche Vorstellung, daß ich nichts von alledem, was geschah, werde mitteilen können. Meine Gedankenabläufe sind so schnell, daß ich sie nicht einmal aussprechen, geschweige denn aufschreiben kann. Die Sprache ist kein geeignetes Mittel, dieser Raserei zu folgen. Und wenn es doch gelingt, wenigstens einen kleinen Teil hinüberzuretten, so liest man es mit dem gemächlichen Tempo eines Postkutschenreisenden aus einem vergangenen Jahrhundert. Das, was in halsbrecherischen, selbstmörderischen Aktionen stattfand, wird übergeben, als handele es sich um den Sarg mit der Erfahrung, die im Buch endlich ihre Ruhe finden soll.

Ich lernte Sternberger kennen, als ich neunundzwanzig Jahre alt war. Ich arbeitete damals bereits seit sechs Monaten in einer Kunstgalerie in der Innenstadt, für mich eine ungewöhnlich lange Zeit. Ich saß an einem imposanten italienischen Schreibtisch und nahm den einen oder anderen Telefonanruf entgegen. Zwischendurch mußten Einladungen zu Vernissagen verschickt werden, die ich an langen einsamen Nachmittagen in die Kouverts steckte. Aber im wesentlichen gab es für mich nichts zu tun, als vor dieser riesigen Glaswand zu sitzen, die mich von der Straße trennte, und ich hatte dauernd diese Glaswand vor mir wie eine Leinwand, auf der ein Film abläuft. Es war eine fiktive Situation. Ich saß da hinter Glas, und jeder konnte mich sehen.

Ich bekam ein jämmerliches Gehalt. Aber Herr A. schenkte mir einmal einen Tausendmarkschein, fast ein Monatsgehalt. Es war, nachdem ich drei Monate dort beschäftigt war und Herr A. durch außergewöhnlich geschicktes Taktieren ein schwer verkäufliches Werk für eine enorme Summe an ein auswärtiges Museum verkauft hatte. Die besagte Stadt mußte dringend ihr angeschlagenes Image in Sachen »Bildende Kunst« aufpolieren. Nun kam sie schon allein wegen des siebenstelligen Kaufpreises in die Schlagzeilen der Feuilletons. Herr A. hatte seinen spendablen Tag. Er überreichte mir den Geldschein und sagte, ich solle mir so ein hautenges schwarzes Jerseykleid von Alaïa kaufen. Das ist immer so gewesen. Die Leute haben mich ausstaffieren wollen. Ich war das Objekt ihrer Phantasien. Seit einiger Zeit habe ich genug davon. Ich laufe herum wie ein Bauer. Ich schütze mich.

Damals also saß ich in diesem gläsernen Gefängnis und entschloß mich, meinem Geldgeber langsam, aber sicher den Rücken zu kehren. Ich hatte die kühne Vorstellung, daß ich bessere Bilder malen könne als die, von denen ich hier täglich umgeben war. Ich ließ mich ein- oder zweimal wegen irgendwelcher Lappalien krankschreiben. Daraufhin hielt ich es in der Galerie noch weniger aus. Zu Hause begann ich wieder zu malen. Weil ich dringend Geld brauchte, konnte ich mir zu diesem Zeitpunkt noch nicht erlauben zu kündigen. Ich hatte meinen Hausarzt über alle Maßen mit Kopfschmerzen und Übelkeit traktiert, so daß ich mir etwas anderes einfallen lassen mußte.

Ich kam auf den Gedanken, einen Psychiater aufzusuchen. Sternberger war der erstbeste, der mir von meinem Arzt empfohlen worden war. Ich hätte ihn mir ebensogut aus dem Branchen-Fernsprechbuch heraussuchen können, so wie man einen Klempner oder ein Gymnastikstudio ausfindig macht. Mit diesem Entschluß war mein Schicksal entschieden. Es ist eigenartig, wie mit einer harmlosen, beinahe alltäglichen Handlung eine Katastrophe ihren unabwendbaren Gang nimmt. Ich bin kein besonders unglücklicher Mensch gewesen. Vielleicht mag das Außenstehenden anders erschienen sein. Ich möchte sogar behaupten, daß ich glücklich war, wie irgendein Wilder im Urwald glücklich ist. Ich kannte alle Tücken und Gefahren sehr genau, und ich wußte noch aus dem scheinbar Sinnlosesten etwas zu machen, was ich für mein Überleben gebrauchen konnte. Sternberger sollte mich die hohe Schule der Schmerzen lehren.

Wenn ich bisher die Nacht vor mir sah als ein Bild der Dunkelheit, so zeigte er mir schwärzere Bilder. Um die schwärzesten Bilder zu sehen, muß man in den Wald hineingehen, bei Nacht, durch ihn hindurch, und die Augen sich an die Dunkelheit gewöhnen lassen. Die Stämme beginnen, sich abzuzeichnen wie in einem Scherenschnitt, und hinter dem Wald ist die Nacht hell.

Einen Psychiater aufzusuchen ist die einfachste Sache der Welt. Man läßt sich einen Termin geben, und die Wartezeit beträgt selten mehr als ein oder zwei Wochen. Sternberger führte gemeinsam mit einem Kollegen eine Praxis in einem häßlichen, völlig zubetonierten Neubauviertel. Überall Hochhäuser, mehr oder weniger hoch, womit der Architekt offenbar einer allzu großen Eintönigkeit entgegenzuwirken versuchte.

Die milchiggrünen, hellbraunen und beigefarbenen Balkone, winzig wie Körbe von Fesselballons, waren vollgestopft mit allerlei Krempel, der in den Wohnungen keinen Platz fand: Besenstiele, Liegestühle, Plastikboote, Skier, da und dort ein ausrangierter Schrank, dessen Oberfläche die Spuren der Witterungseinflüsse trug. Eine miese Gegend.

Es gab einen Block mit drei oder vier ineinander verschachtelten Häusern, in denen im Erdgeschoß Supermärkte und einige Einzelhandelsgeschäfte untergebracht waren, ein Videoshop, die Filiale einer Großbäckerei, Discounter. Ein Fleischer pries mit armlangen, fetten Zahlen Blutwurst, Schweinebauch oder dünne Rippchen an zu Preisen, die je hundert Gramm unter der Einemarkgrenze lagen.

Der Häuserblock, in dem die Praxis untergebracht war, hob sich von den übrigen durch eine gewisse Eleganz ab. Die Balkone waren breit, leer und ohne Blumenkästen, die im billigeren Teil der Trabantensiedlung den Sommer über mit ihren längst verblühten guten Vorsätzen vom Frühjahr dahinkümmerten. Hier waren die Fenster größer, hatten Aluminiumrahmen, und man schützte sich vor unwillkommenen Blicken durch Jalousien. Der kleine Lift, in dem es nach kaltem Zigarettenrauch roch, brachte mich in den zweiten Stock. Ich befand mich vor der Eingangstür der Praxis Dr. C. Sundermann, Dr. M. Sternberger, Fachärzte für Neurologie und Psychiatrie. Ein mit Klebestreifen an der Tür befestigter Zettel war mit dickem rotem Filzstift beschriftet: BITTE FEST DRÜCKEN – TÜR IST OFFEN.

Ich betrat den quadratischen Flur, von dem vier oder fünf Türen abgingen. Das röchelnde Geräusch einer Kaffeemaschine führte mich zur Rezeption, wo mir eine junge Frau einige Minuten lang bewegungslos ihren in einer grellrosa Jeanshose steckenden Hintern entgegenstreckte, weil sie auf dem Boden offensichtlich etwas zu kramen hatte. Schließlich drehte sie sich mit hochrotem Kopf um, führte ein kurzes Telefongespräch mit Dr. Sundermann, machte einige Notizen und setzte sich. Die Art und Weise, mit der sie es verstand, so zu tun, als habe sie mich noch gar nicht bemerkt, drängte mir den Gedanken auf, wie unangenehm es sein müsse, hier in einem übersensibilisierten Zustand zu warten. Ich entschloß mich, sie so zu behandeln, als sei alles in Ordnung, und sie sah mich mit keck leuchtenden Augen an, als wüßte sie bereits jetzt ein Geheimnis, das ich vergeblich zu hüten versuchte. Nachdem sie meine Karteikarte angelegt hatte, fühlte ich mich, als sei ich Mitglied in irgendeinem zweifelhaften englischen Nachtclub geworden. Jetzt gab es kein Zurück mehr.

Eine filzige schokoladenbraune Auslegeware zog sich durch sämtliche Räume der Praxis. Ein Anstreicher hatte hier offenbar seinen Traum von der Unbegrenztheit pastellener Farbtöne verwirklicht. Jeder Raum war in einem anderen Farbton gestrichen, der sich jeweils unterhalb der Decke durch einen andersfarbigen Streifen und zuletzt durch die in einem dritten Farbton gehaltene Decke vom Nachbarton absetzte.

Das Wartezimmer war voll. Die Stühle, die an den Wänden und der Fensterfront standen, waren bis auf zwei alle besetzt. Die Wartenden waren überwiegend jüngere Frauen. In einer Ecke befand sich ein Plastikständer mit den Hauspostillen verschiedener Krankenkassen und einigen Exemplaren der Zeitschrift MISEREOR, für die sich offensichtlich niemand zu interessieren schien. Der Raum war überheizt, und eine dicke, schwer atmende Frau schaukelte dauernd mit einem Bein. Sie schien das nicht unter Kontrolle zu haben. Einige Male hielt sie das Bein mit der Hand fest, aber wenn sie losließ, schaukelte das Bein weiter aus dem Kniegelenk heraus, und ihr Fuß glitt schabend über den Teppichboden. Kurz darauf stöhnte die junge Frau neben mir ungeduldig auf und verließ abrupt den Raum. In Abständen von zehn Minuten riefen zwei unterschiedliche männliche Stimmen vom Flur her Namen auf. Nach knapp einer Stunde wurde mein Name aufgerufen.

Sicher war es keine Liebe auf den ersten Blick. Es fragt sich, ob es überhaupt jemals Liebe war zwischen ihm und mir. Vielleicht war es auch außergewöhnlich großer Haß, außergewöhnlich intensiver Haß, verbunden mit dem Wunsch gegenseitiger endgültiger Zerstörung. Er wollte mich zerstören, und ich wollte ihn zerstören. Zum Schluß war es so. Wir haben uns gegenseitig mit allen Mitteln bekämpft. Aber lange Zeit haben wir uns sehr gemocht, wir fühlten uns zueinander hingezogen, und wir haben uns schließlich geliebt. Wir haben uns sehr geliebt. Niemals habe ich jemanden so leidenschaftlich, so unter Einsatz meiner Existenz geliebt wie Sternberger.

Unsere erste Begegnung verlief wenig spektakulär. Er hatte eine Spur von Arroganz, die durch etwas Schwächliches und Zartes in seiner Erscheinung einen leichten

Reiz in mir auslöste. Aber ich war nicht hier, um ihm mein Herz auszuschütten. Ich registrierte seine unauffällige, teure Kleidung, den Cashmerepullover, die verfeinerten Züge in seinem Gesicht. Das waren die Anhaltspunkte, nach denen ich spontan meinen Auftritt zu organisieren hatte.

Er war zunächst reserviert, obwohl ihm meine Aversion gegen die Verhaltensweisen im Kunstbetrieb zu gefallen schien, von denen ich sagte, sie ekelten mich derart an, daß mir förmlich übel werde, wenn ich die Galerie betrete, diesen Ort der Machenschaften, wo Künstler, Sammler und deren Ankäufer mit fingierten Wartelisten gegeneinander ausgespielt würden, um nach amerikanischem Vorbild die Preise in die Höhe zu treiben. Künstler werden ausgepreßt wie Zitronen, unter schlimmsten Produktionszwang gesetzt, wenn sie einmal im Geschäft sind, produzieren entsprechend leeres Zeug, das von der Kritik hilflos gelobt wird, nur weil einer einen Namen hat. Niemand frage nach Inhalt, wo es nur noch um Geld und Macht gehe, schlimmer als Wurstproduktion sei der Kunsthandel, weil er mit dem Anspruch daherkomme, Kunst, Geist, Kultur zu liefern, fuhr ich fort. Daß ich mich in übelster Form von einem der größten deutschen Kunsthändler ausgenutzt fühle, daß diese Verlogenheit und die Erfolgskampagnen in mir die stärksten Aggressionen weckten und ich an dauernden Kopfschmerzen und anfallartigen Angstgefühlen litt und unfähig sei, mich durchzusetzen, mein Leben in Ordnung zu bringen. Schon morgens überfielen mich nach dem Wachwerden Weinkrämpfe. Zudem warte ich seit beinahe einem

Jahr vergeblich auf einen Termin bei einem Psychoanalytiker, der mich dauernd mit neuen Entschuldigungen zu vertrösten wisse.

Ja, vor einem Jahr noch war es so gewesen, hatte ich so empfunden. Jetzt glaubte ich, längst darüber hinweg zu sein. Sentimentalen sixties stuff nannte man solche Rückfälle in meinen Kreisen. Märchenstunde, Aufwärmen alter Hippieideale mit absolut überholtem Weltverbesserer-Impetus. Das war wirklich out. Doch während ich erzählte, spürte ich, wie sich meine Augen mit Tränen füllten. Die Erwähnung eines Psychoanalytikers ließ Sternberger verärgert aufstehen, und er begann, mir zu erklären, daß immer wieder zu beobachten sei, wie die schwierigen Fälle von Psychologen und Psychoanalytikern auf die Psychiatrie abgeschoben würden, denn offensichtlich wolle dieser Analytiker mich doch gar nicht behandeln, ob ich das nicht begriffen hätte.

Er versprach, mir zu helfen. Seine Behandlung habe eine kathartische Wirkung, wenngleich er darauf hinwies, daß er als Psychiater keine Berechtigung zu einer Therapie im engeren Sinn habe.

Er schrieb mich auf meine vorsichtige Bitte hin großzügig für zwei Wochen krank. Zukünftig solle ich ihn regelmäßig zweimal wöchentlich aufsuchen. Zum Schluß sagte er etwas Eigenartiges: Ich warne Sie vor einer Psychoanalyse. Sie gibt dem Menschen ein künstliches Herz. Wollen Sie ein künstliches Herz haben? Nein, habe ich gesagt, und es war meine wirkliche Überzeugung.

Die Tür fiel hinter mir ins Schloß, ohne zuzuschnappen. Ein schwieriger Fall also? Ich mußte lächeln.

Ich verlebte eine rauschende Woche. Gegen Mittag stand ich auf, trank Tee und betrachtete die großen Leinwände, an denen ich in der vorangegangenen Nacht gearbeitet hatte. Es war deutlich zu sehen, daß ich noch mit der Oberfläche der Dinge beschäftigt war. Ich legte Konturen fest, eine Bewegung, größere zusammenhängende Flächen. Es reizte mich, jede Spannung, die zwischen den schwarzen Konturen und den leuchtenden Farben entstand, sofort aufzulösen. Aber ich bemerkte meine Ungeduld und legte es darauf an, diese Phasen der Spannung länger durchzuhalten, sie auf die Spitze zu treiben. Ich malte ganze Nachmittage, kaufte mir Champagner und malte weiter die ganze Nacht hindurch.

Ich geriet in eine Euphorie, die tagelang anhielt.

Gegen Ende der Woche erhielt ich überraschend einen Scheck über einen hohen Betrag, den einzuklagen ich meinen Rechtsanwalt beauftragt hatte. Ich ließ den Scheck eine weitere Woche lang herumliegen, allein sein Anblick machte mich glücklich, und ich malte und sang und hatte Sternberger völlig vergessen.

Ich kaufte abends kurz vor halb sieben in der Dunkelheit das Notwendigste ein, weil ich sowenig wie möglich mit der Realität in Kontakt kommen wollte. Ich wollte diesen Rausch nicht stören.

Irgendwann begann mich der Scheck wieder zu beschäftigen. Es handelte sich um fast vierzigtausend Mark, die ich durch meine Mitarbeit als Schauspielerin in einem Film verdient hatte. Eine relativ aufwendige Produktion. Der Film spielte Anfang des achtzehnten Jahrhunderts. Mir wurde plötzlich klar, daß ich das Geld noch nicht in

Händen hatte. Es war nur ein Scheck, und vielleicht war er nicht gedeckt. Ich befand mich in diesem überreizten kreativen Zustand, wo Geld zwar notwendig, aber zugleich ganz unwichtig ist. Es ist lästig, sich in solchen Situationen mit Geld beschäftigen zu müssen.

Höchstwahrscheinlich war ich überarbeitet. Ich hatte kaum mehr geschlafen während der letzten Tage.

Es war nachts gegen zwei Uhr, als mich der Gedanke an dieses Geld nicht mehr losließ. Ich hätte gerne mit jemandem gesprochen. Aber keine Stunde der Nacht ist aussichtsloser als diese. Die lange aufgeblieben waren, hatten sich schlafen gelegt, und der Morgen war noch weit.

Die Lokale hatten geschlossen, und nur noch gelegentlich hörte ich das Motorgeräusch eines einzelnen Autos in der Ferne verschwinden. Ich hörte die Wagen langsam kommen, vorbeirauschen und verschwinden. Dann war nichts mehr, einfach Stille und der absurde Wunsch, ein anderes Auto möge kommen und irgend etwas würde geschehen, obwohl doch nie etwas geschah in solchen Nächten, außer Wiederholungen. Etwas nähert sich und verschwindet. Es war wie ein Spuk. Dieser Scheck, dieses Geld, das alles war Papier, von dem ich erwartete, daß es mich retten sollte. Ich klammerte mich an diesen Gedanken, daß dieses Geld mich retten würde. Ich würde malen können, alles aus mir herausmalen.

Und zugleich wußte ich, daß ich wieder einmal am Ende angekommen war, würde mir das Geld aus irgendeinem Grund vorenthalten werden. Seltsam, wie schnell das geht, wie plötzlich die Angst kommt, und dann in einem so glücklichen Augenblick.

Es ist Nacht. Ich befinde mich auf der Straße vor einem großen, alten, luxuriösen Hotel. Ich tue weiter nichts, als dazustehen und diese Drehtür zu beobachten. Wie sie sich im Licht dreht, mit ihrer offenen Schnauze Licht frißt auf der Innenseite und dieses Licht auf der anderen Seite wieder herausspuckt in dieser wirbelnden Drehung.

Aber das Licht ist auf der dunklen Seite völlig wirkungslos. Die Drehtür wirft ein ganzes Dreieck voll Licht in die Dunkelheit hinaus, schleudert es hinein in die Dunkelheit, wie man heißes Wasser in kaltes schüttet, um es auf eine erträgliche Temperatur zu bringen, aber die Dunkelheit läßt das Licht abprallen wie ein Spiegel, sie läßt sich nicht verdünnen. Hier, wo ich stehe, bleibt es unverändert dunkel. Ich sehe es stundenlang. Ich träume dieses Bild. Die Dunkelheit bleibt bis zum Schluß unbestechlich. Sie ist wie eine undurchdringliche Wand, eine Mauer, eine dunkle Macht, die stark ist und unendlich groß, wie ein riesiger steinerner Götze, den die bunten leuchtenden Opfergaben zu seinen Füßen völlig kalt lassen.

Manchmal kommen innere Bilder auf mich zu. Sie kommen näher, und sie legen sich über mich. Es gibt jetzt zwei Möglichkeiten. Entweder sie tun nur so, als ob sie mich töten. Aber einige Minuten lang können sie mein Herz rasen lassen und mir fast die Luft rauben. Oder ich tue, was sie wollen. Sie wollen gesehen werden. Die Bilder verlangen von mir, daß ich sie sehr genau ansehe. Ich kann das besser, wenn ich sie male. Die Malerei gibt mir die Kraft, die Bilder anzusehen. Die Tätigkeit des

Malens befähigt mich, zu sehen, etwas zu erkennen, dessen Wahrnehmung mich anderenfalls in große Gefahr bringen könnte.

Am nächsten Morgen schon begann ich wieder, mit diesem Gedanken an das Geld zu spielen. So bin ich, flatterhaft, unernst, auf der Suche nach dem Risiko, das mir den Hals bricht oder mich aus allem heraushebt.

Nie hatte ich soviel Geld auf einmal besessen. Ich war frei, keinem Menschen, keinem Beruf verpflichtet. Ich konnte von heute auf morgen alles hinwerfen und verschwinden. Irgendwohin gehen, wo mich niemand kennt. Ich hätte mir ein Kostüm kaufen können, irgendeine Aufmachung wählen, die mich völlig verändert und unkenntlich macht. Ich hätte die Stadt verlassen und mich mit diesem grünen Kostüm in ein Flugzeug setzen und dieses Land für immer verlassen können. Ich hätte drei Jahre lang von dieser Summe zehren können und nichts tun als malen. Oder überhaupt aufhören zu malen und absolut gar nichts tun. Ich hätte reisen können.

Inzwischen bin ich überall gewesen. Jérôme hat mir die Welt gezeigt. Chicago, Los Angeles, Johannesburg, Sidney, Dakar. Das sind alles Jérôme-Städte. Die halbe Welt ist für mich eine Jérôme-Welt. Jede Stadt, in der ich mit ihm war, liegt unter diesem besonderen Jérôme-Schleier. Es waren geschäftliche Reisen, auf denen ich ihn begleitet habe. Ich kann nicht sagen, daß mir das Reisen mit Jérôme viel Freude gemacht hat, außer zu Anfang, vielleicht. Bald habe ich mich nach Steigerungen gesehnt, die nicht mehr kamen. Wir hatten in Stockholm ein Hotelzimmer, das bis zu den Lampen und Vorhängen genauso eingerichtet war wie das Zimmer, das wir einige Wochen zuvor in Houston bewohnten.

Jérôme hatte einen Geschäftsfreund aus Lyon für eine Nacht nach Houston eingeladen. Wir trafen am späten Nachmittag in Houston ein, fuhren ins Hotel, zogen uns um, als seien wir von einem Arbeitstag nach Hause gekommen, und machten, was Jérôme »Laisser faire une balade« nennt. Um wenigstens einmal einen Fuß auf die Straßen von Houston gesetzt zu haben, liefen wir zehn Minuten die Travis Street herunter, bevor wir uns wieder in ein Taxi setzten und dann in einem dieser riesigen überdachten Centers verschwanden. Es gibt diese neuen architektonischen Errungenschaften inzwischen in jeder größeren Stadt der Erde. Die kleineren unter ihnen sind die Wohnzimmer der Städte. Es handelt sich lediglich um eine Verschiebung der Dimension. Die Stadt ist die Familie, das Center ist der Living-room, und die Freundlichkeit der Gastgeber richtet sich nach der Kreditkarte. Diese künstliche neue Welt, die z. B. in Chicago fast eine Stadt in der Stadt ist, mit beruhigend plätschernden Wasserfällen, Bäumen, Passagen, breit wie Straßen, Geschäften, Schulen, Galerien, Restaurants, existiert unabhängig vom Wetter, von Verkehrslärm und Autostaus.

Es ist möglich, alles bis in den letzten Winkel mit Video-Kameras zu überwachen. Kein Schmutz, keine Armut, keine Erinnerung an die Vergangenheit.

Der Zweck unserer Blitzreise nach Houston war, die größten Austern der Welt zu essen. Wir waren neun Stunden lang geflogen, um in der abgehobenen Atmosphäre einer vollkommen durchgestylten Umgebung ein Dutzend Houston-Oysters zu verschlingen. Das glitschige graue Fleisch einer einzigen Auster füllte meinen ganzen Mund. Dieser salzige Geschmack, dieses wässrige Licht in den Küstenstädten. Diese künstliche Beleuchtung überall bei Tag hinter den Jalousien.

Nach einigen Monaten blieben die Steigerungen einfach aus. Es war in Chicago letztlich nicht irrsinniger als in Dehli. Es war überall irrsinnig, aber irgendwann hörte es auf, sich noch zu steigern. Ich habe deutlich gespürt, daß etwas nicht in Ordnung war. Wie alles Tag für Tag kraftloser wurde. Ich habe es gefühlt wie eine Krankheit, die bald ausbrechen wird.

Und ich habe gewußt, daß es mit Sternberger zusammenhing. Ich habe das schäbige Hotelzimmer, in dem Sternberger und ich unseren letzten Kampf ausgefochten haben, als Unterlegene verlassen. Ich habe mich noch nicht davon erholt. Dieser Schnitt mit dem Messer ließ mich viel Blut verlieren, aber ich war einigermaßen vernünftig, nachdem er es getan hatte. Es hat keinen Sinn, einen Besessenen anzuschreien. Für mich alleine hätte ich schreien können. Ich hätte die Schmerzen aus mir herausschreien können. Das hätte mir die Erfahrung mit Jérôme ersparen können, vielleicht. Ich habe sogar in diesem Moment, nachdem er es getan hatte, daran gedacht. Ich habe überlegt, ob ich jetzt schreien soll. Aber mir wurde schlagartig klar, daß, wenn ich schreie, mir der Rückweg versperrt ist. Ich wäre nicht mehr zurückgekommen. Ich bin sicher, ich wäre wahnsinnig geworden.

Aber es war nicht der Schnitt mit dem Messer, der

mich erstarren ließ. Ich war lange Zeit danach wie tot. Ich bin es noch heute. Auf manche Menschen wirke ich wie ein Automat. Ich löse mich nur langsam aus dieser Erstarrung. Es war nicht der Schnitt mit dem Messer. Es war der Verrat.

Das Milieu, in dem ich mit Jérôme lebe, hat für mich etwas Verhängnisvolles. Zuerst regt es mich auf, wenn ich eines dieser teuren Modellkleider auf meiner Haut fühle, wenn mich winzige Mieder einzwängen, wenn ich kerzengerade sitzen muß und kurz atme und häufiger als sonst. Es regt mich auf, es erregt mich auf doppelte Weise, denn ich bin es nicht gewohnt, teure Kleider zu tragen, es ist erst seit ein paar Monaten so. Während eine Frau, die in diesen Kreisen aufgewachsen ist, alles Auffällige schluckt, wie ein dicker Teppich das Geräusch der Schritte dämpft, werde ich angestarrt. Den Menschen, denen ich begegne, erscheine ich als der Inbegriff von Wohlhabenheit, Eleganz, Luxus. An mir wird der Reichtum augenfällig. Aber für mich läuft es bald mit jedem neuen Kleid auf dasselbe hinaus: Die Phantasien, die ich damit verbinde, habe ich für mich allein. Nur ich allein scheine die Szene zu kennen, die sich abspielen muß, wenn ich in einem kurzen goldbraunen Flanellkostüm auf den dunklen Flur hinaustrete, wenn sich meine Arme in den dicken Pelzärmeln dieses Kostüms bewegen wie junge Füchse, wenn die goldenen Armreifen klickend aneinanderstoßen, wenn ich die Treppe herunterschreite, weil es nicht möglich ist, einfach zu gehen. Jérôme sieht mir meine Enttäuschung an. Er sagt, meine Vorstellung von der großen Welt sei infantil. Er werde mir zeigen, was die große Welt wirklich ist, wenn ich bereit sei, noch etwas dazuzulernen. Er wisse, bisher hätte ich eine Menge drittklassiger Leute kennengelernt. Aber es fehle mir noch an Geschliffenheit, sagt er, um mich jetzt schon bei bestimmten Leuten einzuführen. Er sagt, es handele sich um eine Reihe von Kunststücken, die man beherrschen müsse, es handele sich um harte Arbeit. Er lächelt, wenn er das sagt. Und er lächelt immer noch, wenn er sagt, daß es Menschen gibt, die intelligent sind, und daß es Menschen gibt, die nie begreifen werden, daß das kleine Glück ein Dreck ist.

Jérôme macht mich jetzt häufig vor anderen Leuten lächerlich, er fordert mich mit kleinen spitzen Bemerkungen heraus. Ob ich erwartet hätte, daß ein bißchen Glanz und Pariser Luft irgend etwas Wesentliches seien? Aber für mich ist es schon zu spät. Jérôme kann mich nicht retten. Er reißt mich nicht heraus. Die Revolution beginnt. Ich bin nicht mehr gehorsam. Ich treibe mich herum. Morgens wache ich in den ungeheizten Zimmern irgendwelcher Männer auf, die ich nie wiedersehen werde. Wenn ich wach werde, sind sie schon verschwunden. Ich suche die Klos auf den Fluren. Ich wühle in Schubladen und lese in den Tagebüchern fremder Leute.

Noch einmal sitzen Jérôme und ich am Meer und sehen uns an. Jérôme trägt einen blauen Blazer, und ich bekam den neuen weißen Jean-Paul-Gaultier-Pullover geschenkt. Die stehenden Brustwarzen sind eingestrickt nach altbewährtem Muster. Sie stehen in jeder Situation.

Ich weiß, daß ich glücklich aussehe, jetzt bei Sonnenuntergang. Das Ende der Welt muß längst schon begonnen haben.

Seit Sternberger und ich getrennt sind, seit er versuchte, mich zu töten, erscheint mir mein Leben wie ein Rätsel. Ich muß versuchen, dieses Rätsel zu lösen. Indem ich erkenne, daß es sich um ein Rätsel handelt, beginne ich, seine Lösung zu finden. Dies ist ein Rätsel und des Rätsels Lösung.

Beides läßt sich kaum auseinanderhalten.

Einmal bin ich mit der transsibirischen Eisenbahn gefahren. Es muß schon sechs oder sieben Jahre zurückliegen. Ich habe vereiste sibirische Bahnsteige mit heißem, dampfendem Tee gerochen, Bahnsteige, wo man drei Wintermäntel übereinander trägt, und in bestimmten Stunden gefriert einem das Gesicht zu einer Maske. Die Scheiben in den Zügen sind vereist. Eisblumen ziehen sich wie sprühende Federbüsche einer aus dem anderen heraus. Ich kratze mit meinem Taschenmesser kleine Gucklöcher ins Eis. Ich hauche die vom Eis befreiten streifigen Stellen an und poliere das Glas mit meinem Handschuh. Schon nach einigen Minuten beginnt sich unmerklich eine neue Schicht zu bilden, sanft wie ein Eishauch.

Es gibt Menschen, die ständig in Angst leben. Wenn man ihnen begegnet, ist es, als ob man einem Schreckbild begegnet, einem Kunstwerk, das den Betrachter bis auf den Grund erschüttern soll. Alle Menschen tragen zu diesem Kunstwerk bei, ob sie wollen oder nicht.

Hier ist es die Kulisse einer kleinen sibirischen Stadt im

Jahr 1979, davor eine Gruppe von drei oder vier ärmlich gekleideten Juden. Ihre Kleidung ist dunkel.

Sie führen vor, wie sich Menschen bewegen. Menschen, mit denen man machen kann, was man will. Deshalb huschen sie mit gesenkten Köpfen nah an den Häusern entlang oder verstecken sich hinter Baumstämmen, damit sie nicht gesehen werden. Sie haben Angst. Offenbar ist es ihre Aufgabe, Angst zu haben und diese Angst auszuhalten. Sie sind den anderen ein Vorbild. Seht, was der Mensch alles ertragen kann.

Für wieder andere sind sie unsichtbar. Sie existieren nicht. Man weiß nichts davon, daß es heute so etwas gibt.

Diese Reise hätte ich mit Sternberger machen sollen. Es wäre eine Reise nach seinem Geschmack gewesen. Er war verliebt in den Schrecken, und er liebte die Schmerzen, und Züge liebte er über alles. Er ging mit mir über die Eisenbahnbrücke, später, als er seine Praxis aufgegeben hatte und ich nicht mehr seine Patientin war. Jeden Mittwoch, wenn wir uns trafen, gingen wir über diese Brücke. Er wollte Züge sehen und mit Zügen fahren und sagte, daß in seinen Träumen Züge von alten schwarzen Dampflokomotiven gezogen werden, eingehüllt in Schwaden von feuchtem weißem Dampf.

Auch ich habe diese Träume gehabt, Träume, in denen laut Freudscher Traumdeutung der Zug den Tod symbolisiert, die Abreise. Aber davon war zwischen uns kaum die Rede. Wir haben uns bis auf wenige Ausnahmen nie über Psychologie oder Psychoanalyse unterhalten. Obgleich ich ein Jahr lang seine Patientin war.

Damals haben wir uns oft gesehen. Ich kann nicht genau sagen, wann es war, ob es schon nach wenigen Begegnungen passiert ist oder erst nach einigen Monaten.

Plötzlich hatte es mich gepackt. Ich glaubte, ihn zu kennen, als sei er ich. Oder umgekehrt, ich war er. Ich geriet in einen Sog. Wir sprachen kein Wort. Und dann verschwand ich, und alles existierte endlich ohne mich, frei in seiner Art, ohne meine Augen, ohne meine Sinne. Wenn er mich ansah, war es, als verschwände ich in ihm, in seinem bärenbraunen Gefieder. Ich lag auf seinem Rücken, und er öffnete seine riesigen Schwingen, und wir flogen fort, bis wir ganz verschwunden waren. Er landete immer wieder und brachte mich auf die Erde zurück.

Er sagte, ich solle herunterkommen und gehen.

Wir kultivierten den Wahnsinn wie eine kostbare seltene Speise, die wir wieder und wieder verfeinerten, in fremde Köstlichkeiten tunkten, drehten und wendeten. Wir hoben den Wahnsinn auf, zögerten ihn hinaus, setzten ihn fünffach getränkt der Sonne aus, atmeten den ausströmenden Duft in der dunkelsten Ecke seines Sprechzimmers, indem wir nichts taten, als uns dem hinzugeben, wofür wir beide eine so verteufelte Begabung zu haben schienen. Körperlos. Wir sahen uns nicht an, wir sahen ineinander hinein. Es war die Erfüllung, die jemanden überkommen mag, der an einer seltenen, geheimnisvollen Krankheit leidet und endlich einen Gefährten gefunden hat, mit dem er wortlos seine Schmerzen teilen kann. Jemand, in dem er sich verliert und sich wiedererkennt, zugleich. Mr. und Mrs. Hyde.

Als es in Paris tagelang drückend heiß war, lag ich untätig in einem Sessel herum. Die Fenster auf der Schattenseite waren geöffnet und die Vorhänge zugezogen. Ich lauschte den schallenden Geräuschen aus dem Vorhof, wo früher die Pferdekutschen vorgefahren waren. Die Concierge hantierte mit einem großen Schlüsselbund an einer Tür, die unter die Erde führte. Ihr Mann, ein kleiner kugeliger Kerl mit einer Glatze und starkem schwarzem Bartwuchs, goß die hellblauen Hortensien, die er eben in große Steinkübel gepflanzt hatte.

Ich streckte mich im Sessel aus mit der gelassenen Pose einer Frau, die ihren Tagträumen mit der Gewißheit nachhängt, daß sie verwirklicht werden, bald, irgendwann. Noch konnte ich mich nicht zwischen den unzähligen Möglichkeiten entscheiden, die sich mir boten. Ich kostete zunächst die Vielfalt aus, in die sich meine Rachegelüste erstreckten wie Bilder in einem Museum der Grausamkeiten. Ganze Epochen und Stilrichtungen, Variationen eines Themas bis zum Überdruß gingen mir durch den Kopf, während unten Monsieur Roger die hellblauen Blumen wässerte. Ich begann stets einfach und vorsichtig, um mich dann zu steigern bis zu Prügelszenen, in denen ich Sternberger am Boden liegen sah, von drei oder vier Schlägertypen umringt, die ihm in den Bauch traten und ihm zum Schluß einen Tritt gaben, so daß er bewußtlos im Rinnstein liegenblieb. Eben weil zu Sternberger die verfeinerten, ausgeklügelten Formen der Folterung paßten, ließ ich ihn in dieser Vorstellung brutal und ordinär durch irgendwelche besoffenen Proleten zusammenschlagen, grob und ohne die Möglichkeit, irgendeinen Genuß daraus zu ziehen. Wenn man ihm ein nasses Tuch fest um den ganzen Kopf geschlungen hätte, so daß ihm die Luft zum Atmen genommen wäre, ohne daß später die geringste Spur einer Folter oder auch nur einer äußeren Einwirkung zurückgeblieben wäre, er hätte sich diesen erlesenen Qualen womöglich hingegeben wie einer Heimsuchung Gottes, wäre letztlich noch gestärkt daraus hervorgegangen. Nein, es konnte nicht grob genug sein, was ich ihm antun mußte.

Manchmal ekelten mich diese direkten Methoden an, und ich bevorzugte eine weitreichendere Art der Rache. Jérôme würde die ganze Straße kaufen und Sternberger und seine schauderhafte Familie hinauswerfen, die hohen Decken herunterziehen lassen, damit der schöne Stuck verschwindet. Appartments und kleine Eigentumswohnungen würden aus dem klassizistischen Bau entstehen. Ein Messer könnte ich ihm in die Reifen stechen. Das Haus, das Auto mit vernichtenden Graffitis verunstalten.

Dann wurde ich dieser Gedanken müde wie ein Kind, das zuviel gespielt hat, und raffte mich aus meiner Lethargie auf. Ich nahm eine Plastiktüte und mein Badezeug und fuhr mit der Métro in die Piscine Deligny, um mich abzukühlen. Einige Male sah ich nachmittags auf der Schattenseite des Schwimmbeckens dieselbe Gruppe junger Frauen sich auf den Holzplanken ausstrecken. Sie lagen mit nackten Brüsten da, trugen winzige glänzende Slips, die aussahen, als seien sie naß. Es war hier nicht erlaubt, ganz nackt zu sein. Die Ränder des Stoffes gruben sich tief in ihr festes Fleisch. Die Frauen hatten ihre Augen geschlossen. Manchmal schoben sie den Unterkiefer vor, faßten mit den Zähnen nach der Oberlippe, bis sie rot wurde und dick. Sie taten es alle, aber sie taten es sehr langsam. In bestimmten Abständen spreizten sie die Beine, kauten auf ihren Lippen herum, wechselten die Haltung der Beine wieder. Dann gaben sie einander Zigaretten, ein silbernes Feuerzeug wurde herumgereicht, machte jedesmal ein klickendes Geräusch, wenn der Metalldeckel über der Flamme zuschnappte. Die Langbeinige mit dem roten Band im Haar streckte ihren Arm aus, dann schob sie die Hand hinter den Kopf, ließ sie in der Masse dunklen Haares verschwinden. In diesem Moment zeigte die Frau ihre makellos rasierte Achselhöhle. Ihr Gesicht schmiegte sich an die Schulter, die roten Lippen waren jetzt ganz nah an der frisch rasierten Haut. Dann bewegten die Lippen sich. Vielleicht sagte sie etwas. Doch es schien sie nicht zu interessieren, ob eine der anderen Frauen, ob irgend jemand überhaupt ihre Worte verstand. Ich stellte mir vor, was diese Frau mit Sternberger gemacht haben würde, wenn sie ihn einmal in ihre Hände bekommen hätte. Eine, die sich nicht hätte beeindrucken lassen von seinen übergeordneten Regungen, von Reinheit, Geist. Eine, die ihn überwältigt hätte mit ihrer blinden Stärke, ein für allemal, wie ein Gewitter über ein reifes Kornfeld hereinbricht und die schweren Ähren niederpeitscht, auf daß sie nie mehr aufstehen.

Er hatte mich gewarnt. Er hatte mich gebeten, nicht mehr in seine Praxis zu kommen. Seine Bitte war aussichtslos. Er wußte das. Aber er hat es versucht. Er mußte es tun, der Form halber. Es ging zwischen uns lange Zeit sehr förmlich zu. Wir näherten uns einander, wie man sich einem sakralen Gegenstand nähert. Wir wußten beide, daß es gefährlich war, was wir taten. Auch ich habe es gewußt. Ich war zu allem bereit. Er hat mich nicht verführt. Ich möchte sagen, wir waren gleich stark. Vielleicht bin ich sogar stärker als er. Er hat die Ungewißheit zum Schluß nicht mehr ertragen. Er wollte eine Entscheidung herbeiführen, einen Beweis. Es war unmöglich, daß Sternberger und ich friedlich nebeneinander existierten. Ich sehe das ein.

Schließlich hat er mich in die Flucht geschlagen.

Dr. M. Sternberger gehörte zu den wenigen Psychiatern in dieser Stadt, die mit Engagement und psychiatrischem Forscherdrang die schwere Aufgabe übernommen hatten, einer großen Anzahl von Patienten eine dauerhafte und regelmäßige Therapie zukommen zu lassen. Er bot sich jedem an, der nicht ein Jahr lang warten konnte, bis das Gutachterverfahren unter Aufsicht der Krankenkasse abgeschlossen war. Oder wenn ein Analytiker seinen sechswöchigen Sommerurlaub genommen hatte, und einem seiner Patienten kamen plötzlich Zweifel, wie z. B. Richard Wasmut, Immobilienmakler, einundvierzig Jahre alt.

Plötzlich kommen ihm schreckliche Zweifel, wie einem Schlafwandler, der aufwacht und der mit einem Bein in der Dachrinne des fünfgeschossigen Miethauses steht. Und er kann nicht vor und nicht zurück. Getrennt hat er sich von seiner Frau, diesem Ikea-Schlafzimmer, diesem MOMENT-Sofa, das er acht Jahre lang mit ihr teilte, mit dieser Frau, die die wunderbaren Rühreier zuzubereiten verstand wie keine andere. Und er hatte sich losgerissen in Erkenntnis. Er dachte, daß es Erkenntnis gewesen sei. Aber auch das war bloß ein Traum, in dem er, Richard Wasmut, dachte, daß er sich losgerissen hatte. Losgerissen von den Hunden, den beiden Rauhhaardakkeln Billy und Kid, die samstags nachmittags im Stadtwald trockenes Laub durchstöbern und Damwild, das im Sommer weißgefleckt hinter Holzzäunen stand. Alles war zusammengefallen, als psychoanalytischer Wind in die Ehe pfiff. Und er hatte sie verlassen, und er war sicher gewesen, und jetzt war er plötzlich nicht mehr sicher.

Jetzt aß er sein Brot mit Tränen. Altes Brot, das beim Bäcker in winzige Portionen verpackt als sogenanntes SINGLE-Brot verkauft wurde. Er versuchte zu essen, aber er konnte nicht mehr essen. Schon zwei Wochen lang bekam er kaum mehr einen Bissen herunter. Und Schlafstörungen. Und immer dieser Gedanke an die Rühreierfrau und die schnüffelnden Rauhhaardackel. Was suchten sie? Was suchten sie? Er dachte, er wird verrückt. Und dies war der Moment Sternbergers. Hier gewöhnlich schaltete man ihn ein, zumindest bis der betreffende Psychoanalytiker von den Malediven zurückkam. Herrn Wasmut vor der Psychose bewahren. Erlösung, Erleichterung erhoffte sich Herr Wasmut von ihm. Doch alles, was Sternberger sagte, war: Vielleicht müssen Sie wahnsinnig werden.

Dr. Sternberger und Dr. Sundermann mißtrauen einander. Der eine ist der Antipode des anderen. Sie teilen nur die Räumlichkeiten miteinander. Sternberger bezweifelt

Sundermanns Indikationen, den Effekt der Psychopharmaka, die Sundermann zu raschen Erfolgen zu führen scheinen.

Aber die gegenseitige Abneigung geht weit über eine bloß unterschiedliche Auffassung hinaus, was Psychiatrie zu leisten habe. Sie unterstellen einander, Verrückte zu sein. Sie halten sich gegenseitig für wahnsinnig.

Dr. Sternberger arbeitete bis zu vierzehn Stunden täglich. Er litt unter dem Mißtrauen gewisser Kollegen, aber unter den Allgemeinmedizinern ging ihm der Ruf eines unorthodoxen Helfers in der Not voraus. Er war von einem nahezu selbstlosen psychiatrischen Forscherdrang besessen. Am liebsten wäre er ein Heiliger gewesen. Damit man ihm alles abnahm, was er sagte und tat. Damit man endlich seine Größe anerkannte. Er übte sich im Verzicht. Mittags machte er keine Pause. Er trank Kaffee aus Tassen, groß wie Blumentöpfe, Präsente von Pharma-Referenten aus Leverkusen. Er aß Florentiner und winzige schokoladenüberzogene Häppchen, die ihm die neurotische Tochter des Konditors Matzinger während einer lang andauernden Phase ödipaler Verliebtheit mitbrachte. Opfergaben. Fast alle Frauen waren in ihn verliebt. Und er aß die kleinen, auf Oblaten gehäuften Nußhäppchen der Frau Matzinger, während er einer anderen zuhörte.

Er wirkte nicht auf jeden überzeugend. Aber er hatte diesen Blick, der mir sagte, daß er bis zum Äußersten gehen würde. Ich wußte nicht, ob dieses Äußerste, zu dem er fähig zu sein schien, etwas Gutes oder etwas Böses war. Auch er selbst hat es nicht gewußt. Er hat sich niemals analysieren lassen. Die Psychoanalyse lehnte er ab. Aber wenn er es auch nicht wußte, so ahnte er doch, wozu er fähig war. Daß er einen von Grund auf verstören, ja vernichten konnte. Diese Ahnung machte ihn manchmal zaghaft. Aber ich habe ihm jeden Zweifel genommen. Ich ließ ihm die Rolle eines Heiligen. Ich ließ ihn fühlen, daß ich ihm glaubte. Und als er schwach wurde, habe ich ihn schwach sein lassen. Die Risse schlossen sich, wie wenn Regen auf eine trockene, ausgedörrte Landschaft fällt. Er gab einen einzigen stöhnenden Laut von sich. Jetzt geschah es mit ihm. Wir waren zusammen. Er hat es nicht lange ertragen. Er wollte zurück in seine Einsamkeit. Um jeden Preis.

Nachdem ich Sternberger einmal gesehen hatte, erinnerte ich mich immer dann an ihn, wenn ich vor einem unlösbaren Problem stand. Anfangs dachte ich noch, er könnte mir helfen, Klarheit in bestimmte ungelöste Fragen zu bringen. Ich hatte die Vorstellung, ich müsse leidend oder krank sein, wenn ich zu ihm ginge. Ich glaubte, er wolle nichts mit mir zu tun haben, wenn ich mich gut fühlte.

Er hat mir niemals geholfen. Von Anfang an hat er mir klargemacht, daß es nicht seine Aufgabe sein könne, mir etwas zu erleichtern. Zu ihm zu gehen bedeutete, mich Torturen auszusetzen. Er erklärte, er wolle mich stärken. Er hatte diesen Film gesehen, in dem ich in einem historischen Kostüm majestätisch aus einer schlammbespritzten Kutsche steige, als hätte es mich schon vor 250 Jahren gegeben. Ich sei eine große Begabung, sagte er. Vielleicht wußte er vom ersten Moment an, wer ich war: Ich betrete das Schloß. Ich gehe zu Bett. Mein Kopf liegt auf einem Berg von Kissen zwischen blakenden Kandelabern. Die volle Pracht meines Haares berührt fast die Flammen der Kerzen. Meine Lippen sind rot wie frisches kaltes Blut, rosa fast wie tiefgefroren. Sie sind eisrot. Über der ganzen Szene liegt ein warmes Licht. Es sieht aus, als ob dieses Licht vom aufflackernden Feuer des großen offenen Kamins ausgeht. In Wirklichkeit ist es künstliches Licht. Die Beleuchter haben lange experimentiert. Ich fühle, wie meine kaltblütigen Lippen sich berühren. Ich sehe die toten Fasane und Bekassinen, das spritzende Blut der Rehe im Schnee wie eine exotische Blume des Winters. Die Augen der Tiere sind groß und mandelförmig. Dattelaugen, Traumaugen, Tausend-und-eine-Nacht-Augen. Ich bin eine leidenschaftliche Jägerin, unwillkürlich trieb ich ihn in die Enge.

Ich brachte ihm Fotos meiner Ölbilder, und er sah mich erschrocken und ernst an wie ein Arzt, der seinem Patienten die ausweglose Situation einer tödlichen Krankheit erklären muß. Bis auf dieses eine Mal ist er mir in seiner Praxis niemals wie ein Arzt erschienen. Bis auf dieses eine Mal, als wir über Malerei gesprochen haben. Er liebt Malerei. Seine Frau gilt als eine bedeutende Sammlerin. Sie besitzt ein Gemälde von Carl Hofer. Es ist düster, Menschen in einem Boot, eine Flucht. Doch im wesentlichen sammelt sie Konstruktivisten.

Frau Sternberger ist ebenfalls Neurologin. Sie ist eine Frau, von der man sagt, sie sei lebenstüchtig und erfolgreich. Sie versteht es, sich mit Dingen zu umgeben, die diesen Erfolg auch für andere angenehm machen. Sie war maßgeblich beteiligt an dem spektakulären Versuch, Plattwürmern etwas beizubringen. Die Planarien wurden trainiert, dann zerkleinert und ihren Artgenossen zum Fraß vorgelegt. Diese lernten dann, ohne je wirklich gelernt zu haben. Seitdem gelten Makromoleküle als Substrate von Lernprozessen.

Frau Sternberger lehrt heute an der Universität. Sie wird zu internationalen Symposien nach Genf eingeladen. Sie hält Vorträge.

Sternberger steht im Schatten seiner Frau. Sie ist auch körperlich etwas größer und kräftiger als er. Sie haben zwei Kinder.

Sternberger nennt diese Ehe ein notwendiges Konstrukt.

Er zeigte mir Fotos von seiner Frau und den Kindern.

Er behauptet, er habe sich seit seinem achtzehnten Lebensjahr nie mehr fotografieren lassen. Sein Paßfoto sieht aus wie ein Verbrecherbild.

Es gab eine Zeit, in der er in meiner Gegenwart wie ein Kind war. Seine emotionalen Reaktionen glichen denen von Kindern, die in einer behüteten Welt aufgewachsen sind und noch nicht zur Schule gehen. Im Alter von vier oder fünf Jahren nehmen diese Kinder alles für voll, was man ihnen sagt. Es gibt einige verlassene Orte auf dieser Erde, wo Kinder in diesem Alter an Engel glauben. Der Engel hat große weiße Schwingen und silberweiße glitzernde Locken. Er hat ein schönes Gesicht. Ein Porzellangesicht, das man in den Händen hält wie einen kostbaren Gegenstand, und wenn man ihn losläßt, zerbricht er.

1946 zog Sternberger mit den Eltern und Geschwistern von Kärnten nach Köln. Er war damals sechs Jahre alt. Der Hof seines Großvaters lag ummauert wie eine Burg zwischen hügeligen Wiesen, die im Sommer beinahe blendend gelb waren von den Blüten des Löwenzahns. Im Frühjahr wuchsen im jungen Gras kleinblütige hohe Glockenblumen, himmelblau. Und weißes Wiesenschaumkraut, lindernd. Der Wind beugte die zarten Stengel und Gräser. Zur einen Seite stiegen die Berge steil auf, und ihre Gipfel waren in seiner Erinnerung immer schneebedeckt. Der See leuchtete in den Farben des Himmels. Er lag ihm zu Füßen, hellblau, weiß, glänzend rosa. Und bei Wind und bedecktem Himmel kräuselten sich die Wellen matt und pelzig grau.

In Köln sprangen halbwüchsige Kinder vor der Kulisse der zerklüfteten Trümmerstadt auf Wunsch für einen Groschen von der Hohenzollernbrücke in den Rhein.

Die Stadt war schwarz, ein rußiger Scherbenhaufen.

Ich habe von ihm geträumt. Er lag auf einem schwarzen Sofa. Er war erwachsen und nackt. Auf seiner linken Brustseite in der Höhe des Herzens klaffte ein blutendes Loch. Wir befanden uns in seiner Praxis. Er wollte wissen, wann genau ich diesen Traum hatte, es war erst ein paar Tage her. Er begann zu schluchzen, leise, unterdrückt.

Dann weinte er.

Manchmal war er wirklich wie ein Kind. Wie diese Kinder. Sie gehen nicht zur Schule, und sie haben sich nie gegen Boshaftigkeiten oder Ungerechtigkeiten gewehrt. Sie sind in gewisser Weise hilflos.

Seit ich zu ihm gehe, fühle ich, wie ich wachse. Ich werde größer und größer. Manchmal ist es beängstigend.

Was hat Sie an diesem Traum so erschüttert, fragte ich, als wir uns wie gewöhnlich nach einigen Tagen in der Praxis wiedersahen.
 Er bat mich, nicht darüber zu sprechen. Ich bin überrascht, wie genau sie wahrnehmen, was mir geschieht, antwortete er.
 Ich gewann den Eindruck, daß Sternberger und ich uns zwar sehr nah waren, aber wir waren zugleich voneinander getrennt wie von einem Fluß, über den keine Brücke führt.

Jérôme war für mich so etwas wie ein Arbeitgeber. Er bezahlte mich. Ich war instruiert worden, was ich zu tun hatte. Wir hätten einen viel differenzierteren Vertrag machen müssen. Eine Ehe ist ein schwieriges Unternehmen. Ein Drittel aller Ehen wird geschieden, ein weiteres Drittel ist unglücklich, und das letzte Drittel funktioniert zum großen Teil bloß deshalb, weil die meisten Frauen arbeiten gehen. Sie haben mit ihrem Arbeitgeber einen sehr genauen Vertrag. Es ist festgelegt, wann sie zu erscheinen haben und wann sie gehen dürfen. Alles ist auf die Minute festgelegt. Die Bezahlung ist auf den Pfennig genau geregelt. Das ist der wesentliche Inhalt der Emanzipation. Er besteht darin, daß Dinge mit akribischer Genauigkeit festgelegt wurden. Das ist die Emanzipation der Frau.

Sternberger steht auf und zieht ein schmales Buch aus seiner Manteltasche. Er setzt sich hinter seinen Schreibtisch, beginnt zu lesen: »Alles scheint auf uns hereinzuströmen, weil wir nicht herausströmen. Wir sind negativ, weil wir wollen – je positiver wir werden, desto negativer wird die Welt um uns herum –, bis am Ende keine Negation mehr sein wird, sondern wir alles in allem sind.«

Er sieht mich erwartungsvoll an. Ich verstehe nicht. Er wirkt ungehalten. Er hat immer das passende Buch dabei, ein Zitat für jede Situation. Hölderlin, Rilke, Nietzsche, Novalis. Sie alle sind seine Bibel, Apostel, Heilige, Märtyrer, so will er, daß ich es sehe.

Ich erkenne diese Verherrlichung nicht an. Jetzt war Novalis der Gott des Tages. Sophie war noch nicht dreizehn. Seine Liebe zu ihr wird idealisiert und als die reinste und keuscheste bezeichnet.

Man kann Novalis auch einen Sexualdelinquenten nennen, er ist ein Mensch, sage ich.

Sternberger mißfällt das. Kunst soll rein und erhaben sein. Sie ist deutlich getrennt vom Leben. Das alltägliche Leben ist ordinär. Sternberger zieht sich zurück in die Kunst und die Literatur. Diese Welt ist schlecht. Friedrich von Hardenberg im Bett mit einer Zwölfjährigen? Unerhört. Ich begreife, daß ich falsch argumentiert habe. Ich wollte für den Dichter sprechen, nicht gegen ihn. Die

Bewunderer von Kunst und Literatur tun den Künstlern unrecht, wenn sie sie auf ein Podest heben. Sie mißachten Hölderlin, wenn sie ihn als einen genialen Lockenkopf im Turm sehen. Sie mißachten seine Gefühle, wenn sie ihn vergöttern.

Sternberger ist zu den intensivsten Gefühlen fähig. Er hat sie im wesentlichen für sich allein. Plötzlich tauchen sie auf wie fliegende Fische. Er spricht von seiner Einsamkeit und daß er sie will. Seine Enttäuschung ist zu groß, als daß er noch einen Versuch wagen könnte, sich auf die Welt und die Menschen einzulassen. Er hat so etwas wie eine Schatzkammer, ein Versteck. Dort hortet er die wenigen Sätze, die ausgewählten Bilder. Kunst kommt wohldosiert und in den dafür vorgesehenen Augenblicken. In Vitrinen lag ihm alles, in Vorstellungen, in Gedanken betitelt und gerahmt, numeriert und unerreichbar, deshalb unzerstörbar. Ein Spieltisch aus Geist und ewig fern vom Dreck dieser Welt. Auf Seite fünfunddreißig, geschrieben am 12. April 1922 auf Château de Muzot sur Sierre, Valais, reiner Geist aus Schmerzen geboren. Verehrte Gnädigste Gräfin, was soll ich sagen...

In seiner Praxis verlangt er von mir, daß ich ihn ansehe, so lange, bis ich das Entsetzen finde. In seinem Gesicht liegt Besorgnis, aber auch der Ausdruck eines Mannes, der sehr genau hinsieht, der beobachtet. Er beobachtet mich genau. Er sagt, Sie haben etwas von einer Spionin. Er ist sich nicht sicher mit mir. Ich habe mich von ihm abgewandt. Ich wollte gehen. Aber er hielt mich fest. Er faßt mich an den Schultern und drückt mich mit dem Rücken an die Wand.

Er war brutal. Ich mußte ihn jetzt ansehen. Ich war manchmal irritiert, weil er sich Arzt nennt. Er suchte die Krankheit. Ich wandte meinen Kopf ab. Er zwang mich, ihn anzusehen. Er hielt mich fest. Er muß sich sehr sicher gewesen sein. Ich habe jeden Widerstand aufgegeben. Da zerfiel sein Gesicht wie eine Maske, die von innen her aufbricht. Sein Gesicht zerfällt. Vor meinen Augen verschwimmt alles. Es entsteht kein neues festes Bild, sondern Teile eines Gesichts schillern, als spiegelten sie sich in einem Fluß. Dann sah ich seine anderen Gesichter. Ich sah deutlich, wie sich eines aus dem anderen hervorschob, immer anders. Die Gesichter stiegen wie vom Grund eines Flusses an die Oberfläche auf, und jedes verdrängte das vorangegangene. Erschreckende, lockende, böse Gesichter, bis ich nicht mehr konnte.

Als ich über die Straße ging, erschien mir alles zum Zerreißen gespannt und mit Botschaften aufgeladen. Höchstwahrscheinlich suchte ich eine Erklärung. Ein verblichenes Foto schwimmt im Wasser. Satzfetzen, die ich im Vorbeigehen aufschnappe, setzen sich zu beunruhigenden Mitteilungen zusammen. Als ich zu Hause ankam, zitterte ich am ganzen Körper. Als ob mein ganzer Körper zerfällt. Das Zittern hört nicht auf. Ich rief ihn an, und er sagte, ich soll wiederkommen, wenn ich muß. Dem letzten Teil des Satzes gab er einen gewissen ironischen Klang. Siegessicher. Er trieb es auf die Spitze.

Sternberger empfing mich lachend. In wenigen Stunden hatte er sich völlig verändert. Er faßte mich freundschaftlich um die Taille, geleitete mich zum Sessel und sagte betont gleichgültig, erzählen Sie mal.

Er schien es nicht tragisch zu nehmen. Er bot mir Pralinen an und sagte, heute abend gehe ich mit meiner Frau in ein indisches Konzert. Diese Inder machen eine wahnsinnige Musik. Sie wachsen über sich hinaus und geraten in Ekstase, sagte er. Ich müsse mir das ansehen.

Seltsamerweise wurde ich in seiner Gegenwart ganz ruhig. Das Zittern hörte schlagartig auf, obwohl die Situation nichts von ihrer Beunruhigung verloren hatte. Im Gegenteil wurde alles immer verworrener.

Es war das erste Mal, daß ich den Eindruck hatte, ich sei verrückt. Er spielte ziemlich hoch. Vielleicht bin ich ja auch wahnsinnig, antwortete er lächelnd. Sie wissen doch, was man über Psychiater sagt. Er hatte jetzt offenbar kein Interesse an tiefsinnigen Gesprächen. Er wirkte eher pragmatisch. Sie sind gewissen übersteigerten Formen der Wahrnehmung ausgesetzt, begann er zu erklären. Heute haben Sie sich in mir gespiegelt gesehen. Das waren Ihre Gesichter. Aber ich denke, Sie können im allgemeinen mit Ihrer Wahrnehmung umgehen. Es besteht kein Grund, mich weiterhin aufzusuchen.

Er wollte mich loswerden. Ich verließ ihn, nicht ohne mich auf diese zwischen uns übliche, förmliche Art verabschiedet zu haben. Es schien, als hoffte er, daß ich krank würde. Er war verliebt in die Krankheit, das Elend, den Tod. Seine liebste Patientin, er sprach oft von ihr, ist angeblich seit Jahren dauernd in einem psychotischen Zustand. Er helfe ihr, den Wahnsinn soweit zu kontrollieren, daß sie außerhalb einer Klinik leben kann. Ich denke, er hilft ihr vielleicht auch, so wahnsinnig zu sein, daß sie ihn braucht.

Er liebt das Morbide. Tote Bahnhöfe, verlassene Lagerhallen, Trümmer.

Wir lagen in einem Park unterhalb einer Reihe dicht aneinanderstehender Büsche. Das Gelände fiel leicht ab. Es war im Frühjahr, April oder Mai. Die Wiese war kühl und feucht. Ich lag auf meinem Regenmantel.

Sternberger lag auf der Seite, einen Arm aufgestützt. Mit der anderen Hand öffnete er die Knöpfe meiner Bluse. Er massierte meine Brüste, ohne mich zu küssen. Dann schob er die Hand an der Innenseite meiner Schenkel herauf. Ich war verrückt nach ihm. Die ersten Kinder kamen aus der Schule und trieben sich im Park rum. Ein Ball flog zu uns herauf, blieb hinter einem Ginsterbusch liegen. Er warf den Kindern den Ball zu und betrachtete mich stehend, sein Schatten fiel auf mich. Er lächelte. Dann verschwand er zwischen den Büschen. Die Erde war kalt. Ich setzte mich auf ihn. Sein Schwanz war schön wie der eines jungen Mannes. Er hielt meine Lippen zwischen seinen Zähnen. Als wir uns verabschiedeten, sagte er mit gespielter Überraschung, Ihre Lippe blutet.

Er küßte mich jetzt mit spitzen, festen Lippen. Er sah verändert aus, verjüngt. Was wollen Sie von mir, fragte ich. Ich wußte, daß er mir jetzt die Wahrheit sagen würde. Alles, sagte er.

In Rio war ich einmal das Opfer eines Straßenraubes. Ich habe sofort mit dem Räuber kollaboriert. Ich zeigte ihm den Inhalt meiner Tasche und beriet ihn, was für ihn von Nutzen sei und was nicht. Ich bot ihm noch meine goldenen Ohrstecker an, damit er sie mir nicht aus den Ohrläppchen reißt. Der Verlust war für mich nicht groß. Wir haben uns sogar noch voneinander verabschiedet, und jeder ist seiner Wege gegangen. Der Kerl hatte ein Messer in der Hand.

Es ist Nacht. Ich sitze an einem Tisch vor einem kleinen Spiegel, dessen Rahmen aussieht wie eine Reihe sich überlappender, gespreizter Flügel. Von den Kanten des Tisches fällt blauer gekräuselter Samt, dessen Saum den Boden berührt. Ich stelle mehr Kerzen auf, so lange, bis mein Gesicht frontal beleuchtet ist. Ich schneide Grimassen und setze mich in Pose. Ich streiche mit der Hand über meine mehlweiße Haut. Ich schminke mich. Im Film sieht es aus, als ob ich meinen Mund mit dick gewordenem Hühnerblut betupfe, um ihn lebendig zu machen. Man täuscht den Zuschauer durch einfache Methoden. In der vorangegangenen Szene wurde unter Zetern und Schreien ein großes Huhn geschlachtet.

Meine Augen liegen in aschegrauen Kreisen. Mit angezogenen Beinen sitze ich in einer ausgepolsterten Fensternische des Schlosses. Es ist später Nachmittag. Ich hocke in einem grellblauen Taftkleid wie in einer riesigen Blüte. Dies ist eine Inszenierung. Meine Augen sind auf den Sonnenuntergang gerichtet. Es ist ein echter Sonnenuntergang. Wir haben tagelang auf dieses Licht gewartet. Angesichts des Lichts wurden die Geräusche leiser. Das Licht stand im Vordergrund. Die Aussicht war stumm und ewig wie ein pastellfarbenes Gemälde. Meine Haare verdecken nur notdürftig etwas Schreckliches. Mein Hals sieht aus, als wäre darin eine Steckdose eingebaut. Eine handbreite Schwellung mit zwei exakten kreisrunden Löchern, aus denen mein Blut strömte, meine Energie. Ich vergoß mein Blut für dich. Du sogst das Blut aus meinen Adern, gierig und triebhaft wie ein Kind die Milch aus der Brust seiner Mutter. In dieser Szene bewegt sich nichts mehr. Der Himmel ist hellrot und strahlt Wärme aus. Er vermittelt den Eindruck von Wärme. Die beiden Tannen vor diesem Fenster sind wie Wächter. Sie lassen keine Bewegung zu.

Jetzt kamen Geräusche auf. Wenn es windig war und kalt, schlugen die frostigen kahlen Äste einiger eng beieinanderstehender Blutbuchen ihre hölzernen Schwerter gegeneinander. Die Äste waren zum Teil gebrochen. Die Geräusche dieses langsamen Kampfes waren denen rivalisierender Hirsche gleich, die mit großer Gebärde einen dumpfen, tiefen Ton erzeugen, wenn die Geweihe aufeinanderprallen. Das Bild der hilflos im Wind aneinanderschlagenden Äste aber war ein Bild des Todes. In den Bewegungen lag kein Lebenswille. Es war nur ein Verdammtsein zum Leben.

Ich aber will leben. Ich will unter allen Umständen leben. Das ist es. Unter allen Umständen. Auf keinen Fall. Nein. Auf keinen Fall gebe ich auf. Vor lauter Angst rieche ich den Tod förmlich. Ich ahne, an wen er sich hält. Ich sehe ihn, wie er Sternberger im Nacken sitzt.

Sternberger ist ein Todeskandidat. Er ist schon ganz dünn und schwach. Der Tod zehrt bereits an ihm. Er frißt ihn von hinten auf.

Vielleicht will ich ihn retten, weil ich mich selbst nicht retten kann. Ich will es unter allen Umständen.

Wir lieben uns. Ich schwöre es. Wir sind verrückt aufeinander. Ich will, daß alles wirklich geschieht. Ich möchte verwirklichen, was Sternberger und ich bloß angetastet haben. Erschrocken sind wir voreinander zurückgewichen. Anfangs haben wir uns vorsichtig berührt wie Schnecken, die ihre Fühler ausstrecken, und getroffen von einem leichten elektrischen Schlag haben wir uns in unsere Häuser zurückgezogen. Ich bin ihm zu nahe gekommen, seit ich ihn in meinen Träumen sehe. Dann hat er ein Exempel statuiert. Er wehrte mich ab. Ich begann, über ihn nachzudenken.

Wir kannten uns beinahe ein Jahr. Ich war mit seinem Leben vertraut wie mit der Biographie eines Lieblingsdichters. Ich kannte seine Buchhandlung, sein Antiquariat, seine liebsten Eßlokale. Wir lesen dieselben Bücher zur gleichen Zeit. Ich weiß, wenn das Hausmädchen frei hat, kauft er gemeinsam mit seiner Frau ein. Im Supermarkt gehen sie an Türmen aus Konservenbüchsen vorbei. Eben noch hat er Dostojewski gelesen, »Die Dämonen«. Er folgt seiner Frau. Er greift in Tiefkühltruhen, offen und groß wie Boote in arktischen Meeren.

Und die Wochenmärkte, an denen er dienstags und

donnerstags auf dem Weg in die Trabantenstadt im Morgendunst entlangfuhr. Exotisch kündeten die Märkte ihm von fremden, derben, völkischen Sitten. Warme Brotlaibe, Fisch auf zerstoßenem Eis. Diese kessen Sprüche der sogenannten einfachen Leute, Erdbeeren in feste braune Papiertüten schaufelnd wie Erde oder Sand oder Kieselsteine, so achtlos und großzügig mit Leben umgehend. Traumlos schlafen und Hühnereier mit sicherem Griff in Mulden legen, und schon war alles vorbeigeflogen.

Und an der nächsten Ampel bei Rot warf er einen Blick auf die offen daliegenden Hinterhöfe, sich aufblähende Wäsche im Wind. Wind der zwanziger Jahre. Neue Sachlichkeit bedeutete ihm das. Einen Moment lang: Eine langhaarige Frau öffnet ein Fenster und raucht. Er beobachtet durch die Windschutzscheibe.

Ich sah, was es bedeutete, ein Dichter zu sein, ohne jemals ein Wort geschrieben zu haben. Ein Liebhaber zu sein, ohne jemals wirklich geliebt zu haben. Sternberger war die Möglichkeit, die Idee, ein Buch, das noch niemand geöffnet hatte.

Ich dachte, man muß das Glas zerschlagen, ihn durcheinanderwirbeln, damit sich alles neu zusammensetzt, so wie es bei einem Tier zusammengesetzt ist, wild und beschränkt, zugleich frei in seiner Art, daß es ist, was es ist, meinetwegen maulwurfsgleich emsig gräbt und samtiges Fell hat, blinde Augen und schöne feuchte rosa Lippen wie neugeborene Babys, fruchtwassergeschaukelt und seidenhäutig wie ein Fisch, so glatt wollte ich dich haben, meinetwegen mit dem Gestank, der dazu gehört, und daß man als Mensch kein Haus hat, keinen Raum, alles muß man erst bauen, und dann wird es wieder zerstört. Nein, einen vernünftigen Satz hast du nie gesagt, und wenn, dann war es nicht vernünftig. Verstecken wolltest du vor mir, was du bist. Ein Fotograf, der die geknipsten Filme hortet und nie entwickeln läßt, weil etwas sichtbar wird in dem Moment, wo er den Auslöser drückt. Das war der Moment, das ist das Bild, das in unseren Köpfen spukt, wenn wir still sind.

Ich lebe in einer Villa, die kurz nach der Jahrhundertwende erbaut wurde. Ich gehe durch das eiserne Gittertor, das mit Efeu und Kresse überwuchert ist, als sei es seit Jahren nicht mehr geöffnet worden. Doch das Tor bewegt sich mit Leichtigkeit. Im vorderen Drittel des großen parkartigen Gartens liegt der Hauseingang mit seiner vergilbten Marmortreppe und der alten Kupferüberdachung. Sobald ich die Haustür aufschließe, schlägt mir der Geruch entgegen, der alten, muffigen Häusern eigen ist. Eine gewundene Marmortreppe mit schmiedeeiserner Brüstung führt in das obere Stockwerk. Nach dem zweiten Weltkrieg wurde das Haus so umgebaut, daß zwei voneinander unabhängige Wohnungen entstanden sind.

Die Wohnung im Erdgeschoß steht schon lange leer. Die Villa liegt in diesem parkartigen, verwilderten Garten, verwahrlost.

Ich konnte dem Reiz nicht widerstehen, diesem Unzeitgemäßen.

Auch in dem Jahr, als ich mit Jérôme verheiratet war,

habe ich diese Wohnung nicht aufgegeben. Nachdem Sternberger mich weggeschickt hatte, lag ich die ganze Nacht wach. Ich lag da und horchte wie hypnotisiert auf das gnadenlose Zwitschern und Piepsen und auf die langgezogenen Pfeiftöne der Vögel im Morgengrauen. Bis zu diesem Tag fand ich, es sei schön und nichts als schön, bei Vogelgezwitscher einzuschlafen. Mit Sonnenaufgang wurden sie lauter und frecher. Sie quietschten und schmetterten und rasten wie kleine aufgezogene Maschinen. Mit glanzledernen Wichsbewegungen schienen sie irgendeine imaginäre hochfeine Metallplatte zu polieren. Es war ein quälendes Geräusch.

Dann verteilten sich die munteren Vögel geheimnisvoll im großen Garten.

Sternberger spricht vom »automatisme mental«. Ein Film aus dem Unterbewußten läuft ab, die Psychose. Er greift gerne auf französische Bezeichnungen zurück. Er hat in Paris in einer Klinik gearbeitet. Dann in Marokko. Der Schizophreniebegriff ist in Frankreich ein anderer als hier. In Frankreich ist man großzügiger.

Mir fällt auf, daß Sternberger in vielen Situationen wie ein unbeteiligter Beobachter vor dem Leben steht. Nicht nur in Paris, auch in Marokko ist er fremd gewesen. Auch hier in Köln ist er wie ein Tourist. Wenn ich mit ihm durch die Stadt gehe, weist er mich auf die eine oder andere Sehenswürdigkeit hin.

Er besucht die Museen, bei schönem Wetter den Botanischen Garten. Sein Verhältnis zu der ihn umgebenden Stadt ist ein konstruiertes. Er ist ein hervorragender Kenner. Er hat kein natürliches Verhältnis zu seiner Umgebung, nichts ist ihm vertraut. Er bemüht sich um eine Gegenüberstellung, die wahrhaftig ist. Das geht bei ihm so weit, daß er gereizt reagiert, wenn ich mich schminke. Er verlangt, daß ich den Lippenstift abwische. Ich sehne mich nach ihm. Wir stehen im Treppenaufgang der Hohenzollernbrücke. Es ist ein stürmischer, regnerischer Tag. Er lehnt an der Mauer. Er öffnet seinen Mantel und zieht mich an seine Brust.

Er schlägt den Mantel über meinem Rücken zusammen. Das donnernde Rollen eines Zuges. Ich fühle mich hilflos und geil. Ich habe den starken Wunsch, den Verstand zu verlieren. Mein Körper bewegt sich wie eine Wasserpflanze in seiner Strömung. Er kann mich völlig rasend machen. Es ist kalt. Wir riechen den beißenden Urin auf den nassen Treppen. Das Regenwasser sickert an den Wänden herunter. Die Graffiti geben' der Brücke den Rest. Dieses Wort stellt die ganze Brücke in Frage: »Auslöschung«. Als wir durch die Stadt gehen, frage ich mich, was geschieht, wenn wir zusammen gesehen werden. Wenn wir uns verabschieden, können wir uns nicht trennen. Es artet schließlich in Zeremonien aus. Wir verabschieden uns minutenlang. Wir zelebrieren die Trennung. Wir küssen uns, treten zurück und beobachten einander.

Er sieht mich verwundert an. Fast immer scheint er über mich verwundert zu sein. Ich möchte wissen, warum. Was ist es, das ihn mich so ansehen läßt? Er zuckt mit den Schultern. Ich weiß es nicht. Er sagt, ich werde schwach. Manchmal ist es, als ob er seine Stimme verstellt hat, als habe er Kreide gefressen. Er will mich heute abend in der Dunkelheit im Park treffen. Ich sage, nein. Ich weiß nicht, warum.

Folgen Sie mir einfach, sage ich. Ich will es jetzt sofort.

Ich gehe. Ich weiß nicht, was er getan hat. Ich ging immer weiter und machte meine Erledigungen. Ich ging durch zwei, drei Kaufhäuser, zum Schluß in die Lebensmittelabteilung. Es war sehr voll. Schon kurz vor halb sieben. Ich hatte mit ihm den ganzen Nachmittag in Hauseingängen und unter der Brücke zugebracht.

Die Zeit mit ihm vergeht wie im Flug.

Ich bin nicht zerbrechlich. Ich habe Nerven, Drahtseile. Manchmal spüre ich sie wie Fremdkörper.

Ich bin eine strahlende Frau, sonnenverbrannt, weiße Zähne, breites Lachen. Schweres Gold baumelt an meinen Ohren. Meine Fesseln sind schmal, meine Hände schlank und gefühllos wie glänzendes Werkzeug. Ich ziele, ich tätowiere mit meinen Nägeln deine Haut. Ich bin wie neu. Ich bin die Eisschicht auf deinem See. Was bei Sternberger Tiefe war, ist bei mir pure Oberfläche. Er ist aus der Geschichte gewachsen. Ich bin ein Sprung heraus aus Vergangenheit, wie Salamander Schleuderzungen werfen und ihre Beute machen, bin ich geworfen in Schein und Reiz, die ich für wahr nehme, denen ich alles glaube, was sie fordern. Der Häßlichkeit glaube ich und der Schönheit. Sog in den Augen wie Küsse. Attraktionen. Und abgestoßen bin ich im nächsten Moment. Ich zähle den Kontostand der Triebe. Ich mißtraue Gefühlen wie Aktien, leicht fallend, ungewiß, Ahnungen, Stimmungen, Schwankungen.

Parallel verlaufe ich zum Tagesgeschehen, folge, wie Löwen Zebraherden folgen, triebhaft, geduldig lauernd, bis eines abfällt von der Herde. Das ist für mich.

Das Essen verlief relativ glatt. Wir befinden uns in meinem Garten. Es gab kaltes Roastbeef, Weißbrot, Chablis. Zur Nachspeise dieses Dessert mit dem anzüglichen Namen Tirami-su. Mach mich an. Wir unterhielten uns über den Staatsbesuch des amerikanischen Präsidenten Ronald Reagan. Wir lügen wie gedruckt. Wir zittern. Austern, Trüffel und Artischocken beflügeln die Liebe. Mit Fingern essen. Spargel, grüne, in Butterbröseln. Aphrodisiaka.

Wie fängt man das Tier? Reistörtchen mit Apfelblüten. Der Wind streut sie auf uns herab, diese rosa-weißen. Die Äpfel blühen am stärksten. Kirschen verkommen in wenigen Tagen zu abgeblühtem, trockenem Braun.

Er ist zum ersten Mal hier. Gleich werden wir zusammen schlafen. Ich zeige ihm die dunkle Garage im hinteren Teil des Gartens.

Es stinkt nach Benzin und ausgelaufenem Öl. Wen habe ich zu Besuch? Es ist ein Mann, der dran glauben muß. Ganz in Dunkelblau. Leinen, Popeline, Cashmere. Ach, komm her, mein Engel, und vergiß deinen Auftrag. Ich weiß, du willst tapfer sein. Immer dieses letzte Wort.

Sternberger wollte das letzte Wort haben. Ich, Löwin, lasse das Zebra vor mir auf und ab wandern, als suche es ein bestimmtes Kraut in der Steppe, mit dem wir beide unseren Suppe würzen wollen. Wirf es schon rein, Zebra, dachte ich. Ich achte nicht auf die Narben, Stempel und

Staubbeutel. Im wesentlichen muß die Farbe stimmen. Ich bin ein Augenmensch. Es wird schon schmecken. Nicht so zaghaft. Wir höhlen die Avocados aus und füllen sie mit zerstampftem Krebsfleisch, Limonensaft und Pfeffer. Sternberger und ich bereiten gemeinsam das Essen vor. Er ist zart, mild und offensichtlich beeindruckt von diesem Haus, dem verwilderten Garten. Er liebt diese morbide Atmosphäre. Er sieht meine Bilder an. Plötzlich will ich nicht mehr mit ihm schlafen. Es ist alles viel zu ernst.

Aber er will es. Vielleicht denkt er, daß er es tun muß, um mich nicht zu verlieren. Er wollte es nicht wirklich. Ich tue es wie eine Hure.

Eines Nachts werde ich wach. Neben mir liegt Jérôme. Sein Atem geht ruhig, er schläft. Es gibt nur noch dieses Zimmer. Ein zweites Zimmer war nicht frei. Nur dieser Raum und dieses Bett. Niemals zuvor habe ich mit Jérôme in ein und demselben Zimmer geschlafen, in demselben Bett. Es ist still. Nur dieses eine Geräusch: der Sog des Meeres. Nach und nach dringt das Dämmerlicht durch die Vorhänge, graues Licht. Sein Körper ist warm, schwer. Ich atme in sein weißes Haar hinein. Er hat einen ruhigen Schlaf. Er ist weit weg. *She's my wife*, hatte er dem Portier gesagt. Seine Stimme klang rauh und schwach, als er sprach. Meine Tränen sickern in sein Haar, in das Kissen. Er ist unerreichbar. Ich fühle wieder diese wahnsinnige Sehnsucht. Wie ich ihn liebe. Ich liebe ihn so sehr.

Dann das grelle Licht, als wir morgens auf die Straße hinausgingen. Das Meer hatte ein giftiges Blau, Leuchtbojen schaukelten mit unberechenbaren Bewegungen auf den Wellen. Wir warteten auf einen Wagen und starrten auf das Meer hinaus. Wir standen lange schweigend da und warteten.

Irgendwann habe ich mich dann entschieden. Ich werde nicht mehr zu Sternberger in die Praxis gehen. Einmal lachen wir noch zusammen. Die teure italienische Designerlampe ist demoliert, und ein Bild ist von der Wand gefallen, Glasscherben liegen in einer Ecke des Sprechzimmers. Sternberger erzählt mir, daß an diesem Nachmittag jemand einen Tobsuchtsanfall hatte, ein junger Mann, ein Schwuler. Sternberger spricht abfällig über Schwule, er sagt, sie seien alle Nihilisten, sie seien oberflächlich. Ich lache. Auch Sternberger beginnt jetzt zu lachen. Er gibt zu, er habe diesen jungen Mann gereizt, er habe ihm gesagt, daß er ihn für einen Angeber halte. Da sei es passiert. Wir hören auf zu lachen. Ich sage ihm, daß auch ich bald nicht mehr zu ihm kommen werde. Sternberger neigt seinen Kopf leicht zur Seite, fixiert mich. Er lächelt wieder. Das ist alles zu dumm hier, nicht wahr? sagt er.

Für mich begann eine einsame Zeit ohne Sternberger. Ich habe mir rote Strähnen in die Haare färben lassen. Sie sollen mir sein Blut ersetzen. Er war mir lieb, ohne Frage. Es handelt sich nur um eine vorübergehende Trennung. Es hat keinen Sinn, daß ich ihn weiterhin in seiner Praxis aufsuche und wir dieses Spiel spielen, Arzt und Patientin. Ich bin nicht der Typ dafür. Ich habe mich nie behandeln lassen. Wir werden uns wiedersehen. Ich werde es so einrichten, daß wir uns wie zufällig auf der Straße begegnen. Vielleicht auch nicht. Vielleicht vergesse ich ihn, und wir sehen uns nie wieder. Wir haben ein Verhältnis zusammen, aber bisher ist es noch nicht sexuell. Zumindest nicht körperlich. Unsere Leidenschaft füreinander ist eine immaterielle. Bis hierher liebten wir uns wie Gespenster.

Jetzt ging ich nicht mehr zu ihm. Aber ich berauschte mich an etwas anderem. Man bemerkte es an meiner Sprache, an meinen Reaktionsweisen, einfach an allem. Es ließ sich schließlich vor niemandem mehr verheimlichen. Ich war Tag und Nacht betrunken. Drogen kaufen ist zeitraubend. Ich gab es bald auf. Ich steuerte einfach die nächste Stüssgen-Filiale an und kaufte Wein, Wodka, Sekt. Ich kaufte Maismehl, bereitete Rinderbraten zu, lud Freunde ein und servierte Polenta mit der größten Selbstverständlichkeit der Welt. Was soll auch schon dabei sein? Ich wurde autonom. Mir war es egal, wenn keiner kam.

Meine spontanen Einladungen stießen auf wenig Gegenliebe. Aber ich hatte Phantasie genug, mich alleine zu unterhalten. Schwer lag ich im Sessel mit meinen dreißig Jahren. Er war mit Satin bezogen, grün-rot gestreift, Louis seize. Da glückten mir die besten Bilder, wenn die Kontrolle mir entglitt wie Schatten von Kleidern. Schön trank ich den Wein auf Eis. Um elf lächelte ich in die Sonne. Mittags gegen zwölf ging ich zu Bett. Ich dachte noch an Sternberger, daß er jetzt Pralinen aß und die Frauen verrückt machte, aber es hat mich nicht weiter gekümmert. Ich hatte anderes zu tun. Ich schuf zwei, drei Werke von ziemlicher Schlagkraft. Oben spritzte das Grün raus wie Feuer, und die sechs Rottöne verliefen leise ineinander wie zerborstene Himbeersträucher.

Es mag sein, daß ich bei Sternberger nicht das suchte, was man eine glückliche Liebe nennt. Auch habe ich niemals den Süden am meisten geliebt, diese herrlichen Palmen, Schatten am Meer. Es schien, als suchte ich den festen Griff der Schmerzen oder auch nur eine unlogische Situation, Schönes und Schreckliches zugleich. Am liebsten bin ich in England gewesen. Das englische Elend übersteigt alles Elend der Welt. Es ist relativ harmlos, verglichen mit dem indischen oder brasilianischen, aber um so näher und unausweichlicher. Ich saß oft in Londoner Vorortkneipen und in billigen Frühstückscafés. Wenn ich einen anständigen Mantel trug, brachte man mir zum Toast ein ungeöffnetes Glas Orangenmarmelade. Die Frau schielte und ihr Sohn auch. Als sei das nicht genug, hatte er triefende, blutunterlaufene Augen und trug eine billige schwarze Skaijacke, die Rindsleder vortäuschen sollte. Trotz allem hatte er einen treuen, hoffnungsvollen Blick. Außer mir saß nur eine alte Frau in der Ecke, die Tee aus einer grünlichen Tasse trank. Der Regen prasselte gegen das Schaufenster, das den Passanten Einblick in den trostlosen Raum gewährte. Nach und nach kamen einzeln, aber als seien sie miteinander verabredet gewesen, einige junge Leute herein, die alle mit irgendeinem

Leiden behaftet waren. Einer humpelte, der andere trug seine Hand in einem schmuddeligen Verband. Sie unterhielten sich leise miteinander, etwas schien von gemeinsamem Interesse zu sein. Sie machten den Eindruck, als hätten sie soeben, jeder für sich, irgendeine schlechte Mitteilung bekommen, als sei ein Urteil über sie gefällt worden, eine Prüfung endgültig nicht bestanden. Sie lächelten einander müde zu, auch der Junge in der Skaijacke stellte sich zu ihnen. Ich sah ihn jetzt nur noch von hinten und dachte, daß ich mich wohl getäuscht haben müsse, was die Hoffnung in seinem Blick betraf. Es war wohl das Schielen, das ihm diesen besonderen Ausdruck aufzwang, der keinesfalls von ihm gewollt war oder aus ihm herausstrahlte, sondern ihm auferlegt war wie ein Schild, das Entführer ihren Geiseln umzuhängen pflegen und worauf geschrieben steht »Ich bin ein Schwein«. Die Geisel wird fotografiert und das Bild überall veröffentlicht, und grausame Komik triumphiert über jedes Mitleid.

Jérôme hatte ein Haus in der Bretagne. Rosa Anemonen blühten zu Hunderten in seinem Garten. Ich starrte immer auf diese Blumen. Als ob es nicht wahr sei, als ob ich es nicht fassen könne.

Ich habe Jérôme auf einem Silvesterfest in Marienburg kennengelernt. Eine exklusive Veranstaltung, die ich als Schwarzfahrerin erreichte. Ich stieg am Rudolfplatz mit diesem alten gelben Modellkleid von Jacques Fath in die Straßenbahn, das einmal meiner Mutter gehört hatte. Die Linie 6 schlängelte sich hin zum Chlodwigplatz, wo ich vorsichtshalber umsteigen mußte, weil vorne ein Kontrolleur einstieg. Ich fuhr den Rest der Strecke mit dem Bus weiter und ging durch die Goltsteinstraße zu Fuß. Es schneite. Ich trug einen langen schwarzen Samtmantel, auf dem die Schneeflocken im Licht der Straßenbeleuchtung glitzerten. Die Gastgeberin war eine Freundin von Marion Razoll. Sie hatte vorgeschlagen, bringen Sie die Kleine doch mal mit. Man nahm mir meinen Mantel ab, und ich stand unvermittelt mit diesem tulpengelben Kleid in der warmen Halle. Die Herren trugen Smoking. Sie fielen zuerst auf wie uniformierte Angehörige eines bestimmten Bataillons, indem sie sich einander exakt zu vervielfachen schienen.

Angezogen vom Feuer ging ich auf den Kamin zu und beobachtete von dort aus das Geschehen. Ich gewöhne mich innerhalb von Minuten an jedes Milieu. Nach spätestens zehn Minuten bin ich zu Hause. Manchmal denke ich, daß ich mehr zu Hause bin als die, die seit Jahren damit vertraut sind.

Verschiedene Männer gesellen sich nacheinander zu mir. Der eine hat soeben ein neues Haus gebaut und beschreibt die englischen Messinggriffe an den Fenstern, die man links herum drehen muß, wenn man die Fenster öffnen will. Ich würde gerne ein interessanteres Gespräch führen, aber wir kommen immer wieder auf Treppengeländer und italienischen Marmor zurück. Ein anderer, offenbar ein beamteter Hochschulprofessor, gibt mir Einblick in sein risikofreudiges, querdenkerisches und aufregend unabhängiges Berufsleben. Was er alles ausgeschlagen hat, seiner Freiheit zuliebe! Wo er schon hätte sein können, wenn er nur im Sinne der Wissenschaftsmafia verfahren würde! Er spricht sich bei mir aus wie bei einer Barfrau, der er einen Drink spendiert hat. Ich beginne, während er ununterbrochen redet, Christian Razoll, Marions Ehemann, zu beobachten, der sich in der Rolle des Enfant terrible zu gefallen scheint. Er trägt als einziger Mann Jeans, weitausgeschnittene Lederslipper und ein Smokinghemd ohne Fliege. Darüber eine graue schlabbrige Seidenjacke mit gepolsterten Schultern, knopflos und mit heraushängenden Taschenfuttern. Er ist Metzgerssohn aus Sindelfingen, ehemaliger Revoluzzer, in den späten sechziger Jahren beeindruckte er Marion durch seine Respektlosigkeit ihrem gutbürgerlichen Elternhaus gegenüber. Er hat sie herausgerissen, aber nur, um nach wenigen Jahren mehr drin zu sein als je zuvor. Er hat etwas von einem ungezogenen Kind, kann es sich erlauben, denn seine Praxis floriert, und man mag diese lässige, lockere Art, mit der er es versteht, sich als kandierte Frucht auf die langweiligen Sandtorten zu setzen.

Ein kahlköpfiger junger, athletisch gebauter Mann, mit dem ich kein Wort wechsele, schleicht während der ganzen Nacht ungeduldig umher, als suche er einen würdigen Gegner in dieser Goethe-, Schiller- oder Claudiusstraße, der sich nicht zeigen will. Ich habe vergessen, wie diese Straße heißt. Dichter verkommen in Verbindung mit Straßenbezeichnungen immer zu so seltsam nebulösen Gebilden, ein Dichterviertel jedenfalls, das steht fest. Das Gesicht des Kahlköpfigen beginnt, sich zu verhärten. Er kommt nicht zum Zuge. Er sieht brutal aus wie ein Vietnamsoldat, der einige Grausamkeiten, an die nur zu denken einem mitteleuropäischen Wesen bereits vor Abscheu die Körperhaare sich aufstellen lassen wie einem Stacheltier, glimpflich, ja gestärkt überstanden hat. Er verfügt einfach über zuviel Power, die auf einen einströmt wie ein Nervengas, und jeder scheint ihn zu meiden. Dafür ist die Gastgeberin zart wie eine Pusteblume. Sie ist reizend und sanft und umschwirrt die Gäste mit ihren lautlosen propellergleichen Samen der Liebe.

Sie läßt mir um vier Uhr früh heiße Schokolade kochen. Sie trägt die zierliche Tasse mit dem dampfenden Getränk, geht an diesem Mann vorbei und lächelt ihn an. Dann reicht sie mir die Tasse mit einem ernsten Blick.

Ich trocknete meine Atlasschuhe, die beim Feuerwerk im Garten vom Neuschnee naß geworden waren, am offenen Feuer, als Jérôme sich mir zum ersten Mal näherte, nachdem er Erkundigungen über mich eingezogen hatte. Ich hatte bemerkt, daß er mich schon lange beobachtete, aber wir sprachen erst gegen Ende der Party zusammen. Er sagte, wissen Sie, Ihr Kleid erinnert mich an Ostern. Wir lachen. Hinten auf dem Rücken hat es eine riesige Schleife. Es ist ein albernes Kleid. Homosexuelle Männer sind charmant, ihre Annäherungsversuche ein Luxus. Diese absolute Aussichtslosigkeit auf Erfüllung hat die Chuzpe einer Christrose im Schnee. Aber er hatte seine Pläne. Jérôme und ich haben das Gefühl, als ob wir uns schon lange kennen. Beide waren wir zu diesem Zeitpunkt heruntergekommen, weich und schwach. Wir hatten ungefähr den gleichen Grad an Zerstörung erreicht. Draußen war es völlig still. Der Schnee stopfte die Mäuler, die Motorengeräusche dämpfte er wie Watte. Nur manchmal heulte ein Auto verzweifelt auf. Es war kein

Durchkommen. Die ganze Stadt war im Schnee versunken. Jérôme und ich blieben bis zum Schluß. Wir tranken Kaffee. Um sieben Uhr, als wir uns voneinander verabschiedeten, waren wir beide bleich und überanstrengt wie nach einer Konferenz.

Für Jérôme ist alles Geschäft.

Im Taxi höre ich über BFBS die Neujahrsbotschaft der englischen Königin: «People don't have to be rich or powerful to change things for the better». Ich werde das Gefühl nicht los, daß niemand auf solchen Einladungen sich zu amüsieren scheint. Einer rafft sich auf, arrangiert etwas, und man leistet der Einladung Folge. Alle überstehen es irgendwie. Man bringt es hinter sich, und daß man es getan hat, daß man es hinter sich gebracht hat, darin liegen Sinn und Zweck. Niemandem bereitet es wirklich Freude. Alle sind erwachsen, ernüchtert, und es wird zur Gewohnheit. Man spricht nur über unwesentliche Dinge. Es geht um Alterungsprozesse der Haut, wie man sie am besten aufhält, bekämpft, überdeckt. Alles, was in den Körpern geschieht, in den Seelen, wird nicht berührt. Es ist ein ungeschriebenes Gesetz, ein Zeichen dafür, daß man begriffen hat, sich an Vereinbarungen zu halten, die im Raum stehen wie Rauchschwaden. Wer sich an die Vereinbarungen hält, dem wird nichts geschehen.

Während ich durch den dunklen Morgen nach Hause fuhr, dachte ich an Sternberger, an diesen Tag im Frühjahr, an dem er mich besucht hatte. Mir wurde klar, daß ich um jeden Gegenstand im Haus gebangt hatte, um jedes Bild, jede Blume, die ich schon im März für ihn gesät hatte in der Verwilderung, die ersten Wicken, die an trockenen verzweigten Ästen emporrankten, die Malven, samtrosafarben neben einem großen Rhabarberblatt. Um alles hatte ich gebangt, ob er es würde annehmen können, ob er es sehen würde, ob er mich ganz wahrnehmen könnte.

Es ist wichtig zu wissen: Nach der endgültigen Trennung von Sternberger habe ich zunächst eine etwa zehn Zentimeter lange offene Wunde an der Innenseite meines linken Oberschenkels. Im Lauf der Zeit schließt sich der Schnitt, aber er ist schlecht verheilt. Ich hätte ihn nähen lassen müssen. Sternberger machte diesen Schnitt mit einem Rasiermesser.

Er liebte es, sich zu rasieren, wie Rilke sich rasiert haben mochte. Man strafft die Haut mit einem geübten Griff, blickt dann in den Spiegel wie in weite Ferne und macht es mit Gefühl. Es ist riskant. Man tut es wie im Schlaf. Vielleicht ist es aber auch das Ergebnis pedantischer Vorarbeit.

Früher hatte er mir einmal erzählt, daß er als junger Arzt operiert hat, Blinddärme herausnehmen, einfachere Operationen. Dies war keine Operation. Ich denke, es war ein Mordversuch.

Ich lag auf dem Bett. Er setzte sich zu mir und sagte, da bin ich. Er schien irgendeine Rolle zu spielen. Gefalle ich dir heute? fragte er. Dazwischen immer dieses seltsam langgezogene fragende Hm, Hm. Er sprach mit mir, wie man mit einem Tier spricht oder wie Kinder mit einem Spielzeug reden, einer Puppe oder irgendeinem Gegenstand, aus dem sie kraft ihrer Phantasie etwas Konkretes,

Lebendiges machen, etwas anderes, als es in Wirklichkeit ist. Ich wußte nicht, worauf er hinaus wollte. Er versuchte dabei dauernd, mich zu beruhigen. Er nahm das Rasiermesser und hielt mit der anderen Hand mein Kinn fest.

Ich könnte dir jetzt die Kehle durchschneiden, sagte er und lächelte. Er legte das Messer zurück auf den Nachttisch und beobachtete jede Regung in meinem Gesicht. Ich war erstarrt. Fast war es, als würde ich wach, als sei es Sternberger selbst, der mich weckte. Ich wußte schlagartig, daß es aus war. Er hatte die Absicht, mich zu töten. Nicht wirklich, dazu war er zu intelligent. Er mußte mich nicht wirklich töten, um mich loszuwerden. Aber er wußte auch, daß er mich bloß mit einer bedrohlichen, symbolischen Handlung nicht überzeugen konnte. Bereits von diesem Augenblick an war ich unfähig, mich zu wehren. Ich wußte, er mußte seine schreckliche Absicht durchsetzen, irgendwie. Ich lag da und ließ alles mit mir geschehen.

Die Narbe sieht seltsam aus. Sie ist silbrig weiß und glänzend wie ein Stück Seidenkordel. Manchmal, wenn ich einen Rock trage und keine Strümpfe, fühle ich die Narbe, wenn sich meine Schenkel berühren. Mit dem rechten Schenkel fühle ich die Narbe am linken Schenkel. Die Narbe selbst ist völlig gefühllos. Sie schmerzt nie. Alles, was ich seit dieser Nacht mit Sternberger erlebte, erlebe ich mit dieser Narbe. Alles, was ich mit Jérôme erlebe, geschieht im Zeichen dieser Narbe. Sternberger und ich trennten uns zweimal. Einmal für einige Monate. Die zweite Trennung war endgültig.

Ich habe ihn zwar noch einmal wiedergesehen in einem Eßlokal in der Innenstadt, ein Zufall. Er war mit seiner Familie dort. Mein Begleiter und ich gingen nach hinten zur Theke, ich bestellte etwas zu trinken. Ich brauchte es, um das Lokal wieder verlassen zu können. Wir mußten an seinem Tisch vorbei. Für ihn muß es schrecklich gewesen sein, mich so zu sehen. Vielleicht war es ihm auch gleichgültig. Ich war für ein paar Tage von Paris nach Köln gekommen, um Vorbereitungen für meine Rückkehr zu treffen. Jérôme und ich hatten beschlossen, uns zu trennen. Ich war mit Jazy zusammen, einem Neger, den Jérôme sich hin und wieder kaufte. Jazy war nicht schwul. Jérôme mochte das nicht, schwule Jungs.

In Paris hatte ich mich verändert. Ich trug eine andere Frisur, einen kurzen lackschwarzen Pagenkopf, der alle vier Wochen millimeterweise zurechtgeschnitten wurde. Mein Gesicht war blaß gepudert und die Augen schwarz ummalt. Jérôme bezahlte meine Kleider. Ich kleidete mich jetzt vorwiegend in grauen, sandfarbenen und dunklen Tönen. Ein denkbar einfaches kniefreies Strickkleid, das aussah wie ein billiger Lumpen. Ich war übersättigt von den bunten, schreienden Klamotten, von Modeschmuck, baumelnden Plastikohrringen und falschen Steinen. Jérôme schenkte mir eine goldene Kette und erbsengroße, schlicht gefaßte Diamantohrringe. Ich war jetzt das Gegenteil von Sternbergers Schönheitsideal, DDR-Schönheit, wie er mich einmal nannte. Natürlich, ungeschminkt, ohne Raffinesse, so war ich den Sommer über für Sternberger gewesen bis in den nächsten Winter hinein. Ihm zuliebe trug ich baumwollene Unterwäsche.

Kein Parfum, keinen Puder. Einfache Baumwollunterhemden ohne Büstenhalter, als sei ich zu arm dafür, mir einen Büstenhalter zu kaufen, als sei ich zu arm, um irgendwelche Rechte für mich in Anspruch zu nehmen, so arm, so elend und so rückhaltlos ihm ausgeliefert, ihm verfallen, diesem Retter, diesem Licht.

An diesem Abend waren Jazy und ich gerade vom Bahnhof gekommen. Man fällt unwillkürlich auf in Köln, wenn man aus Paris kommt. Nicht wegen der Kleidung, es ist etwas anderes. Vielleicht ist es der große Bogen, den man schlägt, die Sicherheit, mit der man in Köln zuerst auf reservierte Tische oder verbotene Türen zugeht. In Paris hatte ich manchmal den Aufruhr einer jahrhundertelangen Vergangenheit gespürt, die ruhmreichen Straßen. Aber da waren auch die kalten neuen Gebäude. Wände aus gegossenem Fertigglas spannen sich über ein dürres Stahlskelett. Leitungen liegen offen da, als bestünde keine Notwendigkeit, irgend etwas zu kaschieren. Dann wieder vor der Kathedrale plappernde Nonnen, die um Almosen betteln, weiter draußen häuft sich stinkender Dreck in den Eingängen verfallener Häuser. Es ist der Schimmer dieses provozierten Lebens in meinem Gesicht, in Jazys Gesicht, der macht, daß man uns anstarrt, jetzt, unmittelbar nach unserer Ankunft in Köln. Nach und nach wird dieser Schimmer verschwinden, nach ein oder zwei Tagen wird nichts mehr davon wahrnehmbar sein, und mein häßliches, ausgelaugtes Gesicht wird zum Vorschein kommen. Aber noch war ich gereizt, wach.

Als wir das Lokal verließen und an Sternbergers Tisch vorbeikamen, gab ich Jazy mit der Hüfte einen Stoß. Ich habe kaum gesehen, was geschah. Eine Flasche Coca Cola fiel um, und der braune Saft lief über das hellblaue T-Shirt von Sternbergers Tochter. Ich kannte sie von Fotos, sie war wirklich sehr hübsch, fünfzehn oder sechzehn Jahre alt mochte sie sein. Ich erinnere mich an ihr Gesicht. Sie war nicht entsetzt, sondern blickte mich irgendwie erleichtert an. Jazy hatte einige Mühe, sich zu entschuldigen, während ich schon rauslief und an der Ecke auf ihn wartete. Ich wollte nicht, daß Sternberger sieht, wie ich weine, haltlos, hemmungslos. Ich wollte nicht, daß er mich jemals in seinen Gedanken als eine Psychopathin bezeichnet, eine Verrückte, die auf ihren Psychiater fixiert ist, eine Wahnsinnige, die ihn verfolgt, die ihn nicht losläßt.

Einmal habe ich mich überwunden und Jérôme von Sternberger erzählt. Wir waren seit einigen Monaten verheiratet. Was ich nicht begreifen konnte, war, warum Sternberger mich plötzlich nicht mehr gewollt hat, warum er mich von sich stieß, wie er es deutlicher nicht hätte tun können. Warum nimmst du es so tragisch? sagte Jérôme, Dutzende von Patientinnen werden mit ihm geschlafen haben. Du siehst das völlig falsch, schrie ich Jérôme erregt an, das ist ganz unmöglich, er ist nicht *dieser* Typ. Kannst du nicht begreifen, daß es im Grunde ganz einfach ist? fuhr Jérôme fort. Es wird ihm nicht besonders gefallen haben mit dir im Bett. Höchstwahrscheinlich warst du im Bett nicht interessant genug für ihn. Vielleicht hat ihm etwas an deinem Körper nicht gefallen, das Knabenhafte, du bist zu dünn für ihn, vielleicht braucht er etwas Rundes, Üppiges.

Ich lief im Zimmer auf und ab, das war doch unmöglich. Genau das Gegenteil ist wahr, fauchte ich Jérôme an. Ich bin überzeugt davon, daß es ihm sehr gut gefallen hat mit mir, so gut, daß es ihm angst gemacht hat. Er hatte Angst, sich in mir zu verlieren. Auch ich hatte Angst, aber mir war es gleichgültig, ob ich mich verliere. Ich hielt nichts mehr in Reserve. Ich habe mich ihm völlig ausgeliefert.

Siehst du, sagte Jérôme, das paßt nicht in diese Zeit, mein Herz. Das will heute niemand mehr. Wir leben nicht im Märchen und nicht in der Wildnis, sondern in einer harten, aber zivilisierten Realität. Danach richten sich offenbar alle, außer dir. Du kommst da mit deiner Leidenschaft an wie ein Haufen Desperados, die nichts mehr zu verlieren haben, und erwartest, daß man dich staunend und mit offenen Armen empfängt. Du kamst daher wie eine Horde von Wilden, die von ihrem Missionar erwartet, daß er von einem Tag auf den anderen Konvertit wird und die Götter aus dem Stechapfelbaum zu ihm flüstern hört. Du wolltest den Missionar missionieren, du wolltest das Fleisch über den Geist setzen. Es ist verständlich, daß Sternberger so reagiert hat. Er mußte dich gewaltsam abwehren, sonst wäre er dich nie losgeworden. Im Grunde genommen hängst du doch heute noch an ihm, bloß um dir zu beweisen, daß du stärker bist als er. Was für ein Unsinn. Und so ein kleiner Schnitt am Oberschenkel. Meine liebe Eva, aus Liebe sind schon ganz andere Dinge geschehen. Leute schneiden Kehlen durch, stürzen sich von Brücken, zerstören über Jahre hinweg das von ihnen so geliebte, so gehaßte Wesen mit kleinen Dosen Gift, sei es ein Pulver oder bloß Gefühlsgift. Eva, du bist hoffnungslos verträumt. Entweder es stimmt im Bett oder nicht, und bei euch hat es offensichtlich im Bett nicht gestimmt. Kannst du das nicht endlich akzeptieren? Es wäre wirklich besser für dich. Laß diesen Mann doch endlich zufrieden. Vergiß ihn. Er ist ohnehin verloren.

Warum, fragte ich unerbittlich weiter, warum ist er verloren?

Weil er noch zäher und sturer ist als du, sagte Jérôme und schickte sich an, verärgert den Raum zu verlassen.

Du wirst mir jetzt zuhören, Jérôme, sagte ich, du wirst mich jetzt bis zum Ende anhören, ich will dir sagen, was ich denke: Ich sehe mich um und komme zu der Erkenntnis, Liebe scheint eine Mordwaffe zu sein. Ich bin pessimistisch. Ich sehe schwarz. Ich bin negativ. Ich sage, es ist aus. Ein Mißverständnis. Das Urogenitalsystem, ein Mißverständnis. Sollen sie doch in die Kloschüssel onanieren und ihre Samen mit einem Schuß Wasser durch die Kanalisation in den Bauch der Erde jagen und mit ihrer Pisse die ausgelaugten Äcker düngen. Sperma und Pisse kommen denselben Weg daher. Sie benutzen dieselbe Einbahnstraße, denselben Ausgang. Das eine soll Leben spenden. Das andere stinkt.

Die Arroganz der Männer ist ungebrochen. Seit die Frauen ihnen das Recht erkämpft haben, Mitgefühl mit ihnen zu haben, ist es schlimmer geworden. Inzwischen ist der Mann mit der Sache der Frau so vertraut, daß er besser weiß als sie, was ihr guttut. Propaganda für die Frauen, von Männern gemacht. Die Frau ist gut, sie ist lebenserhaltend, vernünftig, umweltfreundlich, praktisch und hilfsbereit. Self-fulfilling prophecy.

Aber der entscheidende Kampf hat nicht stattgefunden. Man versuchte es mit einer friedlichen Regelung. Anstatt das Duell auszutragen, haben sich stellvertretend die Sekundanten mit schäbigen Kompromissen gegenseitig die alten, faulenden Wunden zugestopft. Inzwischen verfaulen wir unsichtbar und von Innen heraus. Man sieht es uns nicht an.

Sie sind so gut, die Männer. Zwar machen sie uns krank, dann aber wollen sie nicht, daß wir krank *sind*. Die Männer wollen nur das Gute. Sie wollen es unter allen Umständen, mit allen Mitteln. Sie wollen es unbedingt. Sie brauchen es. Sie brauchen die Unschuld, das gute, blonde, blauäugige Mädchen. Sie brauchen es halbwegs gebildet, halbwegs selbständig. Sie brauchen das gute Mädchen, um es mit ihren Boshaftigkeiten zu erschrecken. Sie haben große Angst vor einer bösen, einer zornigen Frau, einer Frau, die vielleicht schlechter, verruchter, skrupelloser ist als sie selbst. Das ist das einzige, wovor sie sich wirklich fürchten. Es sind die neuen Hexen, die ihnen in jeder Hinsicht überlegen sind, die sie am liebsten auf dem Scheiterhaufen brennen sähen. Dieses, ihr Spiegelbild, wollten sie niemals sehen, diese Ausgeburt an Verderbtheit und Gier.

Und du bist dieser Teufel, sagte Jérôme und sah mich zweifelnd an, als ich erschöpft in einen Sessel sank. Ist noch etwas zu trinken da? fragte er, zog den Kristallstöpsel aus einer Karaffe und schnupperte daran. Aber er war jetzt weniger unwillig als zuvor, sich auf ein längeres Gespräch einzulassen.

Jérôme, sagte ich beschwichtigend, wenn du etwas über mich sagst, so hört es sich an, als ob du zum ersten Mal über dich selbst sprichst. Überhaupt habe ich den Eindruck, daß jeder nur über sich selbst spricht, wenn er in dem Glauben ist, seinem Gegenüber etwas zu sagen, was den betrifft. Wir sitzen alle in einem Spiegelkäfig.

Ja, jeder sitzt in seinem kleinen Spiegelkäfig, sagte er und reichte mir ein Glas. So betrachtet, kann ich also nur vermuten, fuhr er fort. Spaß beiseite.

Manchmal versuchte er, mir eine Freude zu machen mit bestimmten deutschen Redewendungen. »Spaß beiseite.« Du bist das Rotkäppchen mit einer großen Sehnsucht nach dem Wolf. Du kommst nicht los davon, sagte er.

Christian Razoll ist Psychoanalytiker. Er zerteilt die Seele der Menschen, wie sein Vater die Schweine und Rinder zerteilte in Rippenstücke, Lenden, Innereien. Er analysiert. Er hat gelernt. Er hat gelernt zu analysieren. Er ist der Meinung, es habe sich zwischen Sternberger und mir um eine psychotische Gegenübertragung gehandelt. Natürlich habe ich ihm verschwiegen, wer Sternberger ist, seinen Namen, die Tatsache, daß er Psychiater ist, den Vorfall mit dem Rasiermesser. Ich habe Sternberger als einen Mann bezeichnet, mit dem ich unheimliche Erlebnisse hatte, eine tiefe, beunruhigende Verbundenheit. Christian Razoll sagt, es handelte sich nicht um eine sexuelle Verliebtheit. Der Mann wollte etwas anderes von dir. Razoll ist nicht leicht zum Sprechen zu bringen. Wir befanden uns auf dieser Silvestereinladung. Er hat Angst, daß er sich in eine Sache einmischt, die ihn nichts angeht. Womöglich ahnt er etwas. Ob ich den Begriff der Anima kenne, fragt er. Dabei handele es sich um das versteckte Urbild des anderen Geschlechts im eigenen Selbst.

Man kann darüber zeitweilig den Verstand verlieren, sagt er.

Du warst seine Traumfrau, und dieser Mann war dein Traummann. Aber du hast die Regeln gebrochen. Du wolltest ein irdisches Verhältnis. Du hast alles zerstört.

Wir standen im Weinkeller. Wenige Meter über uns tanzte die Abendgesellschaft in das neue Jahr hinein. Chicoree wuchs in sandgefüllten Apfelsinenkisten. Wir griffen wahllos einige Flaschen aus dem Regal und stiegen die Treppe herauf.

Jetzt, wo wir alle betrunken waren, flatterte ich mit dem Hochschulprofessor über das blankgebohnerte Parkett, und die Welt schien sich für einige Stunden wie eine nasse, glückliche Kugel in den Elementen zu drehen. Mir war alles gleichgültig. Einige Stunden lang war mir alles gleichgültig.

Aber wenn ich allein in Jérômes Wohnung war, überkam mich manchmal ein starkes Glücksgefühl. Ich sah mich inmitten dieses Reichtums, der weißen seidenen Tapeten, der rötlich schimmernden Möbel, und ich stellte mir vor, daß alles für immer so bleiben würde. Ich wußte, das glückliche Gefühl würde verschwinden, sobald irgendein Mensch auftaucht. Es sah aus, als könnte ich nur alleine wirklich glücklich sein.

Manchmal scheint es, als könnten die Dinge klar werden, wenn man nur einen Satz hinzufügen würde. Wenn es gelänge, diesen entscheidenden Satz zu finden, müßte unsere Existenz in aller Deutlichkeit sich zeigen, so überwältigend, so stark würde diese Erkenntnis sein, daß kein Zweifel mehr bestünde. Das radikale Ich stünde an seinem Ort wie eine Buche oder ein Ahornbaum, deren schaukelnde Äste und rauschende Blätter im Wind auf die Bewegungslosigkeit des Stammes verweisen, der allen äußeren Einflüssen standhält, bis er stirbt. Es müßte ein Satz sein, der über Leben und Tod entscheidet. Ein Satz, der sagt, »du bist lebendig« oder »du bist tot«, ein Satz, der Tote bewegt, indem er ihre Totheit wahrhaftig werden läßt, ein Satz, der wirkt wie eine Waffe, die auf uns gerichtet ist, und der im Augenblick größter Gefahr die Reste unserer Existenz aktiviert wie Vögel, die in eisigen Zeiten plötzlich vom Sommerfett zehren, sich selbst aufzehren, leichter und leichter werden. Dicke, fette Vögel kommen nicht hoch. Ihre plumpen Körper taumeln und torkeln bei ihren hilflosen Flugversuchen, sie scheinen festzukleben, sich an etwas zu klammern, als gäbe es ihnen Halt. Zehrt euch selbst auf. Vielleicht müßte der entscheidende Satz heißen: Zehrt euch selbst auf. Aber will ich wirklich sterben?

Kurz vor Einbruch der Dämmerung verschwand Jérôme mit der Jagdgesellschaft in dem kleinen, niedrigen Waldstück, hinter dem der See liegt. Es war ein kühler, feuchter Novembertag, ein Sonntagabend.

Erst gegen acht Uhr kamen sie zurück. Der Himmel

war den ganzen Tag über wolkenlos gewesen. Der Vollmond war früh aufgegangen und hatte den Einbruch der Dämmerung verzögert. Die Enten waren spät gekommen, sagten sie. Die Gesellschaft trank hastig im Stehen aus den Champagnerkelchen, die Jérôme noch ein zweites Mal füllte. Dann wurde die Beute unter den eiligen Jägern aufgeteilt, einige der toten Vögel in die Kofferräume der Autos gelegt, und das Geräusch der zufallenden Türen drang durch die Nacht. Die Jäger verabschiedeten sich laut scherzend voneinander, setzten sich ans Steuer und fuhren zurück nach Paris. Jérôme verschwand als letzter. Die Jagd war vorbei.

Das Interesse der Jäger an ihrer Beute ist gewöhnlich gering. Seltsam, daß nach einer Jagd allenfalls noch Zahlen von Bedeutung sind: 16 Wildenten. Indem der Jäger sein Ziel erreicht hat, scheint jegliches Interesse für das erlegte Wild erloschen zu sein.

Ich ging zurück ins Haus. Vier Enten lagen mit verdrehten Köpfen im Keller, gebündelt wie ein blutiger Strauß. Ich versuchte, die Tiere zu vergessen, während ich einige Tage lang mit angestrengter Konzentration an meinem Bild weiterarbeitete. Der Gedanke an die Enten verfolgte mich zunehmend wie eine unbezahlte Rechnung, die längst fällig war. Am fünften Tag stieg ich gewappnet in den Keller, entschlossen, meine Pflicht zu tun. Es waren zwei weibliche Tiere und zwei Erpel. Ich spreize ihre Flügel, die sich öffnen wie kräftige Fächer. Leuchtendes Blau kommt zum Vorschein. Die Schwingen wirken in ihrer Flexibilität verläßlich und stark, als könne man unter ihnen Schutz finden. Wären sie groß und breit wie ein Laken, ein fliegender Teppich, ein Haus in den Lüften, sie würden mich schützen und tragen. Jetzt übergieße ich die Tiere mit kochendem Wasser. Ich schlage ihnen die Köpfe und die Füße ab. Ich zerre vergeblich an den Flügeln, bis ich begreife, daß sie nicht nur aus Federn bestehen. Die Flügel sind wie Arme, denen ich Federn ausreißen muß. Ich bin darin nicht geübt. Ich verletze die Haut, ziehe Fetzen von Haut ab, und das dunkle Fleisch darunter kommt zum Vorschein. Es ist tiefrot wie Wein. Die Schwanzfedern schlage ich mit der Axt ab. Die Gedärme kommen stinkend herausgequollen. Der Magen, die Leber, das Herz, die Speiseröhre. Die Tiere sehen jetzt schrecklich aus. Ich bin plötzlich in panischer Angst. Ich habe das unangenehme Gefühl, daß die Tiere noch leben, daß ich ihnen furchtbare Qualen zufüge. Ich drehe den Wasserhahn voll auf und wasche sie wieder und wieder. Die kleinen grauen Daunenfedern lassen sich nicht restlos entfernen. Ich wasche die Tiere erneut und trockne sie ab. Ich stecke sie in kleine durchsichtige Plastiktüten, die ich bereitgelegt habe, und lege die vier Enten in die Gefriertruhe.

Ich bin jetzt ruhig und mit mir zufrieden. Es ist, als hätte ich mir ein Gebiet erobert, das mich teilhaben läßt am Treiben der Menschheit um mich herum, als sei ich ein nützliches Mitglied der Menschheit. Die Arbeit an meinen Bildern gibt mir dieses Gefühl nicht. Sie führt mich nicht zur Gesellschaft hin, sondern sie schließt mich aus. Meine Welt ist das farbige Niemandsland, und wie eine Grenzgängerin pendele ich hin und her, weil weder diesseits noch jenseits der Grenze ein bewohnbarer Ort zu sein scheint, wo ich mich niederlassen kann. Manchmal ist die Sehnsucht nach diesem Ort so stark, daß ich bereit wäre, mich dafür gefangennehmen zu lassen, wie Sternberger mich gefangennahm. Er hielt mich fest im Niemandsland, er war mein Gefährte, mein Wächter, mein Fabelwesen in Menschengestalt.

Man sagt, manche Menschen trügen eine Maske im Gesicht, sie sei unter Umständen notwendig, um im alltäglichen Leben zurechtzukommen. Oder weil der Betreffende hinter der Maske sein wahres Gesicht verbergen muß oder will, das Gesicht ist zu häßlich oder auch zu schwach, um damit auf die Straße gehen zu können.

Auch ich habe anfangs einmal von diesem Bild der Maske Gebrauch gemacht. Sternberger erschien mir als ein Mann mit vielen Gesichtern, die wie Masken eine auf der anderen saßen. Dazu stehe ich auch heute noch. So war es. Aber das ist nicht alles. Ich habe nicht alles gesagt, nicht die vollständige Wahrheit. Ich sprach nur von einem Teil.

In Wahrheit ist es so: Nachdem Sternberger und ich miteinander vertraut geworden waren, zeigten wir einander unsere nackten Gesichter. Doch die Maske war deshalb nicht verschwunden, es wäre ein Irrtum, anzunehmen, sie sei von da an gar nicht mehr vorhanden gewesen. Sie saß allerdings an einer Stelle, wo ich sie nicht vermutet hatte. Viele Menschen tragen ihre Maske dort. Es ist bezeichnend für sie, daß man erst weiß, mit wem man es zu tun hatte, wenn sie einen für immer verlassen, wenn sie uns den Rücken zuwenden, wenn man sich trennt. Indem sie sich umdrehen, erkennt man die Maske auf ihrem

Hinterkopf. Indem sie weggehen, stellen sie sich vor. Sie gehen, indem sie uns diese Maske zuwenden, die wahrhaftiger ist als jedes ihrer nackten Gesichter, sie verschwinden, als gingen sie rückwärts, wie Schauspieler auf einer Bühne sich rückwärts gehend vom applaudierenden Publikum verabschieden. Niemand tut es vorsätzlich. Es geschieht. Es ist so. Und dieses letzte Bild, das uns von ihnen zurückbleibt, bedeutet die Erfüllung und das Erlöschen zugleich. Dies ist der Augenblick, in dem alles enthalten ist, der Code, der jede Frage, jedes Rätsel entschlüsseln kann um den Preis des Schreckens, des Schmerzes, der Ernüchterung, und schließlich, wenn es vorbei ist, verstehen wir alles.

Die meisten Leute aus Jérômes Freundeskreis ignorieren, was ihnen nicht gefällt, was sie stören könnte. Sie sind sehr modern. Mit der Selbstverständlichkeit, mit der man jede Woche aufs neue Butter oder Milch einkauft, schaffen sie sich elektrische Geräte oder Autos an, immer nur das allerneueste Modell. Einige dieser Leute würde es beunruhigen, besäßen sie einen Fernsehapparat, der älter ist als zwei Jahre. Ihre Autos haben automatische Geschwindigkeitsregler, die es ihnen erlauben, unter günstigen Verkehrsbedingungen exakt vorauszusagen, wann sie da und da sein werden, ohne daß ein Blick auf den Tachometer erforderlich wäre. Sie setzen voll und ganz auf den Fortschritt. Sie versuchen, nicht kompliziert, nicht intensiv, nicht problematisch, nicht leidenschaftlich zu sein. Vielleicht sind sie bereits völlig frei von diesen Eigenschaften. Womöglich bedarf es nicht einmal mehr einer

Bemühung. Familientragödien werden weggesteckt wie ein verlorener Satz während eines Tennismatchs.

Jérôme sagt, daß ich mich mit unwichtigen Dingen beschäftige, ein neues Auto sei nun einmal wirklich besser als ein altes, im übrigen sei die Zukunft längst programmiert, ein Individualismus im alten Sinne nur noch lächerlich. Jérôme ist Realist. Er spricht jetzt Deutsch mit mir. Es ist wegen dieses Jungen, den er mitgebracht hat, der mit uns am Tisch sitzt. Wir sitzen in unserer Küche, die aus weißem Marmor und Stahl besteht. Der Junge hat großen Hunger. Er ist ein armer Stricher, der sich erst seit kurzer Zeit verkauft, der noch gesund und kräftig ist. Er ißt hastig und gierig. Jérôme und ich trinken Mineralwasser. Auf dem Flaschenetikett ist eine paradiesische Landschaft zu sehen, eine stilisierte Abbildung, ein blauer kleiner Fluß und Menschen, die aus dem Fluß trinken wie Tiere. Jérôme hat dem Jungen einen Batzen geräucherten Lachs auf den Tisch gestellt, er hat ihm ein scharfes Messer dazu gegeben und gesagt, iß. Der Junge schneidet sich daumendicke Scheiben ab, als sei das ein Schweinebraten, und die Gänseleberpastete löffelt er in sich hinein wie einen Grießpudding, bis er auf ein großes Stück schwarzen Trüffel stößt und sich ekelt. Jérôme wollte nicht, daß ich dem Jungen Brot und Schinken gebe oder ihm ein Steak brate. Das kennt er, sagte er. Ich will sehen, wie er das ißt, was er nicht kennt.

Gleich wird dem Jungen übel werden, sage ich. Jérôme trinkt einen Schluck Wasser und betrachtet dabei den kindlichen Kopf des Jungen, sein elastisches rotbraunes Haar. Jérôme nennt ihn *mon enfant*, mein Kind. Ob er noch Pudding will, fragt er ihn.

Der Junge blickt erschreckt auf, als erwache er aus einem Traum.

Wir kennen uns erst kurze Zeit, einige Monate. Sternberger steht hinter seinem Schreibtisch. Wir begrüßen uns nicht. Ich weiß, daß es heute geschehen wird. Irgend etwas Schreckliches wird heute geschehen. Auch er scheint es zu wissen. Er sagt, ich solle mich auf die Couch legen. Er setzt sich auf einen Stuhl, der direkt neben dem Kopfende der Couch steht. Ich soll die Augen schließen. Ich soll alle Spannungen in meinem Körper loslassen und ganz darauf vertrauen, daß diese Unterlage mich trägt, was auch immer geschieht. Was auch immer geschehen mag, ich könne mich darauf verlassen, wiederholt er. Was fühlen Sie, fragt er dann. Ich empfinde nichts als meine brennenden, zitternden Augenlider, die ich nur mit größter Kraft geschlossen halten kann.

Sie wollen sehen, sagt er. Er steht auf und nimmt meine Hand. Er blickt auf mich herunter. Ich sehe diese Augen, die mich beobachten, starr, minutenlang. Es sind die Augen des Bösen, feindliche Augen.

Mein Herz beginnt zu rasen, ich kann kaum mehr atmen. Ich sitze in der Falle. Ich drehe meinen Kopf ruckartig zur Seite und sage ihm, daß ich seinen Blick nicht mehr ertragen kann. Ich fühle, daß sein Blick mich töten will. Er will mich töten. Ich sage es ihm. Und dann sage ich bittend, flehend, ich will nicht sterben. Ich muß ihn jetzt wieder ansehen, um zu wissen, wie er reagiert. Er sieht mich unverändert an. Er läßt nicht von mir ab. Ich muß sterben. Ich sage es ihm, damit er endlich aufhört.

Aber ich weiß auch, ich bin jetzt kein Mensch, in diesem Moment bin ich kein Mensch mehr. Ich bin etwas anderes, ich bin das Opfer. Ich bin verurteilt. Ich kann nicht mehr, aber er will weiter. Ich habe Ihnen alles gesagt, hören Sie auf, sage ich. Es ist noch nicht genug, antwortet er, sehen Sie genau hin. Wer bin ich?

Ich starre ihn an, sein Gesicht, das sich langsam verändert. Jetzt will ich es wissen, jetzt muß ich es wissen. Die Haut, das Fleisch, die Lippen, alles wird nach hinten weggesogen bis auf die Knochen. Nur diese Augen bleiben unverändert hart und kalt auf mich gerichtet. Ich blicke auf einen Totenkopf mit flackernden, lebenden Augen.

Da ist er, der Tod. Jetzt hat er mich eingeholt, ich gehöre ihm.

Ich habe jetzt keine Angst mehr. Ich bin ruhig. Ich fühle seine warme Hand, die immer noch meine Hand festhält. Meine Hand ist kalt, ich bin bewegungslos. Es scheint, ich bin tot. Sternberger sagt, ich soll aufstehen. Wie geht es jetzt weiter, frage ich, und, was soll ich jetzt tun? Wie soll ich jetzt auf die Straße gehen? Ich bin benommen und abwesend. Er antwortet mir nicht.

Ich verkroch mich zwei Tage lang in meinem Bett und versuchte herauszufinden, ob ich es akzeptieren könnte, ein Opferlamm zu sein. Die Vorstellung war erschreckend, aber neu. Ich hatte nicht gedacht, daß es so schlimm um mich stehen würde, so aussichtslos. Ein neues Stück stand auf dem Spielplan, eine großartige Inszenierung, in der ich die Rolle des Opferlamms innehatte. So betrachtet, konnte ich es akzeptieren. Immerhin eine bedeutende, eine respekteinflößende, eine herzzerreißende Aufgabe. Es gab Propheten, Märtyrer, Teufel, Apostel, es gab den geldgierigen Bauern, der seine Scheunen nicht voll genug kriegen konnte, der Tag und Nacht einfahren ließ, und als die Ernte endlich unter Dach und Fach war, erschien ihm Gott in der Nacht, in der selbigen Nacht und sagte, heute nacht komme ich und hole dich. All das gab es, und es gab das Opferlamm, das unschuldig war und rein und das seine Bestimmung hatte.

Vorerst würde ich es akzeptieren können, ich nehme die Rolle des Opfers an. Sie war besser als die Rolle des Verräters, des gierigen Bauern, ja besser als die meisten anderen Rollen überhaupt. Und hatte nicht Jesus Christus selbst sich geopfert, war diese Bestimmung nicht eine der schönsten, höchsten, die es überhaupt geben konnte? Ich würde mich nicht dagegen wehren. Ich würde sehen, wie ich mit dieser neuen Existenzform zurechtkommen würde, wie die anderen mit mir zurechtkommen würden.

Seit diesem Tag waren Sternberger und ich vorsichtig und milde miteinander. Für einige Wochen waren wir auf eine tiefe, beruhigende Art miteinander ausgesöhnt. Zwischen uns existierte keinerlei Spannung mehr, wir lebten friedlich nebeneinander, wie eine Herde Kühe auf einer üppigen Weide gleichgültig grast und wiederkäut. Abends um fünf erhebt sich das Leittier und trägt seinen schweren Körper mit schwankendem Euter den Berg herunter zum Tor, wo der Bauer schon wartet, und die ganze Herde folgt gelassen dem Leittier auf hochhackigen Schuhen, mit schlenkernden Eutern und heiligen Kuhaugen strebt die Herde dem Stall zu, wo ihnen die vollautomatischen Melkmaschinen aufgepfropft werden, und mit pochenden, stoßenden Rhythmen saugen die Melkmaschinen die Kühe aus, saugen die schwere, schwankende weiße Milch aus ihren heiligen Körpern.

Sternberger schien sich zu freuen, wenn ich in seine Praxis kam, und er sagte es auch. Es war die Freude eines Pfarrers, dessen kleine Gemeinde durch ein neues, sanftmütiges, geläutertes Mitglied bereichert worden war, eine Sünderin hatte endlich auf den rechten Weg gefunden. Er schien beinahe glücklich zu sein. Er erklärte, er habe in mir einen Menschen gefunden, dem er vertrauen könne. Sie haben meinen Tod von mir genommen, sagte er. Er umarmte mich, als wolle er mir für etwas danken. Ich habe ihn gefragt, was das ist, was wir miteinander erleben. Meine friedliche Gelassenheit begann sich ein wenig zusammenzukrampfen, als müsse sie sich gegen Angreifer verteidigen.

Sie wollen es zerstören, was zwischen uns geschieht? fragte Sternberger, aber es war eher eine rhetorische Frage, denn gleich darauf sagte er beruhigend, lassen Sie alles geschehen, wie es kommt. Wir sollten nicht darüber nachdenken, nicht darüber sprechen. Darüber kann man nicht sprechen.

Ich muß an diese Sängerin denken, die seit einigen Monaten sämtliche Hitparaden erobert hat. Ihr Name ist Jennifer Rush. Sie lebt jetzt in Kalifornien in einer herrlichen Villa mit Swimming-pool und Fächerpalmen. Vor noch nicht allzu langer Zeit hatte sie in Deutschland ihre erste Single veröffentlicht und damit einen totalen Reinfall erlitten. Die Platte wurde unter ihrem wirklichen Namen veröffentlicht. Ihr wirklicher Name ist Heidi Stern. Mit diesem Namen kann man im internationalen Showgeschäft nichts werden, und mit diesen Platten kann man weder im internationalen noch im nationalen Musikgeschäft auf einen grünen Zweig kommen. Das ganze Management war eine Katastrophe. Die Frau als solche war eigentlich ausbaufähig, man könnte etwas aus ihr machen, wenn man es richtig anstellt. Diese Jennifer Rush hat mich immer an eine Kuh erinnert. Aber daran denkt jetzt niemand mehr, wo sie in Kalifornien in diesem Bungalow wohnt und Jennifer Rush heißt und nicht mehr Heidi. Sie hat jetzt amerikanische Manager, die ihr sagen, was sie anzuziehen, was sie wie zu singen hat, wo sie zu wohnen hat und wie sie sich in der Öffentlichkeit zu geben hat. Jetzt ist sie erfolgreich und singt Lieder wie »I come undone«.

In meinem Garten steht ein Kirschbaum. Hier wohne ich, dies ist mein Haus, wenn auch nicht im Sinne des Eigentumsrechts. Dies ist meine Wildnis, mein Spieglein, in das ich schaue, das mir sagt, wer die Schönste ist. Die Blätter der Bäume legen mir die Karten im Gras, die Früchte rollen wie Würfel, Vögel geben die Zeit an, die Spuren des Tierlebens schreiben Nachrichten, Boulevardblätter liegen auf den ausgetretenen Pfaden im hinteren Teil des zehntausend Quadratmeter großen, des unverschämt großen Gartens, der Platz böte für eine Siedlung von mindestens dreißig Reihenhäusern mit mindestens dreißig kleinen Garagen und dreißig kleinen Gartenstücken mit dreißig kleinen Sandkästen. Dreißig Familien könnten hier glücklich werden, mindestens dreißig, wenn nicht mehr. Vorerst bin nur ich es, die hier glücklich werden will, ich ganz allein. Meine Wohnung hat vierzehn Fenster, ich kann in jede Himmelsrichtung blicken. Der Kirschbaum ist schon älter als ich, etwa doppelt so alt vielleicht. Die Früchte hängen sehr hoch an den weit verzweigten Ästen. Die Krone des Baumes befindet sich in der Höhe meines Küchenfensters. Die kleinen grünen Kugeln werden im Mai leuchtender und heller, dann rot und groß, schließlich dunkel und matt wie Samt und dann fast schwarz. Sie baumeln wochenlang im Wind. Vögel hocken im Baum. Es ist ein einziges Zetern und Schnäbelwetzen in dieser Krone, wenn die Kirschen faulen, dazu das Klatschen und Klappern der breiten Taubenflügel. Die wenigen Kirschen, die die Vögel hängen lassen, verfaulen in einer monatelangen luxuriösen Zeremonie bis in den September hinein.

An der westlichen Seite des Hauses stehen ein Dutzend anderer Bäume, die das Dach nur wenig überragen. Ich schlafe unter den riesigen Baumkronen, die in der Dämmerung erstaunliche Umrisse gegen den sanft leuchtenden Himmel zeichnen. Sie schaukeln und rufen. Sie bewegen sich wie Pantomimen, indem die senkrechten Äste vorgeben, zu gehen wie Menschen, und dabei doch auf der Stelle bleiben. Am Tag erkennt man diese Bäume als Blutbuchen, Birnbäume, Linden und Tannen. Eine einzelne Magnolie steht am Rand der Wiese. Dahinter liegt der Obstgarten mit seinen Mirabellen-, Pflaumen-, Apfel- und Pfirsichbäumen. Der gesamte Garten ist ungepflegt, der Boden überwuchert mit Gestrüpp, Efeu, Dornenranken. Kleine und große Holunderbüsche, hoch wie Straßenlaternen, lassen ihre Blütenstände leuchten, die weißen rosettig angeordneten Brakteen strahlen von einem Punkt aus wie weißes Licht. Der schmale Pfad, der vom Haus in den hinteren Teil des Gartens führt, ist bestreut mit Zeichen der Jahreszeit. Schwarze butterweiche Steinfrüchte, Wasserpflaumen, Mirabellen, Kirschen zerfließen jetzt förmlich bis auf den harten Kern unter meinen Schritten. Zwischen den Rosenstöcken bemerke ich einen Schwarm blasser, silbergrauer Federn, die wie Zugvögel auf einer Fotografie festgehalten sind und sich nicht mehr bewegen. Irgendwann werden Wind und Regen die Federn verteilen, das Bild ändern. Einige Tage später hat der wilde Kater erneut einen schwachen, kränkelnden Vogel von hinten angefallen und nach einem launischen Spiel dessen Körper aufgerissen unter dem schweren, süßen Duft des Rosenstrauches. Es ist nicht mehr auszumachen, wo dieser Vogel, wo die Existenz des toten Vogelkörpers beginnt und wo sie endet. Ein Rest zerrissener Gedärme, korallenrot und blau verästelt, Haut und Federn, grau wie Asche. Der Körper des Vogels besteht aus unzähligen Welten, die jetzt, jede für sich, ihr eigenes Dasein führen. Einige Blätter, golden und kupferfarben glänzend, dekorieren kostbar den Pfad, liegen naß und schwer, als hätten sie zuviel Sonne aufgesogen und wären in metallener Schwere vom Baum gefallen. Kein Windstoß kann sie mehr aufscheuchen. Nach wenigen Tagen werden die goldenen Blätter schwarz. Sie haben einen seltsamen Umweg genommen, von Grün über Gold hin zum Schwarz. Das ursprüngliche Dunkelgrün dieser Blätter liegt, malerisch betrachtet, schon sehr nah am Schwarz. Aber die Natur scheint nicht logisch oder in sparsamen Prozessen zu verfahren. Kurz vor dem Ende leuchtet sie gelb auf, Gelb, die Farbe des Lebens, wie Kandinsky behauptet. Gelb tue den Augen weh, sagt Cioran. Deshalb, weil Leben weh tut.

Nun geraten wir wieder aneinander, er und ich. Das Opferlamm ist dem Beil des Henkers noch einmal entkommen, im letzten Moment sprang es mit ungeahnter Kraft über das Gatter und fraß sich an allerlei Pflanzen und Gräsern satt und stark. Keck sah es seinem Herrn aus gebührendem Abstand in die Augen und dachte, wenn ich ein wenig älter bin und klüger, dann tauge ich nicht mehr zum Opferlamm. Opferlämmer müssen jung sein und unschuldig, und wenn sie größer werden, sind sie keine veritablen Opferlämmer mehr, sondern nur noch ganz gewöhnliche Lämmer oder Schafe, denen man einige Jahre lang allenfalls das Fell schert. Übermütig saß ich Sternberger also in der Blüte meiner Jahre gegenüber, ich, im gebärfähigen Alter, unheilig, ungeistig, unbezwungen. Ich war nicht einmal traurig.

Sie haben jetzt die letzte Gelegenheit, auf den einzigen Zug aufzuspringen, der von Bedeutung ist, begann er zu erklären. Gehen Sie jetzt unter meiner Begleitung in die Psychose, um die Sie sich dauernd zu drücken versuchen. Sie können mir vertrauen. Es ist Ihre letzte Gelegenheit, wiederholte er. Wenn Sie sich nicht endlich dazu bereit erklären, möchte ich Sie hier nicht mehr sehen.

Warum forcieren Sie es so, fragte ich ziemlich schlaff, denn er hatte mich mit seiner Entschlossenheit wieder einmal überrumpelt.

Sie wissen jetzt Bescheid, sagte Sternberger. Überlegen Sie es sich, und machen Sie mir ein Angebot.

Welche Ironie darin lag: Machen Sie mir ein Angebot. Ja, ich würde es mir überlegen. Ich würde mir etwas überlegen müssen. Einige Karten muß ich auf den Tisch legen.

Bei unserer nächsten Zusammenkunft sage ich ihm, daß ich einen gewissen Teil meiner Existenz vor allen Menschen verschlossen halte, noch nie habe jemand Zugang zum Reich meiner geheimsten Phantasien und Träume gehabt, auch er nicht. Ich sei entschlossen, ihn auch in Zukunft nicht daran teilhaben zu lassen, es sei unmöglich, was er von mir verlange, ganz undenkbar, es so zu tun, wie er sich das vorstelle, hier in diesem Zimmer, wo, nur durch eine dünne Wand getrennt, in einigen Metern Entfernung zehn Leute warteten, die er gleich nach mir abfertigen werde, wie er mich abfertige. Das sei es nicht, was ich wolle, und dabei müsse es bleiben. Ich kenne meinen Wert. Er könne nur so viel von mir erfahren, wie diese Umstände anständigerweise es gerade noch zuließen, und ich sei also darauf vorbereitet, ihn heute das letzte Mal gesehen zu haben.

Wir spielten miteinander wie junge Katzen. Heute war ich die Stärkere. Sternberger hörte mir zu und senkte seinen Lockenkopf ein wenig schuldbewußt. Da hatte ich ihn gefangen. Er konzediere, daß er dabeigewesen sei, drauf und dran gewesen sei, einen Fehler zu begehen. Er zöge zu stark an mir, er wolle unbedingt, daß ich zu diesem bestimmten Kreis der Wenigen gehören soll, die er ausgewählt hat, die er für Erleuchtete hält.

Jetzt bin ich mit meiner Antwort etwas schneller bei der Hand, schon vorbereitet und eingespielt auf dieses mir wenig verlockend erscheinende Angebot. Ich sage ihm, daß er mir heute vorkommt wie einer, der seinen Privatzoo um ein weiteres seltenes Exemplar erweitern will, daß er mich unterschätze. So werde er mich nie bekommen, auf diese Weise. Sternberger lächelt wie ein Kind, das eine gerechte Strafpredigt erhalten hat. Er scheint das zu mögen, vielleicht braucht er es sogar. Vielleicht braucht er jemanden, der ihm entgegentritt. Ich sage ihm, er sei käuflich, ob er sich darüber im klaren sei, und heute habe er meiner Meinung nach sein Geld nicht verdient. Er sagt, es ist gut und ich solle wiederkommen. Er sagt, ich warte auf Sie.

Gut. Ich hatte mir einen würdigen Gegner ausgesucht. An wem hätte ich meine Macht besser messen können als an einem mit allen Wassern gewaschenen Kenner der menschlichen Seele? Wer hätte mir deutlicher, unausweichlicher zeigen können, wer ich bin, wozu ich fähig bin, was ich aushalten kann? Wer hätte das besser vermocht als Sternberger?

Er war mein Trainer, mein unerbittlicher Lehrmeister, mein Schrittmacher, und er genoß es, mich einzuführen in sein Reich, mir die Regeln seines Spiels verständlich zu machen, und ich lernte eifrig.

Therapie. Unsere Zusammenkünfte nannten sich so. Manchmal lehnten wir an der großen Glasscheibe des Fensters, als sei sie unzerbrechlich. Es war sehr hell, und wir schwiegen. Ich möchte genauer wissen, wie Sie mich sehen, sagte er. Von mir sagt er, ich sei ein Raubtier, meine wilden Augen – kein Opferlamm habe je solche Augen gehabt. Er hat Hunger. Er ist gierig. Ich bin ohne Verlangen. Draußen schoben sich einige Autos im Abendverkehr entlang. Er war müde. Er war es müde, Tag für Tag diese Ströme von Kranken. Sie laden alle ihren Schrott bei mir ab. Psychiater zu sein wie ich ist die Hölle, sagt er. Ich werde das nicht mehr lange so weiter machen.

Sie haben keinen Abstand, Sie haben keine Haut mehr, sage ich.

Heute morgen, sagt Sternberger, heute morgen kam ich am Wartezimmer vorbei, und ich habe hineingesehen. Normalerweise sehe ich nie da hinein. Aber heute morgen sah ich hinein, und das Zimmer war voller Menschen, die alle zu mir wollten. Ich dachte, was wollen die eigentlich alle von mir? Was wollen sie wirklich von mir?

Draußen bildete sich ein Stau, die Autos bewegten sich nicht mehr. Ich sah ihn schweigend an. Er hatte eine Antwort von mir erwartet. Ich halte es nicht mehr aus, sagte Sternberger.

Später erklärte er mir, daß er in seiner Arbeit als Psychiater keinen Sinn mehr sehe. Vielleicht werde er wieder ins Ausland gehen. Er setzt seinen Vorsatz insofern in die Tat um, als er ab sofort seine Sprechzeiten auf wenige Stunden am Tag begrenzt. Er will einen

Nachfolger suchen. Höchstens ein Jahr lang will er noch so weitermachen.

Abends sehe ich zum dritten Mal Antonionis »Blow up«. Das Geräusch des Windes in den Bäumen. Ich kann die Fratzen von den blöden Weibern nicht mehr sehen, sagt David Hemmings. Als der Film vorbei ist, entschließe ich mich auszugehen. Ich tue das selten, alleine ausgehen. Ich beobachte einen Mann, der mich zugleich anzieht und abstößt. Ich beobachte ihn den ganzen Abend über. Er trägt karierte Hosen, und sein Hemd ist über der Brust geöffnet. Er verausgabt sich völlig beim Tanzen. Er ist naß. Das Mädchen ist hübsch, viel zu hübsch für ihn. Ich finde ihn ekelhaft, aber er ist trotzdem faszinierend. Er faßt ihr unter den Rock. Sie benehmen sich beide, als seien sie in einem Swimming-pool und müßten sich durch obszöne Bewegungen über Wasser halten.

Sternberger rafft sich noch einmal auf. Er sagt, nach mir kommt nichts mehr. Einige meiner Patienten werden sterben, jetzt, wo ich aufhöre. Wer mir jemals seine Tür geöffnet hat, ist unheilbar. Nach mir gibt es keine Therapie mehr, die ihn retten kann. Die Psychoanalyse wird an ihm oder an ihr herunterrinnen wie der Regen am Gefieder eines Vogels.

Ich bekenne, ich habe gelogen. Ich habe mich selbst belogen und ihn, Sternberger. Ich habe gelogen, indem ich vorgab, ihm nicht folgen zu können, damals, als er meinen sterilen, symbolischen Opfertod wollte. Es waren ästhetische Bedenken, die mich davon abhielten, mich ihm in seiner Praxis zu überlassen. Es war die kalte Überlegung von jemandem, der Regie führt und der eine Szene, wenn es notwendig ist, zwanzigmal wiederholen läßt. Es kommt darauf an, die Inszenierung des Todesschauspiels zum Äußersten zu bringen. Einstweilen mußte ich das Begehren zirkulieren lassen, ich mußte diesen Höhepunkt zurückführen auf das Machbare, damit er wirklich werden konnte, damit es WIRKLICH geschehen konnte.

Ich ahnte, Sternberger würde mich nicht vergessen, er hatte zuviel gesehen in meinen Augen, er hatte gelesen, was ich ihm vorschrieb, den geheimen Glanz und das Blitzen. Meine Blitze hatten sich festgehakt in seiner Haut, seinem Fleisch. Es lag etwas Unheimliches darin: Eines Tages würde er kommen, um sich zu befreien von meinen stechenden Widerhaken, er würde sich losmachen wollen von mir, er würde sehr nah an mich herankommen müssen. Wenn ich sage, wir würden uns verlieben ineinander, wenn ich sage, wir würden zusammen schlafen, so bezeichnet das nur die erste Phase der Zirkulation, das unermüdliche Kreisen umeinander, den Schlaf der Lust. Ich würde nicht mit ihm schlafen, wenn es soweit war, wir würden miteinander wach werden, wach sein, uns aneinander aufreiben, uns aneinander zerfetzen, unser Fleisch, unsere Seelen aneinander wundreiben. Erst würden wir übereinander kreisen wie Raubvögel über ihrem Opfer. Dann aber würde nicht einer auf den anderen herabstürzen, über ihn herfallen, ihn verschlingen, wie es in der Natur geschieht, sondern wir würden gemeinsam auf die Todeshöhe gehen.

Dann aber würde der Abstieg folgen, der Sturz. Er würde notwendig sein, um berichten zu können, vom höchsten Berg der Erde, vom größten Monument, vom donnernden Wasserfall. Dann aber würde der Exzeß, die unbeschränkte Hingabe aneinander, der Paroxysmus der Vergangenheit angehören. Dann würde es aus sein. Eine Wiederholung würde es nicht geben können. Ein Höhepunkt hat seinen Preis. Er ist teuer, und er ist einmalig. Man kann aus ihm keine Ehe schmieden und keine Freundschaft. Man kann aus diesem Höhepunkt eine Waffe schmieden, aber auch sie wird niemals wieder die Qualität dieses ersten und einmaligen Höhepunkts erreichen. Sie wird nur ein Abglanz sein, ein blitzendes Stück Stahl für einen aussichtslosen Krieg.

Damals begann schon die Zeit, da einzelne Patienten ihm Abschiedsgeschenke machten. Er wollte seine Ankündigung also wahrmachen. Er zog ein Buch aus einem Stapel von Pralinenschachteln hervor und hielt es hoch. Ich las den Titel, es lag irgend etwas Hoffnungsvolles darin, etwas, das Trost bringen sollte. In diesem Buchtitel war die Aufforderung enthalten, daran zu glauben, daß diese Gesellschaft, daß diese Menschheit sich ändern könnte.

Ich sah die Verachtung in Sternbergers Augen. Sardonisch lächelnd legte er das Buch zurück zu den Pralinen.

Kommen Sie heute zum letzten Mal? fragte er provozierend.

Vielleicht, sagte ich. Verabschieden konnten wir uns nicht voneinander. Es wäre ganz unmöglich gewesen.

Beim Hinausgehen begegnete ich der Spanierin mit den Modigliani-Augen. Sie sei hingebungsvoll wie ein Lamm, hatte er mir erzählt, stumm wie ein Modell, bewegungslos. Sie spricht kaum ein Wort Deutsch, obwohl sie alles versteht. Sie ist für Sternberger der Inbegriff der Passivität geworden, inbrünstig sei sie. Sie gibt sich ihm hin mit der ganzen Kraft ihrer Seele, ungebrochen. Diese kleine, schöne Frau, diese Putzfrau aus Bilbao. Was geht in ihr vor? Was sieht sie, wenn er sie mit seinen Blicken hypnotisiert wie ein Raubtier ein Kaninchen? Sternberger weiß es nicht. Sie sagt nichts. Deshalb ist sie für ihn nur halbwegs interessant. Er hat es gern, wenn man ihm alles zeigt. Vielleicht wird sie beim Abschied weinen.

Und die algerische Hure? Sie erzählt ihm viel, sie erzählt ihm alles. Aber sie ist nicht eine Spur inbrünstig. Aus sehr guter Familie, sagt Sternberger, eine Adelige. Er tue ihr gut, sagt sie.

Manchmal, früh morgens, sah ich sie die Praxis verlassen, wenn ich kam. Sie hatte nicht geschlafen und kam zu ihm mit dem Nikotingestank der Nacht in ihren Kleidern. Die großen, dunklen Pupillen waren geweitet vom Dämmerlicht in den schwülstigen, rotsamtenen Lokalen, wo sie ihrer Arbeit nachging. Mit ihren schweren Pelzen, dem Silberfuchs, in dem sie aussah wie ein aufgeplustertes Perlhuhn, dem Luchs oder dem gelblichen Mantel aus Baummarderfellen stieg sie aus dem engen Lift, und wenn sie ging, schlenkerten die Säume all ihrer Pelze elastisch, jung und gesund. Ihr Gesicht aber war zerstört. Über den trostlosen Platz stolzierte sie dann davon, indem sie bei jedem Schritt den Kopf vorstreckte und wieder zurückzog wie ein Fasanenmännchen. Nächtlich geschmückt und bunt stakste sie über den morgendlichen Platz, wo der Wind den Staub aus den umliegenden Häuserschluchten zusammenfegte und wirbeln ließ. Und immer klafften ihre Pelze vorne weit auf. Die Haken und Ösen hat sie entfernen lassen. Sie scheint Kälte nicht wahrzunehmen.

Bald wird sie einen kleinen Betrieb für luxuriöse Damenunterwäsche eröffnen. Sternberger hat es mir erzählt. Er läßt mich mit verdächtiger Offenheit teilnehmen am Leben seiner interessantesten Fälle. Obwohl sie so fragil wirkt auf diesen hohen, dünnen Absätzen und hilflos erscheint mit diesem dicken, aufgeplusterten Pelzkörper darüber, steht sie doch mit beiden Beinen fest auf dem Boden. Sie hat ein moderates Verhältnis zu Sternberger gefunden. Sie regen einander nicht besonders auf, respektieren sich in gewisser Weise, und vielleicht schenkt sie ihm zum Abschied einen Goldring. In seiner Retention imponiert ihm ihre Großzügigkeit, die gleichgültige Art, mit der sie das Geld zum Fenster herauswirft. Sie parkt ihre schlichte englische Limousine regelmäßig im Halteverbot, weil ihre Absätze auf dem Parkplatz hinter dem Haus in den Ritzen zwischen dem Kopfsteinpflaster stecken bleiben könnten, das rote Lackleder wie Haut über das weiße Knocheninnere nach oben geschoben werden könnte, und Wunden habe ich genug, sagt sie. Sie bezahlt Sternberger nach jeder Sitzung in bar. Es ist, als verließe sie ein Lokal oder einen Frisör, wenn sie Sternberger verläßt. Sie wird irgendeinen Ersatz für ihn finden. Und ich? Eigentlich sind sie das ideale Paar, Sternberger und die algerische Hure mit dem zerstörten Gesicht. Was mich dagegen mit ihm verbindet, ist etwas sehr Unpraktisches, etwas ganz und gar Unirdisches.

Das war mein letzter Besuch bei Sternberger. Doch ich wußte, er würde noch einige Monate lang in seiner Praxis zu finden sein, ich wußte, es gab dieses rettende Netz. Manchmal hatte er mich völlig wahnsinnig gemacht, aber er hatte mir auch gezeigt, daß er mich retten konnte, aus Höllenqualen konnte er mich retten mit einem Wort, einem Blick. Ich fühlte, daß Sternberger mir fehlte. Aber was war das schon im Vergleich zu den Befürchtungen, die mich in den ersten Tagen gequält hatten! Es war die Befürchtung, die ganze Welt könnte mir einfach entgleiten, mit zwei, drei Zuckungen mir aus der Hand springen wie ein glitschiger, vitaler Fisch. Ich hielt ja nichts mehr in Händen, es gab keine Sicherheit, ihn wiederzusehen, vielleicht eine schwache Aussicht. Ich hatte Angst, das Leben könnte mir jetzt womöglich nichts mehr zu bieten haben, das Leben könnte schal und geschmacklos werden ohne diese wöchentlichen Besuche in seiner Praxis, ohne die tiefen Blicke, die wir austauschten, mit denen wir uns umschlungen hielten und die wir gegebenenfalls einander zuwarfen, wie man ein Lasso einem fliehenden Kalb überwirft, damit es nicht in einen Abgrund stürzt. Ich hatte Angst, das Licht könnte blasser werden und vielleicht in eine ständige Dämmerung übergehen ohne ihn. Ich hatte Angst, daß ich nichts mehr erkennen würde. Ich hatte Angst, ohne ihn könnte sich so etwas wie ein Trauerschleier endgültig zwischen mir und der Welt herablassen und mir das Atmen schwermachen. Jede wirkliche Berührung mit der Welt würde dieser Schleier verhindern, mich einschließen in eine schale Dämmerung aus Nichts.

Und ich kämpfte dagegen an, von Anfang an. Ich lechzte nach starken Reizen, die mich dessen versicherten: Ich, Haut an Haut mit der Welt. Meine Stimme sei sehr laut, ich sei grob geworden in meinen Bewegungen und nachlässig, bemerkte Marion damals.

Doch ich lernte von Tag zu Tag und mit ständig wachsender Sicherheit, daß ich ohne Sternberger leben konnte. Und war es nicht irgendwo auch ein Glück, daß es endlich vorbei war mit ihm? Genaugenommen war er ja nicht nur ein schlechter Therapeut, er war gar keiner. Er wühlte Gefühle auf, ohne das entstandene Chaos auch nur annähernd zu bearbeiten. Zugegeben, gerade das war interessant gewesen an ihm, diese unberührte Wildnis, wo das Leben tobt oder dahindämmert, wie es will. Ich trug Sternberger immer noch bei mir, hatte Sternberger tief in meiner Seele eingeschlossen, wie man etwas einschließt, das einem sehr wertvoll ist und das man schützt. Man könnte auch sagen, er hatte etwas gesät in mir, und nun wuchs es ganz ohne unser Zutun.

Aber das wußte ich damals nicht. Ich wußte nicht, daß ich ihm treu geblieben war. In mir herrschte eine heimliche Treue, von der ich kaum eine Ahnung hatte. Sie war in mir, sie bewegte mich, sie ließ mich schlafen, sie leitete mich unmerklich in allem, was ich tat. Ich selbst war diese Treue, und weil dies ein Geheimnis war, wo bereits der Gedanke an die Ahnung seiner möglichen Existenz mich zurückschrecken ließ wie ein elektrischer Schlag, kehrte ich eine herzzerreißende Leichtigkeit heraus: Ich wandte mich meiner Malerei, den Menschen, überhaupt dem ganz alltäglichen, normalen Leben mit ungewohnter Heftigkeit zu. Das Leben war ein Spiel, alles war möglich, und es gab nur ein Tabu. Dieses Tabu hieß Sternberger.

Beinahe war es, als hätte ich schon damals gewußt, daß es nur böse enden könnte mit ihm und mir, sollten wir uns jemals wieder begegnen.

Dieses nackte Elend wollte er. Weil es den Geist beflügelt, weil einem dabei etwas einfällt, der rettende Gedanke im letzten Moment.

Wir haben uns wiedergetroffen. Wir sind ein Liebespaar geworden. Aber die Liebesgeschichte zwischen Sternberger und mir tritt in ihre letzte Phase ein, die gekennzeichnet ist von quälenden Spannungen und einer immer unerbittlicher werdenden Feindschaft. Der Schnee lag schon hoch. Oberhalb des Dorfes lagen die Felder unberührt da. Sternberger weist mich auf die Spur eines Hasen hin und ein wenig weiter hinter einem kleinen Schuppen auf den Abdruck der Schwingen eines Raubvogels, der kurz die Schneedecke berührt haben mochte, um ein krankes Tier zu fassen.

Als Kind legte ich mich mit dem Rücken in den Schnee und breitete meine Arme aus, ich legte sie neben meinen Körper und ließ sie, einen Halbkreis beschreibend, vorsichtig in den Schnee sinken, bis eine Spur großer Vogelschwingen zurückblieb. Wir gehen den tiefverschneiten

Weg herauf, dessen Ränder nur andeutungsweise noch zu erkennen sind. Meine hohen Stiefel stecken bis zum Rand im Schnee. Es ist sehr mühsam, so zu gehen.

Ich möchte zurück. Sternberger zieht mich ein Stück am Ärmel meines Mantels weiter. Ich bin erschöpft. Er hat nicht einmal meinen Arm berührt, es war nur der Ärmel. Oben am Waldrand wurde es wärmer. Das leichte Sausen des Windes zwischen den Tannen. Der Wind scheuchte die oberste Schicht des Schnees glitzernd und lautlos auf, leicht und mühelos. Im Wald weht ein anderer Wind, der kaum mehr wie eine Bewegung, sondern wie eine huschende, unberechenbare Geräuschkulisse wirkt. Nur die obersten Äste der Tannen schaukeln leicht. Es scheint, sie übertragen die Geräusche aus den Wipfeln der Tannen wie Spiralen ins Innere des Waldes. Sternberger ist mir jetzt schon weit voraus. Ich sehe ihn oben am Horizont, wo das erste Waldstück endet. Er trägt diesen Mantel, den er unter der Brücke um mich schlug. Ich klettere auf einen Hochsitz, setze mich auf die kleine Holzbank aus Birkenbalken und atme ruhig. Ich bin müde. Es wird bald dunkel sein. Ich habe einen klaren Kopf. Ich kenne den Rückweg. Ich bin hier wie zu Hause. Ich weiß, man darf nicht zu lange ausruhen. Die Kälte dringt schnell und doch unmerklich in meinen Körper. Ich fühle es nicht, ich weiß es. Heraufzukommen war leicht. Aber der Abstieg in den schweren Kleidern macht mir Mühe und die Vorstellung, was danach kommt. Ich folge seinen Spuren nicht, sondern gehe eine Abkürzung quer durch den Wald. Es ist schon spät. Als ich aus dem Wald komme, sehe ich das Dorf nur noch in Form einiger Lichter.

In letzter Zeit habe ich oft krampfartige Schmerzen im Unterleib. Es ist, weil Sternberger nicht mehr mit mir schlafen will. Er sagt, ich soll verzichten lernen. Ich soll auf ihn verzichten, auf seinen Körper. Es sei besser für uns. Aber es ist schon zu spät. Für mich ist es zu spät. Es ist schon lange vorbei, daß ich mich unter Kontrolle hatte. Seit ich mich in ihn verliebt habe, ist mir die Kontrolle abhanden gekommen, die notwendig ist, wenn man ein Experiment machen will. Irgendwann ist dieser Versuch gescheitert, er hat sich verselbständigt, und nun ist er es, jetzt ist es Sternberger, der mit mir macht, was er will.

Zwei Tage lang waren wir in dieser Jagdhütte. Endlich ein Ort, wo wir alleine waren. Marion hatte mir die Schlüssel besorgt. Aus irgendeinem Grund können wir uns nicht mehr in meinem Haus treffen. Sternberger sagt, es sei nicht unsere Bestimmung, daß wir uns an derart sicheren Plätzen treffen, wo es warm ist, wo ein großes Bett ist, Musik, Tee und Kuchen, wo heißes Wasser aus der Leitung strömt. Er sagt, mein Haus sei ein Nest, und Nester würden zerstört. Unsere Liebe würde zerstört werden in einem Nest. Ich kann schon nicht mehr klar denken, bin verwirrt, wenn ich das Wort »Zerstörung« höre, bereit, mich überall zu verirren, nur um dieser Zerstörung zu entkommen. Jetzt bin ich ihm ausgeliefert. Jetzt hat er erreicht, was er immer von mir wollte. Aber ich gebe noch nicht auf. Noch nicht. Ich habe die Vorstellung, daß ich es schaffen muß, mit diesen neuen Umständen vertraut zu werden, daß ich dann auch hier noch irgendeinen Ausweg finden werde.

In der Jagdhütte schlief er auf dem Sofa, ich lag in der Schlafkammer. Am zweiten Tag wurde ich frühmorgens wach, zog mich noch in der Dunkelheit an und schüttete die restliche Milch in den Schnee. Dann fuhr ich mit dem Wagen zurück nach Köln. Ich rief Marion Razoll an, und wir trafen uns in der Stadt. Ich spreche nicht von Sternberger, nie, zu niemandem. Ich beginne wieder zu trinken. Ich vertrage viel. Es sieht so aus, als ob ich viel vertragen kann. Einige Leute geben vor, mich deshalb zu bewundern. Marion Razoll scheint Verdacht zu schöpfen. Sie sieht mich mißbilligend an. Es ist beschämend, wenn man die Kontrolle über sich verloren hat. Auch das ist eine Mißachtung der Spielregeln. Es ist belästigend und beunruhigend, wenn es plötzlich ernst wird mit einem. Ich nehme mir ein Taxi und fahre nach Hause. Es ist erst Anfang Dezember, aber heute hat es auch hier angefangen zu schneien. Ich stehe vor diesem großen, dunklen Haus, und mir wird sehr deutlich, daß ich alleine bin. Ich lebe alleine. Nirgendwo eine Spur. Ich gehe über den schneebedeckten Weg auf die Haustür zu. Ich habe wieder Schmerzen. Ich werde ihn nicht mehr sehen, ich werde ihn vergessen. Ich muß ihn ganz bewußt aus meinem Leben streichen. Ich muß ihn verbannen in den ewigen Schnee. Ich raffe mich auf, entweder herrscht er oder ich. Aber ich habe Angst vor Sternberger. Wieder habe ich Angst, Angst vor mir selbst, vor dieser Liebe. Und diesmal ist die Angst größer als je zuvor.

Aber es gibt geräumige Höhlen, sich zu verstecken. Ich ziehe meine roten Schuhe an und tanze den Blues. Ich habe noch jeden betrogen. Will dieser schmächtige Mann mich fertigmachen? Dieser Kerl mit den schmalen Schultern, der brüchigen Stimme?

Wenn Sternberger fort ist, feiere ich trotzig meine Feste, wo er mich in Tränen wähnt. Lernfähig wie eine Wölfin bin ich allemal. Nachdem sie einmal die Schnur mit den roten Fähnchen durchbrochen hat, wagt sie es immer wieder. So fängt man in Rußland die Wölfe. Die Jäger kesseln sie ein mit einer einfachen, harmlosen Schnur mit kleinen roten Fähnchen, die die Wölfe abschrecken soll, aus dem Kessel auszubrechen. Aber wer einmal darüber gesprungen ist oder darunter durch, wagt es immer wieder. Dieser Wolf läßt sich nicht mehr schrecken, nie mehr, von einfachen Schnüren mit flammend roten Stoffetzen.

Ich werde ihm entkommen, ich werde ihm davonlaufen, immer weiter in den Wald hinein. Wie müssen wir bedeutend sein, daß man uns so sucht, mit so viel Mühe uns nahekommt. Tagelang suchen die Jäger, wochenlang, wenn es sein muß. Jetzt laufe ich nur noch bei Nacht, wo der Frost den Schnee hart macht wie Asphalt und keine Spuren zurückbleiben.

Doch ich greife vor. Noch sind wir nicht so weit. Wir befinden uns erst ganz am Anfang der Geschichte, mitten im Prozeß der Vorbereitungen zum Hauptteil. Wie bei einer Expedition geschah auch zwischen Sternberger und mir nichts unvorbereitet. Ich bin Schritt für Schritt sehr genau auf alles vorbereitet worden, um bis zum Schluß aushalten zu können. Ich war schließlich so ausgerüstet, daß nichts wirklich über meine Kraft ging. Vielleicht ist dabei nichts anderes geschehen, als daß, je höher wir stiegen, ich einen um so weiteren Blick über die Landschaft meines Lebens bekam und damit ein Bewußtsein von etwas erlangte, das der verbotenen Tür eines Märchens gleicht, der dreizehnten Tür. Und natürlich von dem, was dahinter liegt, wenn man sie öffnet.

Es war kurz vor Weihnachten. Ich erinnere mich daran, daß ich eine Glastür mit der Aufschrift »Nachteingang« aufstieß, die in den Kölner Hauptbahnhof führt. In Anbetracht dessen, was kurz darauf geschehen sollte, schien es, als habe diese gläserne Pendeltür, die auch tagsüber geöffnet war und die von den Besuchern des Bahnhofs ständig benutzt wurde, ohne daß jemand dieser Bezeichnung »Nachteingang« irgendeine Beachtung geschenkt hätte, für mich eine symbolische Bedeutung gehabt.

Nach dem winterlich kalten und stürmischen Wetter, das um den Dom herum fast immer stürmischer ist als anderswo in der Stadt, war ich in der Bahnhofshalle unmittelbar von einer bewegungslosen Kälte umfangen, die mich einen Moment lang erstarren ließ. Meine Haare, die vorher gnadenlos vor- und zurückgeworfen worden waren und für einen Augenblick im zugigen Eingang zu Berge gestanden hatten, als zögen sie mich hoch, fielen jetzt über meinem Gesicht und meinem ganzen Kopf zusammen, wie ein Fallschirm sich auf festem Boden ausbreitet. Ich strich meine Haare aus der Stirn, wie um den Weg frei zu machen, und ging auf die Tabakwarenhandlung zu.

Ich hatte eine lose Verabredung mit Christine, die meist bis elf Uhr schlief und dann gewöhnlich acht Tassen Tee trank, bevor sie zu arbeiten begann. Ihre Bilder waren im Gegensatz zu meinen abstrakt und von einer gebändigten, wohlkalkulierten Farbigkeit. Bilder, die so zurückgenommen, fast bescheiden und leise waren, daß Christine mich in ihrer Sanftheit und Gleichmütigkeit zu interessieren begonnen hatte, dieses blasse, blonde Mädchen, das so zäh und ausdauernd war, so ordentlich, so unscheinbar in ihrer Weiblichkeit, so wenig fordernd. Ihre Haut war weiß, als habe sie niemals die Sonne zu Gesicht bekommen. In ihrer Gegenwart empfand ich meine ganze Wildheit und Dunkelheit. Ich lackierte, seit ich sie kennengelernt hatte, wieder meine Fingernägel, weil es aufregend war, neben ihr zu sitzen, sie so bleich wie ein Schwan, wenn ich meine Hand mit den roten Nägeln nach einer ihrer naßglänzenden hellblauen Tassen ausstreckte, wenn ich mein schwarzes Haar in ihrem Wandspiegel sah, meine Wolfsaugen und giftgrünen Blusen, mein weiter schwarzer Wollmantel mit dem roten Innenfutter auf ihrem Bett, das mit bügelfreier, blümchenbedruckter Bettwäsche bezogen war.

Ihre Wohnung war modern, warm und klein, immer lief leise das Radio, und immer war es aufgeräumt bei ihr, die Farbtuben ordentlich verschlossen, die Pinsel in sauberen Einmachgläsern. Eva, guten Morgen, hätte sie gesagt, wenn ich gekommen wäre, und sie hätte mich ein wenig erschrocken angesehen wie immer im ersten Moment, aber sanft hätte ihre Stimme geklungen und freundlich, nachdem sie den ersten Schreck überwunden hatte, und wenn wir uns zur Begrüßung auf die Wangen geküßt hätten, wäre mir wieder ihr Duft aufgefallen, diese Haut, die nach nichts als Milch roch, manchmal vermischt mit einem ganz leichten Veilchenduft, denn sie lutschte mit Vorliebe winzige Veilchenpastillen, und ich würde sie mit meinem kalten Mantel umarmen, der nach Tabak roch oder teurem Parfüm, das ich mir schenken ließ oder selbst kaufte, wenn ich es brauchte, und ich brauchte es oft, ich verzichtete dafür wochenlang auf Fleisch, bezahlte verspätet meine Telefonrechnung oder lebte tagelang von Holundersuppe, um mir IVOIRE von Balmain leisten zu können.

Aber es sollte an diesem Tag nicht zu einer Begegnung mit Christine kommen, ich sah sie nie wieder, an diesem Morgen verschwand sie aus meinem Leben wie eine kleine weiße Wolke, die vorüberzieht.

Ich betrat also die Tabakhandlung im Kölner Hauptbahnhof, und eine Frau mit französischem Akzent verkaufte mir eine Schachtel Players. Ich drehte mich um und war einen Augenblick lang desorientiert, weil irgend etwas meinen Körper berührt hatte, das meine volle Aufmerksamkeit verlangte, ein namenloser Schreck, ein Zusammenzucken, das sich in einer Welle von der Mitte des Körpers blitzschnell in alle Richtungen hin ausdehnte. Ich weiß nicht einmal, ob diese Wahrnehmung des Schrecks zuerst da war oder ob ich ihn sah und er in mir diese Sensation auslöste, ich war gewarnt, weiß Gott, so einem Menschen geht man aus dem Wege, einem, der es fertigbringt, durch sein schlichtes Auftreten in einer Bahnhofshalle an einem ganz gewöhnlichen Tag mein Herz für Sekunden zum Stillstand zu bringen, mein Bewußtsein zu trüben, als begegnete ich einem Gespenst.

Sofort begann ich wieder zu denken, als es vorbei war, es gibt ja keine Gespenster, nichts weiter ist geschehen, als daß einige Schritte von mir entfernt mein ehemaliger Psychiater, Herr Dr. Sternberger, steht, den ich nun zum ersten Mal außerhalb seiner Praxis sehe und der mich freundlich und ein wenig erwartungsvoll anlächelt. Vielleicht ist das so, wenn man dem begegnet, der all unsere Geheimnisse kennt, fast alle jedenfalls, vielleicht muß das so sein, daß uns ein Mensch in Angst und Schrecken versetzen kann, den wir nur in einer bestimmten Rolle kennen. Und plötzlich begreifen wir, daß dies ja wirklich nur eine Rolle war, die er spielte, daß er uns nur eine Seite von sich gezeigt hatte, vielleicht zeigte er mehr, doch wir haben nichts anderes gesehen als immer nur dieses Tier im Käfig, aber jetzt ist es frei, jetzt hat der gleiche Körper andere Bewegungen, beunruhigendere, weil sie durch nichts mehr eingeschränkt sind, jetzt hat das Gesicht eine völlig andere Bedeutung, der leicht ironische Zug um seinen Mund verschwindet sofort wieder, und jetzt sieht er eher hilflos aus, und dieser Mann ist schmal und nicht größer als ich, er reicht mir die Hand, und ich denke, mein Gott, warum habe ich mich bloß so erschreckt, er ist doch sehr nett, und es freut mich, ihn zu sehen, es ist sicher interessanter, einen Kaffee mit ihm zu trinken als mit Christine, und dann sagt er auch, was ich dachte, haben Sie Zeit, wir könnten einen Kaffee zusammen trinken? Er sagt es vorsichtig und als würde ich ihm einen großen Gefallen erweisen.

Die Beruhigung, die jetzt von ihm auszugehen schien, war enorm. Ich fühlte sie förmlich, es war wie die Wirkung einer Morphiumspritze, die alle Verkrampfungen löst, die die Welt in angenehme Farben taucht und den Körper bis in die letzte Zelle sich warm und sicher bewegen läßt, jede Bewegung ist eine Leichtigkeit, eine spielerische Lust. Sternberger ging voraus und wir stiegen die Treppe zum Bahnhofsrestaurant hinauf, denn draußen tobte der Sturm, und es hatte begonnen zu schneien. Während ich ihm folgte, begann in mir wieder eine leise Verunsicherung, diesmal einfach wegen der Tatsache, daß es möglich ist, von einem Moment auf den anderen in zwei so gegensätzliche Empfindungen gestürzt zu werden, erst dieser Schreck und dann die unglaubliche Ruhe, die aus meinem Körper in mein Bewußtsein drang und mich verwandelte, wie mich zuvor der Schreck verwandelt hatte. Es war, als sei ich in ein anderes Element eingetaucht, ein Fisch, der an Land gezappelt hatte und jetzt wieder im kühlen Wasser eines südlichen Meeres schwamm. Das Schaukeln seines grünen Mantels vor mir, auf dem die Schneeflocken geschmolzen waren, der Stoff wie ein moosiger nasser Felsen, der mein Gesicht einen Moment lang berührte, als er stehenblieb und den Arm leicht auf meinen Rücken legte, um mich vorgehen zu lassen durch die geöffnete Tür. Die Hofsitten der Einsamkeit nahmen ihren amüsanten Gang, er half mir aus meinem schwarzen Mantel und lächelte vielsagend über das rote Seidenfutter und behielt den Mantel im Arm und legte ihn über die Stuhllehne neben sich, anstatt ihn an der Garderobe aufzuhängen wie seinen eigenen, und ich setzte mich ihm gegenüber, und er sah mich an, als habe ich eine großartige Leistung vollbracht und doch ein wenig fragend, als gäbe er mir die Möglichkeit zu entscheiden, ob ich so weitermachen wolle. Ja, ich wollte, warum auch nicht, ohne Zweifel gefiel es mir.

Wie lange haben wir uns nicht gesehen, fragte er, als müsse er prüfen, ob ich bereit und fähig sei, noch korrekt in den Zeiteinheiten der menschlichen Gesellschaft zu denken, denn er wußte ja genau wie ich, wie lange es her war, einige Monate, drei oder vier, was sagte das schon? Nun gut, wir würden uns also unterhalten wie zwei ganz normale Besucher eines Restaurants, das um diese Zeit fast leer war, und das Kommen der Kellnerin kündigte sich von weither an, wie man in einer flachen Landschaft in der Ferne einen Spaziergänger kommen sieht.

In diesem Moment fiel mir ein, daß es für Sternberger eine ganz einfache Möglichkeit gegeben hatte, wie er mich auch während unserer Trennung hätte sehen können. Er brauchte bloß ins Kino zu gehen. Mir wurde plötzlich bewußt, daß er mich für acht Mark beinahe eine Stunde lang ununterbrochen hätte anstarren können, und wenn er gewollt hätte, auch wiederholt. Er hätte in jede Vorstellung dieses Films gehen können und mich beobachten, ohne daß ich die geringste Ahnung davon gehabt hätte. Mein Gesicht, meinen Körper konnte er in zehnfacher Vergrößerung sehen. Meine Augen, mein Mund, ein Himmel aus rotem Fleisch. Ich erschrak, erstmals erschrak ich vor dem, was ich getan hatte und daß es eine Auslieferung war, daß jeder mich in Besitz nehmen konnte, wie es ihm gefiel. Schatten sprangen über mein Gesicht. Opfer war ich. Aber ich war auch Täterin. Ich jagte in diesem Film und tötete Tiere. Mein Lippenpaar berührte sich gelegentlich kaltblütig, gefühllos, wie Vogelschnäbel zuschnappen. Zu meinen Füßen lagen braunbunt tote Fasane, die Federn zitterten im eisigen Wind. Und das spritzende Blut der Rehe im Schnee wie exotische Blumen des Winters, die jäh hervorbrechen aus ewigem Eis. Und der Schnee saugt das Blut auf wie Löschpapier. Und das warme Blut frißt den Schnee.

Kaffee, fragte er. Ja, Kaffee, antwortete ich und warf pflichtgemäß einen Blick auf die Kellnerin, die ihr Haar in kurzen, fest gelockten Dauerwellen trug. Es ist kaum drei Monate her, nicht wahr, sagte ich. Ja, sagte Sternberger. Auch ihm schien die Antwort schwergefallen zu sein. Er rückte seine Gesichtszüge hin und wieder durch eine willkürliche Kontraktion der Muskulatur um den Mund herum zurecht und versuchte dann erneut, mich mit einem Blick erfassen zu können, der ihn nicht trügen würde.

Beinahe wie dieser Maler, dem der Auftrag erteilt worden war, während des Geschlechtsaktes eine möglichst genaue Zeichnung seiner Geliebten anzufertigen. Sah er mich nicht so an? Lag nicht in seinen kontrollierten Zügen zugleich die Angst vor dem Verlust dieser Kontrolle? Aber nein, er sprach ganz unbefangen mit mir.

Ich lachte Sternberger offen ins Gesicht, als er mir anbot, einen Kognak zum Kaffee zu nehmen, gemeinsam löschten wir die Bilder aus, und es blieb nichts als eine leere Schultafel. Also gut, Konversation. Ich war erleichtert, wie meisterhaft ich sie zu handhaben verstand, angeregt unterhielt ich mich mit Sternberger über dies und das. Er fragte mich, wie es mir inzwischen ergangen sei, was ich tue, den ganzen Tag. Er wartete die Antwort nicht ab, sondern bemerkte erklärend, er laufe jetzt viel durch die Stadt, er habe jetzt viel Zeit, er sehe sich die Straßen an und die Menschen. Er sei nur noch selten in der Praxis, in wenigen Wochen sei es vorbei.

Was wollen Sie demnächst tun? fragte ich. Er lächelte. Er erleide jetzt alles am eigenen Leibe, er sehe sich jetzt im Leben. Er sei beinahe glücklich, manchmal. Er wolle alles vergessen, sagte er. Seine dunklen Augen sahen mich an, und ich wiederholte fragend, VERGESSEN?

Einen Moment lang war ich ihm wieder entglitten, unsere Phantasien berührten sich nur hin und wieder, schnitten sich in gewissen Momenten wie Straßenkreuzungen, wo Zusammenstöße nicht ausbleiben. Haben Sie schon einen Nachfolger gefunden, wollte ich wissen. Oh, er war enttäuscht, daß ich so mit ihm sprach, das ist doch jetzt ganz unwichtig, sagte er verschämt und senkte den Kopf, beugte sich dabei ein wenig vor, und seine dunkelbraunen Locken berührten mich fast. Sein Kopf hatte etwas Kindliches, ich blickte jetzt auf ihn herab, und er starrte in seinen Kaffee.

Ich habe mich einmal sehr für Anthropologie interessiert, sagte ich. Es gibt ja diese sogenannten AAM, die angeborenen Auslösemechanismen beim Menschen, dieses Kind-Schema zum Beispiel. Bei einer Ratte oder einem Kleiber käme keiner auf die Idee, diesen Tieren das Leben retten zu müssen, einfach weil sie so einen langen Kopf haben, aber jeder Pekinese oder eine süße kleine Wüstenspringmaus und auch das runde Köpfchen einer Schwanzmeise lösen nach der Reizsummenregel den Brutpflegetrieb aus.

Mache ich einen so schutzbedürftigen Eindruck? fragte er. Ich hatte eigentlich beabsichtigt, unser Gespräch zu neutralisieren, aber an seinem Gesichtsausdruck erkannte ich ein Wohlgefallen, das mir schon einmal bei ähnlichen Gesprächen, freilich mit anderen Männern, aufgefallen war. Robert Musil spricht irgendwo einmal vom »Thronbesteigen mit bedeutenden Männern«, und er sagt das in bezug auf Frauen und auf Sexualität. Meine Erfahrung mit bedeutenden Männern oder solchen, die sich dafür halten, ist dagegen, daß sie sich nichts mehr wünschen, als von ihrem Thron heruntergestürzt zu werden. Ich löste offenbar bei manchen Männern den Wunsch aus, sich von mir dominieren zu lassen. Und im selben Moment haben sie Angst, verschlungen zu werden.

Ich überlegte, wie ich es ihm erklären sollte und ob überhaupt. Dann sagte ich, Sie wirken heute hilflos auf mich. Jetzt hob er seinen Kopf wieder und sah mich zustimmend und ermunternd an. Machen Sie weiter, sagte er. Sie haben mir oft gesagt, wie Sie mich sehen. Wie sehen Sie mich heute, können Sie wahrnehmen, was mit mir geschehen ist?

Das waren die Spiele, die wir miteinander spielten, Sternberger und ich. »Blinde Kuh«, »Häschen in der Grube« und »Wer hat Angst vorm schwarzen Mann?« Dann wurde aus dem Spiel plötzlich Ernst, und erschrokken stellten wir fest, wo wir gelandet waren. Sie sehen aus, als seien Sie geschlagen worden, sagte ich. Ja, sagte er, und seine Augen richteten sich in einer Weise auf mich, die mich erschaudern ließ.

In mir begann wieder eine unbestimmte Angst. Etwas

ließ mich unwillkürlich aus dem Fenster sehen, und ich überblickte den Bahnhofsvorplatz und die Treppen, als sei es notwendig, über alles, was da ist und geschieht, die genaueste Kenntnis zu haben. Ich zog das Päckchen Zigaretten, das ich eben gekauft hatte, aus meiner Tasche, und ich erinnere mich, daß es unendlich lange dauerte, bis ich die Packung geöffnet hatte. Das Abziehen des Zellophanstreifens, das Aufritzen der kleinen Papiermarke mit den Angaben des Gehalts der gesundheitsschädlichen Stoffe Nikotin und Teer und Kondensat, das Öffnen des Pappdeckels, das Auseinanderfalten des Silberpapiers, das Herausnehmen der ersten Zigarette, die eng an die anderen geschmiegt dalag und sich kaum fassen ließ. Endlich gelang es mir, und ich nahm sie zwischen meine Lippen. Meine Hand zitterte. Ich begann, Feuer zu suchen im Gewühl meiner riesigen Tasche und fand ein Päckchen Streichhölzer. Er nahm es mir aus der Hand und zündete ein Streichholz an.

Sternberger beobachtete mich, wie ich inhalierte.

Ich nehme jetzt einen Kognak, sagte ich. Der Blick, mit dem er mich nun ansah, sagte mir, daß ich jetzt fest in seinem Griff war. Er sagte, wir werden uns wiedersehen. Er sagte es sanft, beruhigend. Dann winkte er der Kellnerin und bestellte für mich einen Kognak.

Ich stelle mir vor, daß ich seine Puppe bin. Eine Puppe, bei der man an nichts anderes denkt, als mit ihr zu spielen, sie an- und auszuziehen und wieder zu verkleiden, aus ihren langen Haaren Zöpfe zu flechten, sie zu schweren Knoten in ihrem Nacken zu verschlingen. Die Puppe fordert aber auch dazu heraus, sie zu benutzen und dann in die Ecke zu werfen, wenn man sie leid ist. In ihrem Gesicht liegt ein Ausdruck von Arroganz, ja Stolz. Der Blick ihrer wasserblauen Augen scheint abwechselnd lauernd und teilnahmslos zu sein. Aber vermutlich ist auch das nur gespielt.

Auf dem kleinen See unterhalb der Jagdhütte hatte sich eine dicke Eisschicht gebildet. Die Makellosigkeit und Einheitlichkeit der Oberfläche ist beunruhigend. Sternberger schlägt mit einem schweren angespitzten Stück Eisen ein Loch in den See. Einmal sieht er zwischen den Schlägen zu mir auf, als habe er Angst, dabei ertrinken zu können. Tief unten gurgelt das andere Gesicht des Sees, sein Leben, seine Fische und Pflanzen in eisiger Abgeschiedenheit. Als hätten der See und diese panzerglasartige Oberfläche nichts miteinander zu tun, als seien es zwei ganz unterschiedliche Naturphänomene, das eine die Erscheinungsform und das andere, darunterliegende, das Wesen, die Seele, das Leben im Dunkeln, der Traum, der Eingang zur Nacht.

Er schlug aus irgendeinem Grund vor, das Bahnhofsrestaurant getrennt zu verlassen. Er ging zuerst. Als ich die Kellnerin rief, sagte sie, meine Rechnung sei bereits beglichen. Ich ging in die Bahnhofsbuchhandlung und sah mich bei den amerikanischen Taschenbüchern um. Mir fiel ein Buch in die Hand, dessen Umschlag eine am Boden liegende Frau zeigte, die mit gefesselten Händen einen Mann umarmte, der über sie gebeugt war. Es trug den Titel *The Collector* und war von John Fowles. Die *St. Louis Post-Dispatch* hatte dazu bemerkt: »A fairie tale, which will haunt you long after you put the book down.« Die *New York Times* hatte geschrieben: »Evil has seldom found quite so many excuses for itself and seldom been so sinister.« Ich schlug wahllos eine Seite auf: »(Afternoon.) This morning I had a talk with him. I got him to sit as a model. Then I asked him, what he really wanted me to do. Should I become his mistress? But that shocked him. He went red and said he could buy THAT in London.

I told him he was a Chinese box. And he is.«

Wie kann man nur so schlecht über einen Menschen denken? Kurz nach Weihnachten erreichte mich eine Postkarte aus Hinterzarten, blauer Himmel, weißer Schnee, Skiläufer in bunten Jacken werfen lange Schatten. Absender: Hotel Weißes Rößl – Seit 1347, ganzjährig geöffnet, Skilanglauf in der Langlaufschule Georg und Ottomar Thoma.

Und darunter handschriftlich: Grüße und gute Wünsche zum neuen Jahr, ich melde mich, wenn ich zurück bin in Köln, herzlich, Ihr Sternberger. So ein harmloser und netter Mensch, was hat er mir eigentlich getan? Und das Weiße Rößl besteht schon seit 1347. Das ist ja unglaublich. Warum muß ich bloß immer alles so dämonisieren? Manchmal hasse ich mich dafür. Da läuft er jetzt also Ski mit Frau und Kindern, der Mann muß sich ein wenig erholen von dieser Tour de force in dieser gräßlichen Praxis, das liegt doch auf der Hand, und es gibt so vieles, worüber wir interessante Gespräche führen können, wenn er zurück ist. Zuletzt haben wir beide den *Idioten* gelesen, und darüber haben wir noch nicht gesprochen. Dieser Mýschkin hat mich sehr fasziniert. Außerdem hatte Sternberger mir das Buch geschenkt, weil es das einzige war, das mir in meiner Dostojewski-Sammlung noch fehlte. Wie kommt es bloß, daß ich im Bahnhof nicht daran dachte? Das wäre ja nun wirklich ein vernünftiges Gesprächsthema gewesen, zwischen ihm und mir. Und ob er diese Hölderlin-Diskussion neulich im Fernsehen gesehen hat, diese österreichische Talkshow im Club 2 mit Bertaux und Sattler? Plötzlich fiel mir alles mögliche ein, was ich ihm sagen wollte, und ich freute mich wirklich sehr, ihn wiederzusehen. Ein interessanter Mann. Wäre ich ein Mann, würde mir mit Recht nachgesagt werden, ich hätte nichts als schmutzige Phantasien im Kopf, und das einzige, was ich mit System betreibe, sei, irgendwelche harmlosen kleinen Mädchen zu verführen.

Wenn Jérôme in Spanien zu tun gehabt hatte, kam er kein einziges Mal zurück, ohne einen Stierkampf gesehen zu haben. Während des gesamten Jahres, in dem ich mit Jérôme zusammen in Paris lebte, war ich von einer so krankhaften Verletzlichkeit, daß ich regelmäßig verschwand, wenn ich ihn aus Spanien zurückzuerwarten hatte. Ich hatte schließlich selbst noch eine frische Narbe am Bein, Sternberger hatte mir einen symbolträchtigen Denkzettel beigebracht.

Jérôme war der ideale Mann, um mich exzessiv nochmals allen Schmerzen hingeben zu können, die ich mit

Sternberger erlebt hatte. Jérôme verteidigte sich sogar vor mir, als habe er Blut an den Fingern. Chérie, ich möchte nicht, daß du leidest, sagte er. Ich weiß, der Stierkampf ist unentschuldbar, aber zugleich unwiderstehlich. Du weißt, daß das nicht nur meine Auffassung ist. Die Faszination des Todes, die Unsterblichkeit und der Sieg, den der Torero über den Tod erlangt, ist ein Schauspiel von so hohem ästhetischem Reiz, es ist eine Kunst, ein wahres Kunstwerk.

Ich saß im Landhaus in der Bretagne, wo es um diese Zeit nach Blumenkohl stank, der auf den riesigen Feldern gedieh und verfaulte, und Jérôme versuchte am Telefon mich zurückzulocken. Jérôme, der geldgierig und pervers ist, aber hat er mir etwas Böses getan? Er hat mich behandelt wie eine Tochter, und er versuchte, mich zu belehren, weil er der Auffassung war, ich sei ein absolut unreifes Geschöpf. Ich sei ein Kind, ein ewig pubertäres Wesen.

So sehr er mich mochte, so sehr regte ich offenbar auch gewisse Phantasien in ihm an. Er liebte es über alles, mich auszustatten mit Dingen, von denen er annahm, daß sie zu mir passen würden. Komm zurück, Eva, sagte er, du weißt, ich habe keine Zeit zu verschwenden, ich möchte, daß du sofort nach Paris zurückkommst.

Du redest mit mir, wie Männer in sehr schlechten Romanen mit ihren Frauen reden, sagte ich. Das ist ja zum Verzweifeln. Ich kann dich nicht ernst nehmen, Jérôme, sagte ich.

Wer sagt denn, daß du mich ernst nehmen sollst, antwortete er. Ich gehe aufs Ganze, das weißt du doch.

Wenn du keine Lust mehr hast, dann mußt du eben deiner Wege gehen.

Jérôme, ich fühle mich schlecht, begann ich zu jammern. Ich bin ein einziger Haufen Elend, voller Sentimentalität und Selbstmitleid.

Ja und, sagte er, das interessiert doch gar nicht, was meinst du, wie sehr ich jammern würde, wenn ich Gelegenheit hätte, mich so viel mit mir selbst zu beschäftigen wie du. Eva, ich habe jetzt eine Besprechung. Heute nachmittag um fünf sehe ich dich in der Wohnung, und ich möchte, daß du mich anschließend zu einer jungen Japanerin begleitest, die sehr interessante Sachen macht. Das ist etwas für dich, du wirst sehen. Adieu, Eva. Adieu, Jérôme, sagte ich. Wie immer hatte ich in den gefährlichsten Situationen diesen fatalen Hang zur Gleichgültigkeit, und doch schien das für mich so etwas wie Schutz zu bedeuten.

Natürlich fuhr ich zurück nach Paris, und ich kam mir vor wie die Prinzessin in diesem Märchen, der man mit allen Mitteln versucht, das Lachen wieder beizubringen. Jérôme hatte sogar eines meiner Bilder im Flur aufgehängt, und ich brach sofort in Tränen aus. Wenn ich Jérôme nicht gehabt hätte in diesem Jahr, ich glaube, ich wäre gestorben. Ich konnte weinen und leiden und weinen und leiden, und ich hatte keinerlei materielle Sorgen und konnte mich völlig meinen Schmerzen hingeben. Ich war zeitweilig nahe daran, mir einen Psychoanalytiker zu suchen, aber das wäre für mich eine große Niederlage gewesen, wenn ich an Sternberger dachte, und ich kam zu dem Schluß, daß ich diesen Ausweg nur in der allerletzten Not wählen würde, also wenn ich tatsächlich damit beginnen würde, meinen Selbstmord zu planen.

Wenn man wirklich daran denkt, sich zu töten, wird es plötzlich sehr schwierig. Man weiß nicht, wie man es machen soll, es gibt verschiedene Möglichkeiten, zwischen denen man sich zu entscheiden hat, und was mich unter anderem davon abhielt, es mit Tabletten oder irgend etwas anderem zu tun, war die Vorstellung, daß meine Familie und meine Bekannten an meinem Grab abfällige Gedanken über mich haben würden. Diese Vorstellung war mir unerträglich. Irgendwie würde auch Sternberger es schließlich erfahren, und es wäre der größte Triumph für ihn gewesen. Ich befand mich in einer ausweglosen Situation, in der nicht einmal Selbstmord eine Lösung war. Alle würden gesagt haben, siehst du, das habe ich schon immer gewußt. Es mußte ja so kommen mit Eva. So kann ein Mensch nicht leben, man kann nicht mit dem Kopf durch die Wand und so weiter. Dieses Mädchen ist verrückt, und auf ihr Leben kann man keinen Heller mehr setzen, schon seit Jahren ist es aus mit ihr, und dies ist nur die logische Folge. Während ich im Auto saß und zurückfuhr nach Paris und die Bäume so lockend an mir vorbeirauschten, hörte ich ihre Stimmen, diese widerwärtigen Leute, die ich alle haßte und die ich am liebsten umbringen würde, mit meinen eigenen Händen könnte ich sie erwürgen, ja, so schlimm war es mit mir gekommen. Warum können sie mich nicht endlich in Frieden lassen, warum müssen sie mich verfolgen mit ihren Gemeinheiten und Boshaftigkeiten und mich quälen bis aufs Blut?

Es gibt Leute, die behaupten, die Familie sei die Keimzelle des Wahnsinns. Meistens wird gelacht, wenn einer diesen ungeheuerlichen Satz ausspricht, diese ungeheuerliche Behauptung verlangt ein bitteres, rüttelndes Lachen, wie man in einer flachen Landschaft lacht, wo ein eisiger Wind fegt und die Spaziergänger sich mit ihrem eigenen Lachen wärmen wollen. Meine Großmutter besaß einen großen Hof in Niedersachsen. Im Alter von sieben Jahren nahm sie bereits am Unterricht der vierten Klasse teil. Es heißt, sie sei eine kluge und intelligente Frau gewesen. Mein Großvater vergnügte sich auf seine eigensinnige und herrische Art und Weise auf den Höfen der Umgebung mit Pferden und Hunden. Sie führte die Wirtschaft vorbildlich. Man durfte nicht zimperlich sein, nicht, was Menschen anging, und ebensowenig, was Tiere anging. Von einem bestimmten Punkt an lohnte es nicht mehr. Was zu schwach und hilflos war, um unter den durchschnittlichen Umständen zu gedeihen, war es nicht wert, zu leben. So geschah es in der Natur, und so geschah es auf dem Bauernhof. Wenn die Sau Ferkel geworfen hatte, wurden die winzigen nassen Tiere mit einer roten Lampe bestrahlt, um sie zu wärmen. Jedes Tier hatte die Möglichkeit, sich den besten Platz unter der roten Lampe zu ergattern, an den Zitzen der Muttersau zu trinken. Man ist sich darin einig, man nennt es gerecht, eine Art Kommunismus für Tiere, es werden keine Unterschiede gemacht, es gibt keine Extrawurst, jeder kriegt das gleiche. Nach einigen Tagen stellt sich heraus, welche der Ferkel sich unter der roten Lampe und an den Zitzen der Muttersau haben durchsetzen können und welche nicht. Die schwachen, kleinen Ferkel, die jetzt aussahen wie skalpierte Karnickel, elend und blau, wurden an den Hinterbeinen gepackt und ihre dürren Körper mit einem kräftigen Schwung an die Wand geschlagen. Dann warf man sie auf den Misthaufen.

Meist gediehen die übrigen Ferkel gut. Sie grunzten und wühlten mit ihrer kreisrunden rosa Schnauze im Schrot, knackten Runkelrüben und tranken Spülwasser. Es war eine lustige Horde. Sie suhlten sich im Schlamm und scheuerten ihre borstige Haut an Baumstämmen und Zaunpfählen. Ihre Augen verschwanden zeitweise unter den lappigen Ohren, die über die Schweinestirn herunterhingen, listige, kleine Schweinsaugen. Manche Leute hielten sich sogar Schweine im Keller. In der Dunkelheit grunzten und scheuerten sie an Steintrögen, im Sommer bekamen sie einmal ein wenig Licht zu sehen, aber die meiste Zeit lebten sie wie riesige weiße fette Maden in der Dunkelheit. Dann machte man Wurst und Koteletts aus ihnen und aß sie mit Salzkartoffeln und Rotkohl, mit Salat und an gedeckten Tischen, und hinterher gab es Schokoladenpudding mit Vanillensauce, und alle Schweine schmeckten gleich, egal, ob sie in Kellern, zugigen Ställen oder auf saftigen, verwilderten Wiesenstücken mit Disteln und Apfelbäumen aufgewachsen waren, ob sie mit einem Schlag vor den Kopf oder mit einem Messerstich getötet worden waren, es machte keinen Unterschied.

Meine Großmutter kochte nicht. Sie buk keine Kuchen. Sie war nicht so eine Frau. Ihr Platz war am Schreibtisch. Sie hatte alles unter Kontrolle, beaufsichtigte die Leute bei der Arbeit. Trotzdem hielt sie sich oft lange in der kalten geräumigen Speisekammer auf, die ebenso groß war wie die Küche. Hier wurden die Vorräte aufbewahrt, die man in absehbarer Zeit benötigen würde. Die Kartoffeln lagerten wie Kohlen auf einen Haufen geworfen im Keller, ein düsteres Gewölbe, in dem die Erwachsenen nicht aufrecht stehen konnten. Es gab noch einen gesonderten Keller, in dem keiner seinen Kopf einzuziehen brauchte und wo in Regalen das Eingemachte und die Marmelade standen. Die Fleischprodukte wurden in der Räucherkammer aufbewahrt, die sich im ersten Stockwerk zwischen den Schlafzimmern der Erwachsenen befand. Die Räucherkammer hatte eine lackierte Tür mit Messingklinken und war von außen nicht von den übrigen Zimmern zu unterscheiden. Sie hatte ein Fenster wie alle anderen Räume, blumenbedruckte Gardinen und einen Fußboden aus rotbraun gestrichenen Holzdielen. Rote Würste und Schinken hingen an Haken von der Decke. Der Räucherofen war geschlossen, aber er erfüllte den ganzen Raum mit einem strengen salzigen Geruch, dieser Geruch entströmte den Schinken und Speckseiten, den Wänden und jedem Gegenstand in diesem Raum.

Als ich klein war, nahm meine Großmutter mich oft mit, wenn sie ihrer eigenartigen Beschäftigung in der Speisekammer nachging, in der die Atmosphäre von Küche, Keller und Räucherkammer in einer milden Form vereint war. Meine Großmutter betrat die Speisekammer zu einem ganz bestimmten Zweck. Sie füllte einen Krug mit Wasser und stellte ihn auf den Tisch vor dem Fenster, der meistens zur Hälfte mit leeren Eierkartons bedeckt war. Dann entnahm sie dem Schrank, dessen Türen mit

Fliegengitter bespannt waren, einige farblose Flaschen, auf deren weißen Etiketten drei goldene Kornähren glänzten. Ich hatte derweil auf einem kleinen Hocker vor dem Tisch Platz genommen und sah die Großmutter von hier aus erneut hinter der geöffneten Schranktür hantieren und verfolgte ihre Bewegungen, die sich hinter dem Gitter wie durch dunkelgrauen gespannten Tüll abzeichneten. Sie brachte dann irgendein leeres Gefäß, eine Flasche oder einen Meßbecher, öffnete die Flaschen mit den drei goldenen Ähren und goß sie jeweils zu einem Drittel mit Hilfe eines Trichters in die leere Flasche um. Dann begann sie, die etikettierten Flaschen mit dem Wasser aus dem Krug aufzufüllen. Die Speisekammer war jetzt von einem leichten Fuselgeruch erfüllt. Sie verschloß alle Flaschen und stellte sie zurück in den Schrank mit der Fliegengittertür.

Es war ganz still im Haus. Im Sommer schienen die Männer auf dem Feld zu sein, und die Mädchen hatten im Hausgarten zu tun, wo sie grüne Bohnen ernteten, die zwischen den gekreuzten hohen Stangen wuchsen, oder Himbeeren in kleine Emailleeimer warfen, so daß sie einander erdrückten und schwerer roter Saft sich auf dem Boden des Eimers absetzte. Die Tür zum Hundezwinger stand jetzt offen, und Wotan versetzte die Dorfkinder in Angst und Schrecken, denn er kam kaum mehr als einmal im Monat aus seinem Käfig heraus.

Ich weiß nicht, ob es geholfen hat. Der Großvater trank, soviel er wollte, und er wußte, was sie tat. Und doch hütete sie ihr Tun stets wie ein Geheimnis. Das kleine Mädchen folgte der Großmutter gespannt und ehrfurchtsvoll. Zum Dank für sein Schweigen durfte es Eier wiegen, sie einzeln aus einem Korb nehmen, auf die metallene Vertiefung der Eierwaage legen und anhand der Skala bestimmen, ob es A-Eier, B-Eier oder C-Eier waren. Ein großes, schweres A-Ei füllte die Hand des Kindes aus. Es wog so lange, bis ein ganzer Karton mit zwölf großen, schweren Eiern gefüllt war. Dann lief das Kind über den dunklen, kühlen Flur und öffnete die schwere Haustür, indem es mit seinem ganzen Körpergewicht und mit beiden Händen daran zog. Es ließ los und schlüpfte im letzten Moment durch den Spalt der zufallenden Tür, lief durch die Stallungen, die Scheunen und Garagen, darauf gefaßt, hinter der nächsten Ecke diesem Hund zu begegnen, der einmal an ihm hochgesprungen war und es zu Boden geworfen hatte.

Wenn der Großvater schließlich von seinen alkoholischen Exzessen in den Nachbardörfern zurückkam, konnte er kaum mehr auf den Beinen stehen. Es kam vor, daß er darauf bestand, sein Pferd mit an die Theke eines Gasthofs zu nehmen, und er setzte seinen Willen durch. Ein paar alte Männer in schmutzigen grünen Lodenjakken waren immer da, um ihm Gesellschaft zu leisten. Manchmal brachte ihn auch irgendein Bauer mit seinem Traktor nach Hause und lud ihn ab wie einen Sack Getreide.

Das Benehmen der Hausbewohner diesem Mann gegenüber, der gerade erst fünfzig Jahre alt ist, ist gehorsam, aber respektlos. Selbst seine Kinder respektieren ihn nicht, sie haben nur Angst vor ihm, vor seinem Jähzorn. Er ißt stets alleine, läßt sich das Essen von seiner Frau bringen, er sitzt immer auf demselben Platz, liest und trinkt oder führt laute Gespräche mit den Vieh- und Getreidehändlern. Er ißt nicht das, was für die Familie und die Angestellten gekocht wird. Er hat seine Vorlieben. Eine Tasse mit heißer Brühe, in Mehl gewälzte und in Butter gebratene Forellen, die er mit den bloßen Händen gefangen hat. Im Herbst legt er Kartoffeln, die soeben aus der Erde gekommen sind, auf die heiße Herdplatte und läßt sie fast schwarz werden. Dann zieht er die Haut ab und ißt sie mit Butter und Salz. Er ißt kein Fleisch, nichts Schweres und Hartes. Manchmal läßt er sich aus der Stadt frische Muscheln mitbringen, die seine Frau ihm in einem Sud aus Wein und Wasser, Lorbeerblättern und Zwiebeln kocht. Das ist das einzige, was sie am Herd tut, Muscheln kochen und Kaffee kochen. Den Kaffee macht sie für sich. Er frühstückt niemals. Vielleicht trinkt er eine Tasse Milch. Dann raucht er die erste Zigarette und läßt sich eine Flasche mit den drei goldenen Ähren kommen. Dann entscheidet er, ob er es heute im Haus aushalten wird oder nicht.

Das Leben auf dem Land, in diesem Dorf muß von irgend etwas überschattet gewesen sein. Innerhalb eines Jahres nahmen sich vier junge Leute das Leben. Das steckt an, sagten die einen. Zwei der Selbstmörder hatte ich schon einmal gesehen, sie hatten hier auf dem Hof verkehrt. Ich erinnerte mich gut an sie. Sowohl die junge dunkelhaarige Frau, deren Lieblingsfarbe Rot gewesen sein muß, denn sie trug sogar Schürzen mit roten Blumen oder rotem Grund, als auch der Schmied aus dem Aussiedlerhof waren auffällig gutaussehende Menschen gewesen. Sie hatten sich bereits durch ihre Physiognomie deutlich von den anderen unterschieden. Ich war ein Kind, das bald von hier fortkommen würde. Ich würde in der Stadt zur Schule gehen und dort mit meinen Eltern leben. Eine Erkenntnis, die ich aus den tödlichen Ereignissen hier gewann, war, daß der Tod etwas mit Schönheit zu tun haben mußte.

Manchmal unterhielten sich die Großeltern in meiner Gegenwart, es begann leise, aber bedrohlich. Dann brach ein entsetzlicher Zorn aus ihm hervor, er schrie nach seinem Sohn. Zuerst versuchte sie, ihn zu beschwichtigen. Wenn es nicht gelang, hatte sie andere Mittel. Sie machte ihn fertig mit ihrer Intelligenz. Sie wies ihn zurück auf seinen Platz wie einen Hund. Sie schrie nicht, aber sie hielt seinen Ausbrüchen mit einer Härte stand, die ihn in seinem Sessel, in dem er gewöhnlich den Herrn spielte, schrumpfen ließ. Sie hörte nicht auf, wenn sie ihn kleingekriegt hatte. Wenn du nicht leben kannst, mußt du dir einen Strick nehmen, sagte sie. Es war wie ein Dressurakt. Sie machte es, wie man es mit Tieren macht. Dann schien wieder einige Tage lang alles friedlich zu sein. Er traf einige Anordnungen, was die Bestellung der Felder betraf, aber niemand richtete sich danach. Er saß in der Gummizelle. Was auch immer er tat, es würde nichts bewirken. Sie führte den Hof, und sie führte ihn gut.

Ich hatte Angst vor dieser furchtbaren Kraft, mit der sie dem tobenden Mann entgegentrat. Es war etwas an ihr, das mich zweifeln ließ, schon als Kind zweifelte ich, ob das, was sie tat, menschenmöglich war, es lag etwas Unheimliches darin, eine geradezu mörderische Kaltblütigkeit, mit der sie ihren Hof zusammenhielt, ihr Recht, ihren Vorteil wahrte, sie war gnadenlos gegenüber seinem Elend, sie setzte sich immer wieder gegen ihn durch. Ich mied sie dann gewöhnlich einige Tage. Wenn er sich erholt zu haben schien, konnte ich wieder zu ihr gehen. Sie schenkte mir Geld, ich weiß nicht, warum. Sie hatte dieselben dunklen Augen wie Sternberger, dieselbe abwesende Unruhe, in der sie ständig ihre trockenen, kühlen Hände ineinanderfaltete, um sie sogleich widerstrebend auseinanderzuziehen, dann ließ sie die Fingerspitzen aneinander kreisen, faltete die Hände wieder. Sie starrte aus dem Fenster und schien über etwas nachzudenken. Geh, kauf dir etwas, spiel mit den Kindern, sagte sie. Ihr Gerechtigkeitssinn wurde im ganzen Dorf geschätzt. Man rief sie bei Streitigkeiten zur Hilfe. Sie überlebte ihren Mann nur um wenige Monate. Sie fiel in geistige Verwirrung, als er sie nicht mehr brauchte.

Einmal habe ich sie noch besucht, und sie bat mich, ihr das Haar zu kämmen. Der Kamm war viel zu groß für ihren kleinen Kopf. Ich fuhr damit durch ihr dünnes, langes Haar, während sie auf einem Stuhl saß und aus dem Fenster blickte. Ich flocht ihr einen Zopf. Sie sah mich nur wie aus der Ferne. Sie erinnerte sich nach einer Weile an meinen Namen, aber von meinem Leben wußte sie nichts mehr.

Ihre einzige Tochter hatte ein uneheliches Kind zur Welt gebracht. Als die Tochter begann, dick zu werden, wurde sie zu Verwandten geschickt, die einige hundert Kilometer entfernt wohnten, um die Schande zu verbergen. Das

Elend und die Schande sind immer mit allen Mitteln verborgen worden. Hier also brachte sie das Kind zur Welt. Ich bin dieses Kind. Dann kamen wir zurück auf ihr Gut. Ich lehnte es ab, Nahrung zu mir zu nehmen. Was man mir teelöffelweise eingab, erbrach ich wieder. Ich schien nicht lebensfähig zu sein. Ich war hilflos und schwächlich, das fleischgewordene Unglück, krank, elend und starr vor Schreck.

Auch später dann, als sie längst mit einem anderen verheiratet war, muß meine Mutter eine schwere Zeit durchlebt haben. Nachts stand sie manchmal auf, ging in ein Zimmer, wo sie alleine war, und weinte. In einer dieser Nächte ging ich zu ihr, und sie sprach von diesem einen Mann, meinem Vater, zum ersten Mal. Er hat ausgesehen wie ein Zigeuner. Er war frei, nichts hielt ihn. Mehrere Sommer hintereinander war er im Dorf aufgetaucht und hatte die Korbstühle der wohlhabenden Bauern in den Wintergärten geflickt. Aber dann kam er nicht mehr. Er soll gesagt haben, möchte schöne junge Dame hören ihre Zukunft? Schöne Dame möchte geben mir ihre kleine Hand.

Er soll sonst nichts weiter gesagt haben.

Jérôme wartet. Ich klammere meine Hände fester um das Steuer des Wagens. Ich muß mich beeilen. Da sind sie, die überfüllten mehrspurigen Straßen in den Außenbezirken von Paris. Unterführungen, in die sich eine rasende Menge von Kleinwagen hineinstürzt wie in ein riesiges Maul. Diese Stadt frißt und frißt. Der dröhnende Lärm in den engen Kanälen, die sich Großstadtstraßen nennen und wo es kein Ausweichen gibt. Eine falsche Bewegung, und ich bin tot. Und rasend drängen wir uns schließlich heraus ans Licht, hinein in das Zentrum der Schreckensstadt. Paris ist eine Schreckensstadt. Ich im rasenden Strom des Lebens, Häuser, Himmel, huschende Menschen zwischen den Stoßstangen. Autos versperren einander den Weg. Und endlich kommt der Verkehr völlig zum Erliegen. Alles quillt auf, macht sich breit und dick, ist nah, und Abgase qualmen ein bißchen in der abendlichen Kühle, wie Drachen nach einem feuerspeienden Nachmittag müde den letzten Rest Dampf ablassen. Irgendwann erreiche ich die Wohnung mit erstarrtem, frierendem Körper, aber noch zur rechten Zeit. Ich habe es wieder einmal geschafft.

Eine halbe Stunde später waren Jérôme und ich bei dieser Japanerin. Rei Matsuzawa war damals noch wenig bekannt. Heute ist sie eine Kultfigur der avantgardistischen Mode. Als ich mit Jérôme ihre Räume betrat, fühlte ich mich, als sei ich plötzlich in den Führerbunker eingetreten. Hier gab es keine Fenster, die kahlen Betonwände waren von schmucklosen Lampen angestrahlt. Seit Sternberger mich hatte töten wollen, lief ich durch die Welt mit einem Blick, als sei meine Pupille nicht nur ein Organ, mit dessen Hilfe ich sah, was geschah, sondern als sei meine Netzhaut zugleich ein Kanal, durch den unentwegt Grausamkeiten schmerzhaft von außen sich in mich hineinzwängten. Und jetzt führte Jérôme mich zu einer Frau mit Kamikazeaugen, die Kleider machte, die aussahen wie die vom Bund deutscher Mädel. Die Verkäuferinnen trugen das Haar in Schnecken gedreht über den Ohren, und sie hatten ordentliche dunkelblaue Röcke an und Söckchen und flache Schuhe, und die Blusen erinnerten mich an die alten Kleider meiner Mutter, die auf dem Boden der Großmutter lange Jahre aufbewahrt worden waren. Wo ist das Hakenkreuz, sagte ich zu Madame Matsuzawa, die mich ungerührt anlächelte. Aus den Lautsprechern drang die triebhafte Stimme eines Babys. Prince sang ›1999‹. Ein Mädchen machte den Hitlergruß, und eine andere grüßte zurück. Das Mädchen war höchstens zwanzig und sah aus wie die junge Leni Riefenstahl, vital und unternehmungsfreudig, eine, mit der man Pferde stehlen kann, und mit großen freien Bewegungen warf sie helle schwere Kleiderbügel in eine geräumige Kiste wie in ein Massengrab.

Ich starrte Jérôme entgeistert an. Wie kannst du das ertragen, Jérôme, deine eigene Mutter ist in Auschwitz vergast worden, du bist völlig wahnsinnig, brachte ich mit letzter Kraft hervor.

Das ist doch alles nur Spaß, sagte Jérôme, das ist Mode, weiter nichts. Versuch einmal diesen Rock, ich finde ihn in seiner Schlichtheit regelrecht überwältigend, diese Söckchen dazu sind doch sehr niedlich, nicht wahr? Du solltest dein Haar übrigens auch nicht mehr in dieser unordentlichen Art tragen, findest du nicht auch?

Plötzlich traf es mich wie ein Schlag.

Schon auf dem Nachhauseweg wußte ich, jetzt kommt die Qual, jetzt brechen die Schmerzen aus. Und diesmal dulden sie kein Entrinnen.

Immer war ich der letzten entscheidenden Konfrontation ausgewichen. Alles hatte ich über mich ergehen lassen, aber meinen Schmerz, den fürchtete ich über alles, diesen letzten großen Schmerz. Sternberger berührte leicht meine Haut mit der schmalen glänzenden Klinge, und ich hatte meine Schreie verschluckt, brennend wie die kalten Küsse, mit denen er mich zuvor betäubt hatte.

Jetzt, in Jérômes Wagen, sah ich kaum mehr etwas von der Stadt, ich lag geschützt in diesen schweren Ledersitzen, angeschnallt, die grünlich getönten Scheiben ließen Paris versinken, wie im Wasser lag die Stadt, so fern, so unerreichbar. Dann setzte Jérôme mich in der Rue de La Rochefoucauld ab. Ich lief in mein Zimmer, schloß die Tür ab, und es kam über mich, schnell und unausweichlich wie eine starke Übelkeit. Ich nehme an, man nennt das einen Nervenzusammenbruch. Insgesamt betrachtet war es ein Schaukeln zwischen Schreien und Apathie. Es begann mit einem leisen Weinen, dann kam ein stärkeres Schluchzen, das mir schließlich die Luft zum Atmen nahm, so daß ich schrie, und das Schreien gab mir die Kraft, zwang mich zum Luftholen, bis ich erschöpft war und vor Erschöpfung einschlief, und wenn ich wach wurde, war es am schlimmsten, denn mit dem Wachwerden fand ich eine grenzenlose Traurigkeit vor. In mir und um mich herum war nichts als Traurigkeit, und leise begann ich zu weinen, zu schluchzen, zu schreien, Luft zu holen, zu schlafen, wach zu werden, Traurigkeit stieg in mir auf. Alles lief ab nach dem grausamen Gesetz der immergleichen Wiederholung. Man wußte schon, wie es weitergehen würde. Es war aussichtslos. Ich weinte leise, begann stärker zu schluchzen, schrie usw.

Am zweiten Tag wurden die Phasen des Weinens und Schreiens immer kürzer und die der Traurigkeit breiteten sich aus. Ich dachte an Sternberger und daß er der einzige sei, der mir helfen könnte. Er, der mich hatte töten wollen. Er würde einfach eintreten können in mein Schmerzensreich wie in ein Zimmer. Dort würde er mit mir sein, bei mir, und wir würden miteinander in der Sprache der Schmerzen sprechen, die ruhig war im wildesten Sturm und leise und sehr um Genauigkeit bemüht. Die Sprache der Schmerzen ist sozusagen eine Verfeinerung der Normalsprache, eine hohe Sensibilisierung der Umgangsformen liegt ihr zugrunde, man ist nicht wirr, hektisch oder ängstlich. Man ist völlig ruhig mitten im Sturm der Gefühle, der sich schließlich von alleine legt, wie jeder Orkan sich irgendwann legt und beruhigt. Diese Zeit des tobenden Sturms aber gilt es zu überstehen, man braucht irgend etwas, das man anschauen kann, etwas, das Halt gibt und aushält wie ein Felsen mitten in einem tosenden Meer, das vom Himmel niederzustürzen scheint. Aber niemand war da, der mich hätte festhalten können, ich drohte davonzufliegen, mich zu zerfetzen. Ja, vielleicht wollte ich mich endgültig jetzt auch zerfetzen, und wie Sand wollte ich mich verteilen lassen im Wind über die arme Welt, diese arme, armselige kleine Welt, die so hilflos war, so kraftlos hockte sie unter meinen Schmerzen, und allenfalls hätte sie ausholen können mit geballter Kraft, um mich mit einem einzigen Hieb zu erschlagen, wie Menschen es mit Nachtfaltern machen.

Abends kam Jérôme zu mir ins Zimmer, setzte sich

und sprach mit mir. Er erzählte ruhig von irgend etwas, das draußen in der Welt an diesem Tag vor sich gegangen war. Er sprach mit mir, als stünde er draußen vor einer Tür, und er versuchte, mich dazu zu bewegen, zu ihm herüberzukommen. Manchmal war es gut, wenn er kam, und manchmal war es schlecht. Schließlich faßte ich immer mehr Vertrauen zu ihm, und eines Abends, es war nach vier oder fünf Tagen, da stand ich auf und entschied nach vorsichtiger Prüfung, daß ich nun gesund sei. Das Merkwürdige war, daß sich von nun an etwas Trennendes zwischen Jérôme und mich schob, obwohl doch er es war, der mich gerettet hatte.

Ich tat vieles, Jérôme zuliebe. Ich stellte mir vor, daß ich in irgendeinem Film mitspielte, »Über den Dächern von Nizza« oder »Letztes Jahr in Marienbad«. Dann geschah es, daß ich mich in Jérôme verliebte. Ich verlor die Lust an den Filmen, die Lust am Spielen. Und Jérôme signalisierte mir die Grenze, indem er wieder strengere Forderungen an mich zu stellen begann, was die Gestaltung von Einladungen betraf, mein Verhalten, meine Kleidung, die Art, wie ich meine Haare trug. Er wollte, daß ich mir die Haare abschneiden ließ, daß ich begriff, dies ist die Realität, und daran habe ich mich zu halten. Nur vom Weltall aus betrachtet nennt man diese Erde den blauen Planeten. So wie man sagt: die Liebe. Wo doch von hier aus gesehen das wenigste an der Erde blau ist, sondern braun, grau und zerfetzt. Und krank, steinig und schwarz ist die Liebe wie dieser blaue Planet.

Gerade haben wir uns gestritten. Jérôme wollte, daß ich das kurze rote Abendkleid anziehe, das besetzt ist mit lauter lila Tüllblumen. Ich habe gesagt, nein, hau ab, und es war ein ganz gewöhnlicher Ehestreit. Jérôme sagt, ich sei undankbar. Ich sage, ich habe mir meine Haare abschneiden lassen. Er sagt, warum hast du es denn getan, wenn du es gar nicht wolltest? Ich sage, mindestens zehn Jahre wird es dauern, bis sie wieder sind, wie sie einmal waren.

Ich weiß nicht, wie viele Jahre ich noch an Sternberger denken werde. Manchmal erscheint es mir so, daß ich mein ganzes Leben lang an ihn denken muß. Vielleicht nicht jeden Tag, nicht jede Woche, aber ich werde mich wohl immer auf eine Weise an ihn erinnern, die mich augenblicklich völlig aus der Gegenwart herausreißt. Im Laufe der Zeit ist die Erinnerung an Sternberger nicht blasser geworden, im Gegenteil. Wenn ich jetzt an ihn denke, ist diese Erinnerung an ihn beunruhigender, als seine Gegenwart es für mich gewesen war, damals, als wir uns zum ersten Mal außerhalb seiner Praxis trafen.

Nach meinem Zusammentreffen mit Sternberger im Bahnhof trat eine Veränderung meiner exzessiven Lebensweise ein, wenn ich diese Veränderung auch nicht mit Sternberger in Verbindung brachte. Christine hatte ich seinetwegen sitzengelassen, und die Beziehung zu ihr brach damit endgültig ab wie ein trockenes totes Ästchen, das ohnehin fällig war. Trotzdem bedeutete es für mich zunächst einen Verzicht, Christine nicht mehr zu sehen. Obwohl sich zwischen uns nur Belangloses abgespielt hatte, aber gerade das Belanglose scheint oft von Bedeutung zu sein. Ich verzichtete darauf, von ihr noch etwas für meine Karriere als Malerin zu lernen. Christine wußte über Stipendien, Förderpreise Bescheid. Christine hatte Verbindungen. Aber ich beharrte plötzlich darauf, keines Menschen Hilfe zu benötigen. Ich wollte alleine sein.

Es gab ohnehin zuviel Kumpanei im Kunsthandel, die Verwalter von Kunst und die Künstler waren fast eins geworden. Ich aber würde alleine sein, völlig allein mit mir und meinen Phantasien, meinen Bildern. Eine Vorstellung, die mich belebte. Niemals zuvor hatte ich mich konsequent meiner Einsamkeit hingegeben, immer hatte ich zurückgegriffen auf die eine oder andere Person, hatte mir die Zeit vertrieben, mich abgelenkt, und immer wieder war ich von diesen Ausflügen mit einer Enttäuschung zurückgekehrt, die ich mir allerdings bisher kaum jemals wirklich eingestanden hatte. Nichts als ein Flirt mit alten Gewohnheiten, nichts als Atavismen waren diese Ausflüge gewesen.

Jetzt war es kalt, es war dunkel fast den ganzen Tag über, es war Januar, und ich war allein. Mein Garten lag schneebedeckt und unbeweglich da, und doch war ich sicher, daß es hier um einige Grade wärmer war als in der Kölner Innenstadt, wo Häuser und Straßen jetzt Kälte zurückwarfen, so wie sie im Sommer die Wärme der Sonne reflektierten. Wenn ich in die Stadt ging, verbarg ich meine Augen hinter einer großen dunklen Brille, und ich genoß es, den riesigen gelben Wollschal in einer Weise um meinen Kopf zu drapieren, wie es verschleierte Frauen tun, und niemand nahm bei den eisigen Temperaturen daran Anstoß. In dieser Verkleidung stieß ich beinahe einmal mit Marion zusammen, als ich aus einer Buchhandlung kam, die sie gerade betreten wollte, aber sie erkannte mich nicht. Das gab mir Sicherheit. Ich hatte mir schon oft gewünscht, einmal unsichtbar sein zu können und mich überall ungesehen herumzutreiben und aufzuhalten. Bald stellte ich fest, daß es sogar, ohne mein Gesicht zu verbergen, möglich war, bekannte Gesichter einfach zu ignorieren, an ihnen vorbeizugehen und scharf daran vorbeizuschauen oder notfalls in eine Straße oder einen Laden einzubiegen. Ich übte mich in der Existenz der Einsamkeit, ich malte, und in die Stadt ging ich nur, um Material zu besorgen oder sonst etwas Notwendiges einzukaufen. Ich drang immer tiefer in das ein, was ich im Lauf meines Lebens in mir gespeichert zu haben schien, so daß ich nicht mehr das geringste Bedürfnis nach menschlicher Gesellschaft hatte.

Das war meine Situation, als mich eines Morgens ein einfaches weißes Briefkärtchen erreichte, das in einem ebenso neutralen weißen Briefumschlag verborgen war, auf dem ich nach kurzem Zögern Sternbergers Handschrift erkannte. Dieser Brief erregte mein Nervensystem keineswegs. Ich dachte sogar, es wäre ja sehr nett, ihn hin und wieder zu sehen, aber zur Zeit erschien mir sein freundliches Kärtchen eher belanglos, um nicht zu sagen lästig. Gerade jetzt, wo ich die Einsamkeit wollte und es mir gelungen war, wie blind zu sein gegenüber ihren Schatten, durch die ich hindurchging wie durch einen Tunnel, denn ich wußte ja, daß es dahinter ein Licht gab, daß sich lohnte, was ich tat. Meine Arbeit stärkte mich, und ich fand darin zum ersten Mal eine Befriedigung.

Also studierte ich zuerst meinen Kontoauszug, der mir sagte, daß ich noch eine Weile so weitermachen konnte. Dann las ich den bunten Werbeprospekt, der zur Teilnahme an einer Busreise und einem im Preis inbegriffenen Bauernfrühstück aufforderte, das verbunden war mit einer Werbeveranstaltung für Bettwäsche und der Besichtigung des größten Bauernhofs von ganz Europa. Gewöhnlich warf ich diese Werbezettel ungelesen in den Mülleimer. Schließlich griff ich zu Sternbergers Brief. Er schrieb nichts weiter, als daß er seinen Winterurlaub beendet habe und am kommenden Donnerstag, also übermorgen, gegen 15 Uhr in einem bestimmten Café anzutreffen sei.

Ich ging zum Fenster, sah hinaus in den wolkenlosen Himmel. In den Ästen des Birnbaums hing der Schnee wie steifgeschlagene Eiweißflocken. Schnee hing an der Brüstung des Balkons herunter wie ein weiter weißer Ärmel. Er mußte im langsamen, unmerklichen Abgleiten gefroren sein. Sein Sturz, dieses Fallen war für kurze Zeit aufgehalten worden, festgehalten, wie ein flüchtendes Tier auf einem alten Ölbild mitten im Sprung gebannt ist.

Jérôme redete wirklich eine Menge Unsinn. Aber einen wahrhaftigen Satz hat er gesagt, ich weiß nicht mehr, in welchem Zusammenhang, ich habe ihn in meinem Tagebuch gefunden. Er lautet: Alles wirklich Böse beginnt in Unschuld.

Am Donnerstag hatte ich ein gewisses Problem, was meine Kleidung betraf. Aus irgendeinem Grund wollte ich keinesfalls den schwarzen Mantel anziehen, aber da er der wärmste war, den ich besaß, und draußen seit Tagen eine beißende Kälte herrschte, hatte ich einige Mühe, auf andere Weise etwas ähnlich Wärmendes zu finden. Schließlich zog ich eine Menge Sachen übereinander an, einen schwarzen Rollkragenpullover, ein Flanelljackett und darüber den Trenchcoat, in den ich das Wollfutter einknöpfte.

Pünktlich erschien ich im Café, wo ich Sternberger in einer Ecke entdeckte. Er hatte sich hinter einer großen Zeitung versteckt und war intensiv mit der Lektüre beschäftigt. Aber jetzt nahm er die Zeitung herunter, als habe er mich bereits an meinen Schritten erkannt. Er hatte sich offensichtlich gut erholt, war leicht gebräunt von der Wintersonne. Neben seinem Stuhl stand ein Einkaufskorb, aus dem die braune Papiertüte eines Schusters herausragte sowie eine Packung Feinwaschmittel.

Haben Sie jetzt hausfrauliche Pflichten übernommen? sagte ich lachend zur Begrüßung. Sternberger ging nach einer Sekunde der Irritation auf meinen unbeschwerten Ton ein. Ja, das Hausmädchen habe noch Urlaub, und demnächst werde man sowieso ganz ohne sie auskommen müssen, er sei bald den ganzen Tag über zu Hause, sagte er. Die ersten Mißgeschicke mit der Waschmaschine habe er bereits hinter sich, ein roter Slip seiner Tochter habe die gesamte Wäsche rosa gefärbt.

Fast hätte ich geantwortet, Sie kommen mir heute auch ganz verwandelt vor. Sternberger wirkte ungewöhnlich irdisch an diesem Tag und hatte doch nichts von seinem Reiz verloren. Aber mit einer solchen Bemerkung hätte ich seine Aufmerksamkeit sofort auf das dämonische Gebiet gelenkt, von dem ich mich gerade entfernen wollte.

Wir führten also eine harmlose Unterhaltung über die Geheimnisse einer Waschmaschine, wie man am besten Eier kocht, ohne daß sie platzen usw. Schon waren wir nahe daran, Rezepte für Kartoffelsuppe und Crêpe Suzette auszutauschen, auf kleine Zettel zu notieren, doch ich lenkte wieder davon ab. Innerlich schreckte ich zurück vor dem Namen Suzette, denn Sternberger und ich hatten in seiner Praxis oft über Suzette Gontard gesprochen, Hölderlins Diotima, und unweigerlich hätte man an diese wahnsinnige Liebe denken müssen.

Nachdem wir fast zwei Stunden zusammengesessen hatten, kamen wir allmählich auf anderes zu sprechen. Ich erzählte ihm, daß ich jetzt sehr viel allein sei und meine Arbeit mich ganz ausfülle. Er begrüßte das, es sei für einen Künstler unerläßlich, aus der Einsamkeit heraus zu schöpfen, dem Kollektiv ginge ja die Beziehung zum Unendlichen ganz und gar ab. Der Kollektivmensch habe im Gegensatz zum einzelnen gar kein Bedürfnis mehr nach Geist und sei deshalb auch völlig unfähig zur höchsten Aufgabe des Menschen überhaupt, nämlich sich selbst sehen zu können.

Ich fühlte, wie mir einen Augenblick lang die Röte ins Gesicht stieg, über zwei Stunden hatte ich mich an Banalitäten festgehalten, war wie eine Katze um den heißen Brei herumgeschlichen, und das vor seinen wissenden Augen. Es war doch ganz unsinnig, daß ich ihm diese Vorsicht, dieses Mißtrauen entgegenbrachte.

Ja, sagte ich, die künstlerische Arbeit ist für mich sehr

wichtig. Natürlich weiß ich nicht, was aus all dem wird, was ich jetzt tue, ob es möglich sein wird, einen Galeristen für meine Bilder zu begeistern.

Das, sagte Sternberger, ist doch nun schon wieder ein Pragmatismus, der die kreative Arbeit zerstören kann. In einer Erfahrung nur Erfolg oder Mißerfolg zu sehen, sei bereits kennzeichnend für den Kollektivmenschen.

Sternberger nahm mich ungewöhnlich ernst. Das war sehr angenehm, es erleichterte mich. Nichts war schlimmer als diese Ironie, mit der er mich manchmal ansah, dieser Blick aus einer Mischung von Überlegenheit und Mißachtung.

Sie müssen sich vollkommen Ihrer Intuition hingeben, die Angst ablegen, sagte er beinahe einladend. Warten Sie, ich möchte Ihnen etwas vorlesen, fügte er hinzu. Er ging zum Garderobenständer, wo er ein schmales Bändchen aus der Tasche seines Mantels zog. Er blätterte einen Moment und begann zu lesen: »Wir heute müssen der Einbildungskraft jenen besonderen Rang – des Atems, der einzigen Lebendigkeit – zuerkennen in unserer offenen Welt, darin der einzelne unvermittelt an das Kollektiv stößt, in einer Welt der ohnmächtig Mächtigen ohne die Fähigkeit zu repräsentieren. In einer Welt der Zwischen- und Nebenräume für die FORTUNE...«

Sternberger blickte von seinem Buch auf und sah mich prüfend an. Er wollte sich vergewissern, ob ich ihm folgen würde und wie weit ich bereit war, mich einzulassen. Er wollte, daß ich ihm heute endlich etwas von mir zeigte, ihm Einblick gab, wo und wie ich meine Truppen aufgestellt hatte und wann sie einschreiten würden. Dies war sozusagen eine erste Feindberührung, aber davon ahnte ich in diesem Moment nichts. Im Gegenteil, vor wenigen Minuten erst war es ihm gelungen, mich zu verlocken, ihm bedenkenlos zu folgen, unbewaffnet. Vielleicht hatte er recht, als er mich einmal ein Raubtier nannte. Denn Raubtiere sind von Natur aus mit allem ausgerüstet, was sie brauchen. Aber andererseits gab ich doch wie ein Raubtier erst dann Ruhe, wenn ich die Beute fest zwischen den Zähnen hielt, und er predigte mir hier etwas von Einbildungskraft, wollte mir weismachen, daß etwas ganz Unfaßbares beinahe den gleichen Rang haben sollte wie Leben aus Fleisch und Blut. Doch zweifellos lag für mich in dem, was er mir eben vorgelesen hatte, eine große Verlockung, eine Verheißung auf neue Jagdgründe. O ja, meine Krallen und Zähne waren scharf, doch hier und jetzt würde jeder Schlag, jeder Biß ins Leere gehen, denn Sternberger offenbarte mir zu diesem Zeitpunkt nicht den geringsten Angriffspunkt.

Ich verstehe das so, sagte ich, daß man seiner Einbildungskraft wirklich glauben muß, daß das, was mit dieser Kraft entsteht, genauso wirklich ist wie ... – ich suchte irgendeinen Vergleich und blickte mich um: Es war seltsam, die Leute an den kleinen Tischen ringsum verteilt sitzen zu sehen, sie wirkten im Vergleich zu der Intensität, in der sich das Gespräch zwischen Sternberger und mir bewegte, unwirklich, puppenhaft – ... wie dieser Tisch, sagte ich endlich und faßte die kleine, runde Marmorplatte an, wie um mich ihrer Existenz zu versichern.

So muß es gewesen sein. So muß es ausgesehen haben. Jetzt blitzte es in seinen Augen, seine Augen sagten mir etwas, was ich in meinem Körper fühlte, aber so schnell nicht entschlüsseln konnte, denn sofort begann er zu sprechen. Ja, dieser Glaube ist es, auf den es ankommt, sagte er. Es gibt andere Wirklichkeiten, die alles je Dagewesene übertreffen. Aber man muß sich dem Glauben wirklich hingeben können.

Da war sie wieder, diese Verlockung. Ich fand ihn plötzlich schön. Niemals hatten wir uns bisher anders berührt als freundschaftlich, allenfalls wie ein Priester hatte er meine Brust berührt, um den Schlag meines Herzens zu fühlen.

Auch Rudolf Kassner sagt ja bereits, fuhr er fort, daß überall die Neugier an die Stelle des Glaubens getreten ist, der endgültige Verlust des Magisch-Mystischen. Sternberger klappte das Buch jetzt ruckartig zu, hob den Kopf und sah mich fordernd an. Er appellierte an mein Erinnerungsvermögen, unsere Komplizenschaft, das Geheimnis, das wir miteinander teilten. Und ich versuchte immer wieder, diesem Sog zu widerstehen, diesem Strudel, in den er mich reißen wollte. Er wollte mich wahnsinnig machen, weiter nichts.

Er schien mein Zögern zu registrieren und wechselte sofort das Thema. Mögen Sie nicht etwas Kuchen? fragte er, es gibt hier sehr gute Himbeertorte.

Nein, nein, ich möchte jetzt nichts essen, sagte ich. Ich fühlte mich irgendwie erschöpft, hilflos. Auch das mußte er bemerkt haben. Denn jetzt gab es für ihn kein Halten mehr. Jetzt wurde er deutlich.

Aber warum wollen Sie denn nichts essen? Sie müssen etwas essen, Sie können es doch vertragen, sagte Sternberger und hatte wieder diesen ironischen Blick, mit dem er mich jetzt von Kopf bis Fuß musterte, als sei ich eben erst erschienen. Haben Sie heute keinen Büstenhalter an? sagte er dann unvermittelt und mit einer Miene irgendwo zwischen Kaltblütigkeit und dem eher vorlauten Interesse eines Neunjährigen am Busen seiner großen Schwester.

Einem anderen Mann hätte ich in so einer Situation womöglich die Zuckerdose an den Kopf geworfen, oder ich wäre mit ihm gegangen, wenn er mir gefallen hätte. Aber bei Sternberger war das alles unmöglich. Er machte mich hilflos.

Na ja, Sie wissen ja, ich bin immun, sagte Sternberger jetzt gleichgültig. Dabei drehte er sich auf seinem Stuhl um, so daß er seitlich zu mir saß. Er streckte die Beine aus und blickte von mir weg. Keinen Hunger, wiederholte er, sie hat keinen Hunger.

Ich konnte dieses überlegene Lächeln hören, das dabei in seinem Gesicht sein mußte. Er machte eine Pause, ließ mir ein bißchen Luft. Aber ich konnte mich bei dem Durcheinander in meinem Kopf nur noch an die plattesten Regeln der Konvention erinnern und fragte ihn nun meinerseits, ob er nicht Kuchen wolle und daß ich übrigens heute die Rechnung übernähme, um mich zu revanchieren für den Kognak letztes Mal im Bahnhof.

Aber ich bitte Sie, sagte Sternberger, immer noch von mir wegblickend. Er widmete seine ganze Aufmerksamkeit jetzt dem Treiben im Café, das sich langsam mit abendlichen Gästen füllte. Heute sind Sie mein Gast, fügte er gelangweilt hinzu. Demnächst einmal können Sie mich einladen, sofern Sie nicht vor lauter Angst einer weiteren Begegnung mit mir aus dem Wege gehen.

Ich bedankte mich für die Einladung, aber ich fühlte mich mehr und mehr in die Enge gedrängt. Ich muß jetzt übrigens gehen, sagte ich. Sternberger drehte sich langsam wieder zu mir um, setzte sich frontal mir gegenüber. Offenbar hatte er sich gesammelt, während er von mir weggeblickt hatte. Er war jetzt sehr stark.

Warum sind Sie nicht ehrlich? fragte er, und es lag nicht nur Stärke, sondern auch eine Spur von Bedauern, ja so etwas wie Wohlwollen in dieser Frage. Ich sehe sehr deutlich, daß Sie Hunger haben, Sie hungern nach Sinn, fügte er dann ganz unzweideutig hinzu. Sie brauchen etwas, und ich kann es Ihnen geben, wie ich es Ihnen früher gegeben habe, in der Praxis.

In diesem Moment, in diesem Café war es, daß ich meinen Widerstand aufgab. In diesem Moment wurde Sternberger für mich verlockender als alles um mich herum. Er schien es zu fühlen und reagierte sofort, wurde zurückhaltend, verbindlich. Es war, als hätten wir nach schwierigen Verhandlungen endlich einen Vertrag miteinander geschlossen, einen gefährlichen Vertrag. Und wenn man sich zwischen Himmel und Erde bewegt, braucht man kaltes Blut.

Möchten Sie das Buch einmal mitnehmen? fragte Sternberger.

Ja, sagte ich.

Sehen Sie mich an, forderte er mich jetzt auf, ich möchte es in Ihren Augen sehen.

Was? fragte ich erschrocken, aber ich erschrak nur zum

Schein, und Sternberger wußte, daß es nur zum Schein war, wegen der Leute um uns herum und zum Zeichen, daß ich begriffen hatte.

Ich sah in seine dunklen Augen, in denen ich versinken konnte und die zu leuchten begannen.

So ist es gut, sagte Sternberger, so ist es gut. Machen Sie weiter, arbeiten Sie. Ich bin sehr gespannt, was daraus wird. Sie werden mir schreiben, wenn Sie mich wiedersehen möchten?

Ja, ich schreibe Ihnen, versprach ich.

Die Tische waren jetzt alle besetzt. Um uns herum war ein Kommen und Gehen, Lärm, irgend jemand stieß ein hohes Glas mit Milch um, schaumige Zitronenmilch lief auf den dunkelroten Teppichboden, ein Hund bellte, und ich stand auf und gab Sternberger die Hand. Um uns herum war die Vergänglichkeit. Wir aber waren ewig.

Ich fuhr mit der Straßenbahn nach Hause. Nach einigen Stationen fand ich einen freien Fensterplatz. Die Sterne funkelten in der Kälte, und ein weißer, blitzender Halbmond tauchte hin und wieder zwischen schwarzen Häuserumrissen und Bäumen auf. Als wir in die Außenbezirke der Stadt kamen, ballten sich Wolken über dem Horizont zusammen wie ein Gebirge, das dunkler wurde. Es war, als befände ich mich in einer fremden Stadt, einer Landschaft, die mir jeden Moment eine Überraschung offenbaren konnte. Das abrupte Bremsen der Straßenbahn riß mich aus meiner magischen Landschaft heraus, hastig stand ich auf und drängte mich durch die Menge zur Tür. Ich hatte nicht mehr auf die

Stationen geachtet, und als ich ausgestiegen war, stellte ich fest, daß ich mich ganz umsonst beeilt hatte, denn jetzt mußte ich noch eine Haltestelle weiter zu Fuß laufen.

Als ich den Kiosk an der Ecke passierte, öffnete die Türkin mit den schweren Augenlidern, die immer halb geschlossen zu sein schienen, gerade zischend einige Bierflaschen hintereinander. Im trüben Licht lehnten trotz der Kälte einige Männer in schweren dreiviertellangen Arbeiterjacken aus dickem Leder an der Mauer und setzten die Flaschen an ihren Mund. Während sie tranken und die Köpfe leicht zurücklehnten, starrten sie hinter mir her. In diesem Moment hatten ihre Augen nichts Menschliches, ihr Blick war der von Tieren, die sich widerwillig an einem Strick, der um ihren Hals liegt, ziehen lassen und deren einzige Gebärde der Auflehnung darin besteht, ihren Kopf in den Nacken zu werfen, als sei das eine Möglichkeit des Zurück. Ich fühlte, wie sich mein langes Haar wärmend auf meinem Rücken ausgebreitet hatte.

Im Gewühl der Straßenbahn mußte sich das Band, mit dem es zusammengehalten worden war, gelöst haben. Mit einer raschen Bewegung drehte ich meinen Kopf noch einmal nach den Männern um und sah, daß sie immer noch auf meine offenen Haare starrten. Von meiner plumpen winterlichen Vermummung jedenfalls konnte sich kein Mann angesprochen fühlen. Und jetzt schien sich meine schützende Tarnung tatsächlich langsam aufzulösen. Aber dieser Täuschungsversuch war ja von Anfang an zum Scheitern verurteilt gewesen.

Von jetzt an erwartete ich Sternberger in höchster Ungeduld. Schon Tage vor der nächsten Verabredung lag ich nachts mit offenen Augen auf meinem Bett. Die Dunkelheit, die Stille der Nacht wurden mir vertraut. Auch nachts gibt es Vögel, die singen. Ein trauriger, kraftloser, heulender Ton. Manchmal stand ich im Dunkeln auf, ging ans offene Fenster, um zu sehen. Ich stand bewegungslos da und ließ meine Augen sich an die Dunkelheit gewöhnen. Einmal kam es mir vor, als stünde unter der Blutbuche eine menschliche Gestalt. Sie lehnte am Stamm, und das weißblaue Mondlicht fiel zwischen den Blättern hindurch auf ein blasses Gesicht. Es war schwer zu glauben, aber dies war unverkennbar Sternbergers Gesicht. Vielleicht war es auch nur so, daß meine Sinne mir nicht mehr gehorchten oder daß ich sie nicht mehr beherrschen wollte. Ich ließ es eine Weile geschehen. Dann nahm ich meinen Mut zusammen, wollte die Dinge wieder ins Lot bringen. Ich klatschte in die Hände, rief etwas, um einen eventuellen Eindringling zu vertreiben. Aber die Gestalt rührte sich nicht. Sie sah jetzt aber schon weniger wirklich aus, und was ich für Schuhe hielt, war bloß eine schwarze abgefallene Astgabel. Trotzdem lebte ich in diesen Tagen in einem dauerhaften Zustand leichter Angst. Je näher der Tag unserer Verabredung kam, um so mehr erdrückte die Sehnsucht die Angst, besiegte sie.

In zwei Tagen würde ich ihn sehen. Ich hatte ihn um dieses Treffen gebeten. Er hatte nur das Notwendigste geantwortet, die Zeit, den Ort. Er hatte mich für mittags um zwölf Uhr an eine der Anlegestellen der Rheinschiffahrtslinien bestellt. Die Zeit floß träge und äußerlich ganz ereignislos dahin. Ich konnte mich auf keine Tätigkeit konzentrieren, denn alles, was ich begann, wurde mir bald schon unwichtig. Ich besaß ein Buch mit Vexierbildern. Das war das einzige, was mich jetzt noch fesseln konnte. Ich schaute die kunstvollen Tuschzeichnungen an, drehte das Buch auf meinem Schoß hin und her und suchte den Wolf in den Bäumen. Ich fand den Jäger im wallenden Kleid der Königin, und der Zauberer mit dem stechenden Blick trug ein Sternengewand und breitete sich damit über den gesamten Himmel aus. Alles war möglich. Überall konnte das gesuchte Objekt sein und gerade dort, wo man es am wenigsten vermutet.

Einmal sah ich mein Gesicht im Vorübergehen in einer Schaufensterscheibe gespiegelt, dunkle Halbmonde lagen unter meinen Augen. Ich empfand so etwas wie Mitleid. Es ist schrecklich, wenn man sich auflöst, auch wenn man dabei auf das Licht zugeht, das große, helle Licht, das alles verschlingt und in sich einschließt. Ich sah noch einmal hin. Ich dachte, man muß die Dinge anschauen, sehen, womit man es zu tun hat. Dies war das Gesicht einer Sklavin, einer Leibeigenen. Mein Körper war schwer, ich bewegte mich nicht. Ich bewegte mich nur, wenn er es von mir verlangte. Aber dann tat ich es sofort. Er war gekommen, er hatte mir befohlen, ich hatte gehorcht. Eine Zeitlang ging es so, einige Monate lang. Es würde sich steigern, Sternberger würde von mir verlangen, ihn darum zu bitten, daß er käme. Er würde von sich aus keinen Versuch mehr unternehmen, mich zu sehen. Und ich würde es tun, ich würde ihn bitten zu kommen, jedes-

mal, immer wieder. Tagelang würde ich auf seine Antwort warten. Tagelang, immer wieder würde ich darauf warten, ihn zu sehen. Aber dann würde er etwas Schreckliches befehlen. Er würde befehlen, warte für immer.
Warte auf mich, bis du stirbst.

Das hat er gesagt, und er hat dabei gelacht. Es war ein starkes, lebendiges Lachen, wie ich ihn zuvor niemals habe lachen sehen. Es war fast, als wäre er neu geboren.

Schließlich hat er selbst etwas dazu getan, die Qual zu beenden. Ohne diesen, seinen letzten Schritt hätte ich nicht begriffen. Ich wartete am Ende nur auf den Tod, ihn wollte ich berühren, da alles Menschliche in Sternberger längst ausgerottet zu sein schien.
Vielleicht war ich gehorsamer, als Sternberger es sich je erträumt hatte, brauchbarer, ideal.
Vielleicht aber habe ich ihn mit meiner willfährigen Entschlossenheit furchtbareren Qualen ausgesetzt, als ich mir je werde vorstellen können.

Die Anlegestelle der Schiffe war menschenleer. Um diese Jahreszeit fuhren keine Schiffe. Da kommt Sternberger, dort hinten sehe ich ihn. Er ist schlecht gekleidet, müde, desinteressiert. Er benimmt sich, als sei ich für sein seelisches Wohl zuständig. Er jammert mir vor, seine Kinder respektierten ihn nicht mehr. Er hänge rum, saufe, das seien die Vorwürfe, die sie ihm machten. Es sei erniedrigend, einen arbeitslosen Vater zu haben, hielten sie ihm vor.

Ich trinke höchstens eine Flasche Wein am Tag, sagt er entrüstet.

Dafür hatte ich also nächtelang nicht geschlafen, um diesen Mann zu treffen, der leer war, dem es an jeglichem Reiz mangelte, der weder interessant, geschweige denn geheimnisvoll war. Höchstens bemitleidenswert, ja, er tat mir leid. Ich hatte so sehr auf ihn gewartet, hatte mich vollkommen konzentriert auf dieses Treffen. Und trotzdem war ich ihm nicht böse. Es war kalt, grau, wir saßen immer noch auf dieser Bank am Rheinufer. Je länger wir zusammen waren, um so mehr schien er sich zu erholen. Ich munterte ihn auf. Wir lachten, wir machten uns lustig über dieses Leben. Wir machten uns über alles lustig, den Tod, das Leben, die pittoreske Stadtansicht hinter unserem Rücken, die sogenannte Altstadt, und wir mitten in präapokalyptischer Zeit. Dann sackte Sternberger plötzlich wieder ab, versank in weitschweifigen Haushaltsfragen. Wir selbst waren Teil des großen ignoranten Welttheaters. Es ging wieder darum, wo man am besten was einkauft und daß der Wein in diesen kleinen Plastikfässern schlecht sei und der dreiundachtziger Muskadet aus der Weinhandlung Sowieso ungenießbar. Meine Kraft ließ nach.

Wir gingen noch eine Stunde am Fluß entlang. Er redete und redete. Er redete dauernd an allem vorbei, und er tat es mit einer Sicherheit, die beinahe verdächtig war. Ich muß jetzt noch Besorgungen machen, sagte er dann. Was für Besorgungen? fragte ich. Ich muß zum Schuster, sagte er. Dann muß ich für meine Frau neues Briefpapier bestellen, und ich muß ein Geschenk kaufen. Meine Frau verreist morgen für einige Tage ins Ausland, und ich soll ihr ein Buch über romanische Kirchen besorgen. Das will sie mitnehmen, etwas Typisches von hier. Er grinste abfällig. Ich machte noch einen Versuch, ihn herauszuziehen aus diesem Loch der Trivialität, aber es war zwecklos. Er reagierte nicht. Also verabschiedeten wir uns.

Ich wußte nicht, ob ich wütend sein sollte oder froh. Hier hätte es aus sein können. Dann aber entschied ich mich, wütend zu sein. Sternberger mag intuitiv gehandelt haben, irgend etwas in ihm mag verantwortlich gewesen sein für seine geniale Art, die Fährte wieder einmal falsch zu legen. Jedenfalls war das, was er tat, für mich auf absurde Weise überzeugend und glaubwürdig. Und ich verlief mich mit jedem Schritt, den ich tat, verirrte mich mehr und mehr.

Ich schrieb Sternberger einen seitenlangen wütenden Brief, in dem ich schließlich feststellte, mich in ihm getäuscht zu haben. Ich hätte in ihm etwas gesehen, was offenbar gar nicht vorhanden sei, und nie mehr wolle ich ihm begegnen. Es sei eben doch ein Fehler, wenn ein Psychiater sich mit seiner ehemaligen Patientin einließe.

Bereits zwei Tage später erhielt ich Sternbergers Antwort. Er müsse mich unbedingt wiedersehen, Zeit und Ort waren angegeben. Unser nächstes Treffen am Rhein fand schon am darauffolgenden Tag statt.

Er saß am äußersten Rand der Bank. Den Kopf weggedreht von den wenigen Spaziergängern, starrte er hinüber zum Fluß. Es war windig, kühl, grau wie immer in diesen

Tagen. Ich sagte leise etwas, er zuckte zusammen, und dann sah ich Erleichterung in seinem Gesicht. Wir begrüßten uns mit einem leichten Händedruck. Ich dankte ihm, daß er mir so schnell geantwortet habe, daß er mich nicht habe warten lassen. Es war wie ein Geständnis.

Er führte mich zielstrebig auf die Brücke. In mir ist alles tot, sagte er. Wir befanden uns jetzt mitten über dem Fluß. Die rasch vorüberziehenden Wolken färbten die Wasseroberfläche fleckig, unruhig, zogen entgegen der Strömung, als sei dies ein doppelt belichteter Film, wo alle Bewegungen gegeneinanderlaufen. Ich antwortete nicht, besann mich plötzlich, daß kein Anlaß bestand, zuviel zu verschenken. Er ging sehr schnell. Wir verließen die Brücke, gingen ein Stück am anderen Ufer entlang bis zu einem kleinen Tor, das er mit einem geschickten Griff öffnete, als führe es zu ihm nach Hause. Wir gingen die Treppe herunter zum Fluß. Dann standen wir plötzlich da, auf einem knapp zwei Meter breiten Streifen Erde, auf der einen Seite der Fluß, auf der anderen eine meterhohe Mauer, zusammengesetzt aus dicken, mächtigen Steinblöcken wie eine mittelalterliche Burg. Sternberger stand unbewegt da, aber sehr ungeduldig wie ein kleines gehetztes Tier, das sich nicht zwischen Flucht und Angriff zu entscheiden weiß. Er ließ mich die Macht fühlen, die ich über ihn besaß. Er stand da und tat nichts und wartete darauf, daß ich ihm ein Zeichen gab.

Ich lächelte. Ich war glücklich, ruhig. Ich glaubte mich ihm in diesem Augenblick unendlich überlegen. Aber was fing ich jetzt damit an? Was sollte ich jetzt mit ihm tun? Wir standen einander gegenüber in zwei, drei Metern Entfernung. Er wartete darauf, daß ich ihm in die Augen sah. Ich tat es, und es war, als gäbe ich etwas für mich sehr Bedeutendes auf, ich gab es hin, weg, ich ließ einfach alles fallen, so wie man im Bahnhof bei einem ersehnten Wiedersehen alles stehen und liegen läßt, um einander in die Arme zu stürzen. Aber wir berührten uns nicht, noch nicht. Wir sahen einander nur an. Er nahm mit jedem Atemzug etwas von mir in sich auf, seine Gesichtszüge entspannten sich.

Ich bin nicht tot, sagte ich dann. Nein, antwortete er, Sie sind nicht tot, in Ihnen tobt das Leben. Jetzt lächelte er. Ich fühlte mich plötzlich schwach. Ich wollte etwas erklären, aber kaum daß ich begonnen hatte zu sprechen, unterbrach er mich und fragte dann, ja? als sei er enorm gespannt darauf, was ich ihm zu verstehen geben wollte, aber zugleich fiel er mir doch ins Wort.

Ich suchte Hilfe in seinen Augen. Er gab mir ein wenig zurück von dem, was er mir eben genommen hatte. Ich atmete wieder ruhiger, aber ich konnte zugleich nichts mehr dagegen tun, es war jetzt unausweichlich, daß wir uns in die Arme fielen.

Aber das muß klar sein: Es war nicht Liebe, es war nicht Geilheit, es war nicht einmal Zuneigung in dieser Umarmung. Es lag etwas Unbekanntes darin. Ich habe eine so heftige und doch so ziellose Umarmung niemals zuvor erlebt.

Ich fror sehr, meine Hände waren steif vor Kälte, ich konnte das Tor kaum öffnen. Erst zu Hause in meiner gewohnten Umgebung fühlte ich, wie kalt dieses Land war, in das er mich geführt hatte, eisig und hart wie Stein. Sein Körper hatte nichts Menschliches, nichts Warmes, er war wie eine leere Hülle. Aber seine Augen, sein Gesicht, er verschlang mich mit seinen Augen, umarmte mich mit den Augen mehr als mit seinem Körper. Noch waren es unsere Seelen, die es miteinander trieben. Sternberger verstand es immer wieder, mich zu veranlassen, das Spiel nach seinen Regeln zu spielen. Ich würde achtgeben müssen. Künftig würde ich ihm deutlich machen müssen, wer ich war.

Ich weiß, daß er eine höhere Art der Liebe wollte, eine, die ich nicht begreifen konnte. Er wollte eine Liebe, bei der die Person verschwindet. Er versuchte, das Äußerste der Liebe darin zu sehen, daß sie sich auf niemanden richtet und von niemandem getragen wird. Es war schwer zu verstehen. Warum wollte er das gerade von mir? Und genauso könnte man fragen, warum wollte ich ausgerechnet seinen Körper, wo er doch Nichts sein wollte, wo er verschwinden wollte, sich auflösen zum puren Nichts? So haben wir uns einander gezeigt. Jeder hat sich dem anderen in seiner Ausweglosigkeit gezeigt. Und nichts Großartiges kam dabei heraus, es sei denn, man glaubt einfach, daß es etwas Großartiges war. Aber kann man denn daran glauben, kann ich daran glauben? Manchmal kann ich es und manchmal nicht. Manchmal glaube ich, daß er von seiner Frau abhängig war und von seiner Familie, und manchmal glaube ich, daß seine Frau und seine Familie dabei ganz unwichtig waren.

In einem Eiscafé in der Südstadt verkehrte Sternberger mit Vorliebe. Hier beobachtete er die kleinen italienischen Kriminellen. Er hatte mir schon davon erzählt. Es interessiert ihn, das Heimliche, Verbotene. Sie bändeln hier ihre Coups an, die kein Ende nehmen, weil sie nichts einbringen. Um elf Uhr morgens, wenn auch wir gewöhnlich verabredet waren, kamen die ersten angehuscht und tranken ihren Espresso.

Sie sind alle sehr jung, mit wild glänzenden Augen, engen Jeans, protzigen Lederjacken. Sie kümmern sich nicht um die Mode, sie sind wie verkleidete Tiere, die ihren Körpern irgend etwas übergestreift haben, das paßt. Ich bin die einzige Frau. Sie mustern mich offen und unverschämt. Sternberger scheint das zu gefallen. Hierher hat er mich schon mehrmals gelockt. Sehen Sie den an, sagt er, gefällt er Ihnen? Ich reagiere gereizt. Warum tut er das? Ich will Sternberger und nicht irgendeinen Jungen. Aber er ist noch nicht soweit, daß ich es ihm sagen könnte. Ich bin besessen von dem Gedanken, daß Sternberger mir noch etwas schuldet. Ich werde geduldig warten, bis es soweit ist und ich mir holen kann, was mir zusteht.

Denn dies ist die Phase der Zirkulation.

Ich weiß es nicht, aber ich fühle es.

Während der Phase der Zirkulation mußte ich mich ständig verwandeln, um die Faszination lebendig zu erhalten. Ich mußte alles werden, was er sich von mir erträumte, um ihn abzulenken, ihn herauszulocken aus dem sicheren Kreis. Ich mußte ihn langsam und unmerklich zum Aufstieg bewegen, ich mußte ihn dazu bewegen, mir zu folgen, ihn in mein Reich locken über die Grenze hinweg, ohne daß er diesen Grenzübertritt merkte. Ich würde ihn einführen in mein Reich, das Reich des Fleisches und der Lust, so wie er mich in sein Reich gelockt hatte. Was er auf seine Art in der Praxis mit mir getan hatte, würde ich jetzt auf meine Art mit ihm tun, mitten im Leben und mit allem, was ich besaß. Ich würde seinem Reich der tiefen Höhlen, der Dunkelheit und des Nichts mein Reich der blendenden Lust entgegensetzen. Ich würde das Leben dem Tod entgegensetzen. Einmal sollte der Tod unter dem Leben zu leiden haben, einmal sollte er sich winden unter meinen Blicken, einmal wollte ich ihn besiegen. Und dann würde er es tun, dann würde er seinen Degen ziehen und den letzten Stich tun. Die letzte Szene würde ohne Zweifel ihm vorbehalten sein. Er würde als Sieger aus diesem Kampf hervorgehen müssen. Spätestens dann würde er sich endgültig zeigen.

Dann rief er plötzlich bei mir an. Es war früh am Morgen, das Klingeln riß mich aus dem Schlaf. Er sei auf dem Weg gewesen zu einem Freund, aber er habe unterwegs eine Panne mit dem Wagen gehabt und müsse nun in Brühl auf die Reparatur warten. Es seien nur einige Kilometer bis dorthin, warum ich nicht käme und mit ihm den Tag verbrächte.

Wir verabredeten uns vor dem Schloß, wo ich zwei Stunden später erschien. Ich hatte es nicht eilig, Sternberger interessierte mich an diesem Tag nicht besonders. Es war seltsam, daß er zeitweilig für mich in einem ähnlichen Maß unbedeutend war, wie in manchen Momenten der Wunsch nach seiner Anwesenheit zu einem atemlosen Zwang wurde. Ich schlenderte die verwinkelten Wege der Grünanlage vor dem Schloß entlang. Hierher lädt die Bundesregierung ihre Staatsgäste zu festlichen Empfängen. Die Frontseite ist renoviert, leuchtet in hellen Farben. Die Rückseite bietet noch das alte Bild, verwittert, grau. Vielleicht war Sternberger gar nicht mehr da, hatte das Warten aufgegeben. Ich war am Abend zuvor mit einem anderen Mann aus gewesen. Mit ihm war alles ganz einfach gewesen. Sternberger, dieser weltfremde Mensch, dachte ich, er wird heute bei mir einen gleichgültigen Körper vorfinden, ohne Begierde. Auch war ich wenig geneigt, Visionen zu folgen. Ich kehrte auf die Straße zurück.

Das Geburtshaus von Max Ernst liegt dem Schloß direkt gegenüber. Max Ernst muß sie gekannt haben, die winterlichen Fenster der Orangerie, hinter denen man die Orangenbäumchen in riesigen Kübeln überwintern sieht, ihre Kronen kugelrund, exakt wie mit dem Zirkel zurechtgeschnitten. An anderer Stelle fiel auf ein Stück frisch geweißter Fassade die schwarze Silhouette eines der würfelförmig zurechtgestutzten blattlosen Bäume, die den Straßenrand säumten. Der Orangerie schräg gegenüber liegt das Haus, ich erkannte es sofort, denn ich war vor einigen Jahren schon einmal dort gewesen. Das einfallende Sonnenlicht lag auf den matten tannengrünen Fensterläden des leicht zurückversetzt liegenden Hauses, hinter dessen Fenstern man die zugezogenen weißen Voilevorhänge sah.

Von irgendwoher gellte plötzlich der Schrei eines

Pfaus, und ich drehte mich um. Da kam er. Er trug einen dunklen Mantel. Er sah aus wie ein Herr. Offensichtlich war eine Veränderung mit ihm vorgegangen. Er kam langsam auf mich zu, kostete die Wirkung seines Überraschungsauftritts aus. Dann nahm er mich am Arm und führte mich in den Schloßpark. Wir gingen über den weißen Kies. Eine fast mediterrane Helligkeit blendete meine Augen. Wir blieben stehen, blickten zurück auf die klare Fassadenfläche des Schlosses, das umgeben war von einem riesigen grellblauen Himmel und der kargen Geometrie des spätwinterlichen Rokokoparks.

Dann drehten wir uns um und verschwanden im kühlen Dunkel des angrenzenden Waldes. Sternberger zog mich durch das Gestrüpp bis zu einem besonders großen Baum. Wir waren am Ziel. Komm schon, sagte er ungeduldig. Wir starrten uns an. Ich durfte mich jetzt nicht verlieren, nicht wieder, nie wieder. Ich mußte ihm von nun an standhalten, wenn ich ihn jemals fassen wollte.

Warum lassen Sie sich nicht gehen? fragte er nach einer Weile.

Weil ich nicht will, antwortete ich.

Du willst nicht? lachte Sternberger, hast du Angst vor mir?

Vielleicht haben Sie Angst vor mir, sagte ich.

Das wäre möglich, antwortete Sternberger.

Es war sehr kühl in diesem Wald und sehr dunkel. Auch war es feucht, und die Kälte kroch in mir hoch. Sternberger musterte mich ununterbrochen. Er wartete. Er hatte Zeit.

Es ist schön, mit dir zusammenzusein, sagte er schließlich, du bist so anders..., anders als ich..., aber du brauchst jetzt Wärme, du wirst hier langsam erfrieren. Komm, sagte er, ich wärme dich mit meinem Mantel.

Er zog mich in seine Arme. Zugleich flackerte in seinen Augen die Abwehr gegen mich, die Angst vor meinem Haar, meinen Brüsten. Er legte einen Arm um meine Taille, mit der anderen Hand zog er meinen Kopf an den Haaren leicht in den Nacken und küßte mich auf die Stirn.

Nun? fragte er und sah mich verführerisch an. Ich machte mich vorsichtig von ihm los und sagte, daß ich gehen wolle.

Sie können sich nicht hingeben, sagte Sternberger jetzt wie ein Arzt und ließ mich los. Ich sah ihm fest in die Augen und sagte, Sie wissen sehr gut, daß ich es kann. Er drehte sich um. Wir gingen schweigend zurück.

Sternberger hatte viel riskiert. Was hätte er getan, wenn ich meine Arme um ihn geschlungen, wenn ich ihn geküßt hätte?

Auf diese Begegnung hatte er sich offenbar tagelang vorbereitet, oder er hatte einfach gewartet auf den Augenblick, da er sich stark genug fühlte, mir einmal deutlich seine Unbestechlichkeit demonstrieren konnte. Dein Körper kann mich nicht irritieren, das hatte er mir sagen wollen.

Die Helligkeit des Schloßparks zeichnete sich hinter den letzten Bäumen des Waldes ab. Wir schwiegen immer noch. Sternberger schien zufrieden zu sein. Du bist ein König, dachte ich. Aber ich bin eine Königin, eine fremde, und du fürchtest mich. Auch ich war zufrieden. Es war, als hätten wir die unheimliche Last, die wir manchmal trugen, einfach abgeworfen. Wir waren jetzt plötzlich zusammen, wie Geschwister zusammen sind oder Freunde. Wir gingen durch den hellen, leeren Park auf das Schloßcafé zu. Sternberger bestellte mir Eis, Früchte, Sahne. Er sah mich jetzt ruhig und ohne Angst an, erzählte von seiner Tochter, seiner Frau, einem neuen Film, einem Buch. Er hatte gestern furchtbare Zahnschmerzen gehabt, und ich dachte, mein Gott, es geschieht ihm recht, aber zugleich mochte ich ihn sehr in diesem Moment, und ich hoffte, ich war beinahe sicher, daß es mir früher oder später gelingen würde, ihn zu besiegen. Es wäre nur zu seinem Guten, wenn es mir gelänge.

Während ich frische Erdbeeren aß, las er mir noch etwas vor, daß die Liebenden einander nur ihr Los verdekken, Rilke höchstwahrscheinlich. Aber das war seine Lieblingsliteratur und sehr ungesund für jemanden wie mich, so daß ich kaum zuhörte, und zum Abschied küßten wir uns mit fiebrig glänzenden Augen auf die Wangen. Er war eine Schönheit, Sternberger wurde immer schöner, je länger wir zusammen waren. Er entlockte mir ein Begehren, wie es im allgemeinen nur Männern zugeschrieben wird, die eine bestimmte Frau unter allen Umständen besitzen wollen, deren Schönheit sie nicht mehr schlafen läßt, die dummes Zeug reden kann, lügen, stehlen, deren Attraktion trotzdem ständig zunimmt oder gerade deshalb.

Eine von Sternbergers unheimlichen Eigenschaften war die der Nachwirkung. Er wirkte in mir auf eine Weise nach, die stets eindringlicher, beunruhigender war als die Begegnung selbst. Die feuchte, modrige Dämmerung, dieses schwarze Waldstück, das unmittelbar an das Licht des hellen, weitläufigen Parks anschloß, war seine Welt gewesen. Er war ein düsterer König, und er war stark. Ich war jetzt allein in meinem Haus, und doch fühlte ich ihn. Ich fühlte, daß Sternberger mich umfangen hielt. Meine Sehnsucht nach ihm fing an, stärker zu werden. Sie steigerte sich von Stunde zu Stunde, von Tag zu Tag. Die Tagträume begannen.

Wie gefährlich kann die Phantasie eines Menschen sein, meine Phantasie, wie nahe sie mich herantreibt an den Abgrund, und wie belanglos es mir erscheint. Träte ein König zur Tür herein und ginge mit einem Hermelinmantel und lackschwarzen Schnallenschuhen über den roten Teppich, ich würde mich nicht wundern. Ich könnte ihn einladen, sich zu mir zu setzen, er jedoch würde höflich ablehnen und erklären, er sei auf dem Weg, sein neues Zaumzeug zu begutachten, das einem seiner Lieblingspferde übergeworfen worden war. Der König aber hatte herrliche Steigbügel, sie waren aus purem Gold. Auf ihren breiten Seiten, die sich nach unten trapezförmig erweiterten, erkannte man in den Verzierungen unter einem Adler mit gespreizten Flügeln eine Frau, deren Brüste glänzten. Auf ihrem Kopf trug sie eine Krone. Alles war golden, ihre Augen, ihr Haar, das über die Schultern herabfiel, ihre Wangen, selbst ihre Eingeweide waren aus purem Gold. Er schob seinen Fuß mühelos in die Öffnung, die der Breite seines Schuhes optimal angepaßt worden war, der jetzt auf der horizontalen Goldplatte des Steigbügels Halt fand. Eher aus symbolischen als praktischen Gründen waren in regelmäßigen Abständen erbsengroße Löcher in die horizontal verlaufende Fläche des Bügels gestanzt worden, auf daß der Dreck unter seinen Sohlen hindurchfallen konnte, wenn der König sich auf sein Pferd schwingen würde. Der König jedoch trug Schuhe, die niemals die Straße berührten, weißblaue Strümpfe und einen schweren, hermelingefütterten Mantel aus besticktem nachtblauem Samt. Sein Haar war schwarz wie der Tod, doch um seine Schnallenschuhe herum leuchteten blutrote Bänder, als steige das Leben von hier aus zu ihm empor, wohldosiert in kühn geschwungenen Linien aus rotem Rips. Die Scheide seines Schwertes war mit kirschgroßen Edelsteinen besetzt, die sich im Hermelin verkrochen. Als er seinen Fuß prüfend in einen der Steigbügel gesetzt hatte und mit dem zweiten Bein noch auf festem Boden stand, befand sich die Marquise de B. nach den Folterungen auf dem Weg zur Hinrichtung. Ihr wurde der Kopf abgeschlagen, und anschließend verbrannte man ihren Körper. »Jetzt atmen wir sie alle«, sagte jemand.

O nein, man würde mich nicht verbrennen. Ich atmete ihn, ich atmete Sternberger. Mein Körper dehnte sich und zog sich zusammen, ich konnte mir vorstellen, wie er es mit mir tun würde, und diese Vorstellung war von einer so beängstigenden Realität, daß Sternbergers Hände mich berührten wie wirkliche Hände, seine Lippen waren wie warme, weiche Lippen, und er tat genau das mit mir, was ich mir von ihm wünschte, und ich war sicher, er würde es wissen, Sternberger wußte jetzt in diesem Moment, wo auch immer er war, was mit mir geschah, und er hatte ein wachendes Auge darauf. Noch hatte er die Sache völlig in der Hand.

Dann wieder überkamen mich Angst und Zweifel, ob ich diesen Irrsinn mit Sternberger nicht besser abbrechen sollte, Sternberger Sternberger sein lassen sollte. Ich trug mich einige Tage lang ernstlich mit der Absicht aufzugeben, mich von ihm abzuwenden. Ich wußte damals noch nicht, daß es die perfekte Illusion der eigenen Unabhängigkeit gibt.

Jetzt wagt er sich langsam weiter vor. Jetzt gehen wir schon Arm in Arm durch die Stadt. Jetzt gehen wir in die Viertel, wo die Huren sind. Mitten im Gehen bleibt er stehen, schlägt meinen Mantel auf, mustert meinen Körper in dem fadenscheinigen, engen Sommerkleid, das ich auf dem Flohmarkt gekauft habe, und sagt: Wie sehen Sie aus? Es klingt erstaunt. Er reibt sich den Schlaf aus den Augen. Sie können sich gleich zu den leichten Mädchen stellen, grinst er. Aber er kommt von dem Thema nicht mehr los. Als ich vierzehn war, sagt er, ja, ungefähr mit vierzehn wollte ich Zuhälter werden, nicht Pilot, nicht Lokomotivführer, nein, ich wollte die Mädchen für mich laufen lassen, das war mein Traum.

Schon war ich seine Hure, im selben Moment. Ich blieb vor dem Schaufenster eines Pfandleihers stehen und ließ mir von Sternberger billige Ohrringe kaufen. Kreolen, sagte die Verkäuferin, diese hübschen goldenen Ringe nennt man Kreolen, Sklavenringe.

Es war Mittag. Wir lagen auf einer Wiese am Rhein. Ich gestehe, ich wartete darauf, daß er es wieder tut, dieses Zungenschnalzen, mit dem man ein Pferd auf den Geschmack bringt, diese Musik wollte ich hören, die mich rasend machte, mit der ich durchgehen würde.

Es war wie ein Fieber, von dem man wünscht, es möge schnell auf den Höhepunkt steigen, damit die Krankheit besiegt wird. Aber er war still. Er war bedächtig, ruhig, ernst. Er war vorsichtig. Ich machte die ersten Bewegungen von ihm weg, die ihn zu mir hinführten. Er begann, mir etwas vorzulesen, daß ein jeder groß würde im Verhältnis zu der Größe, mit der er kämpfe, daß der, der mit der Welt kämpft, groß wird, indem er die Welt überwindet.

Wie immer, wenn er mir etwas vorgelesen hatte, sah er mich fragend an. Seltsam, was dieser Mann mir da vorliest, dachte ich, wo ich doch in seinen Augen sehe, was ihm fehlt. Er kämpft mit mir, aber irgendwann wird er verlieren. Schon rührte ich mich in heiterer weiblicher Schamhaftigkeit, stumm und devot wie das Veilchen im Grase und nicht wie die stolze Rose, willig und fügsam war ich, auf daß er sich zu mir herabbeuge und Liladuft atme. Dankbar drückte Sternberger einen Moment lang sein Gesicht in mein aufgelöstes Haar, das sich im Gras ausgebreitet hatte. Dann faßte er mich vertrauensselig am Arm und geleitete mich zurück über die Brücke, über die ein Zug donnerte. Er schenkte mir eine Aprikose, kleine Eva, mein Mädchen, so kindlich manchmal war er, sehnte sich nach Unschuld, Reinheit, Arglosigkeit in meinem Gesicht. Er, verdächtig schamhaft und so ganz ohne Verlangen, und doch sah ich, wie das Böse in ihm blinzelte und sich erholt hatte in einer langen, stärkenden Schlafkur. Wenn es groß genug war, würde ich eine Explosion auslösen, ob ich wollte oder nicht.

Während Sternberger aufgehört hat zu praktizieren, nimmt die Karriere seiner Frau ihren unaufhaltsamen Gang. Er ist jetzt häufig bedrückt, je schwächer er wird, um so zäher scheint es bei ihr herauszukommen. Sie muß von einer unglaublichen Vitalität sein. Sie hält ihre Vorlesungen, besucht Kongresse, Empfänge. Hin und wieder gibt sie ein Abendessen in der gemeinsamen Wohnung. Sternberger sagt, es sei für ihn eine Folter, unter diesem Bild von Carl Hofer zu sitzen, diesem dunklen, erschütternden Bild der Flucht, und sich beim Dessert darüber zu unterhalten, wie am besten der Multimorbidität und Vulnerabilität beim alten Menschen begegnet werden könne. Greise rehabilitieren, nenne man so was unter Fachleuten. Manchmal bin ich müde, sagt er, ich bin das alles so müde. Das sind meine Antipoden, sagt er, sie wollen alles messen. Sie erwarten, daß an einem Instrument zur Messung der Tiefensensibilität zusätzlich eine Skala angebracht ist, die die Tiefensensibilität zahlenmäßig genau bestimmt. Sternberger macht bei diesen Abendeinladungen eine schlechte Figur. Sternberger leidet. In ihm wächst so etwas wie Widerstand, ja Haß. Der

Haß macht ihn manchmal blind. Und doch kann er nicht heraus aus diesem Leben, das schon fünfundvierzig Jahre alt ist und sich nicht mehr wesentlich ändern wird.

Eines Tages werden Sie einmal zu mir kommen, sagte er, zu mir nach Hause. Sie werden sehen, wie ich lebe, sagte er. Sie werden meine Bücher sehen. Er sprach jetzt nicht mehr von den Menschen dort, nicht von der Frau, nicht von den Kindern, nur von diesen Büchern, als bedeuteten sie ihm alles.

Wir gehen zum Rhein herunter und setzen uns auf die Treppen, die ins Wasser führen. Die unteren Stufen sind vom Wasser umspült, so als könnte man immer weiter die Treppe heruntergehen, in den Rhein hinein, auf den Grund. Wenn Schiffe vorbeikommen, schaukelt der Fluß, spritzt das Wasser auf unsere nackten Arme. Es ist ein ungewöhnlich heißer Frühlingstag, die Luft flirrt, und die Schwalben fliegen tief. Irgend etwas scheint Sternberger zu quälen. Aber er kann darüber nicht sprechen, er sagt, ich kann darüber nicht sprechen. Er will in den Schatten. Wir liegen unter einem Baum. Er sagt, sein Leben sei ein Unglück. Ich beuge mich über ihn und beginne, seine trockenen bewegungslosen Lippen zu küssen. Er schließt die Augen und läßt es geschehen. Es ist unser erster Kuß. Ich küsse seine Augen, seine Wangen und wieder seinen Mund. Es geschieht von alleine, ich tue es zärtlich, immer wieder. Sternberger bewegt sich nicht. Er sagt, du bist schön, wenn du so bist. Er spricht leise, wie aus der Ferne, aber dann berührt er meine Brüste, prüfend. Wir gehen zusammen in die Stadt zurück. Etwas eigentümlich Bedrückendes lastet auf uns beiden. Ich hatte gedacht, wir würden erleichtert sein, aber das Gegenteil ist der Fall. Wir verabschieden uns vor der Umzäunung einer Schule, die still und leer daliegt. Wie sehe ich aus? fragt Sternberger. Er lehnt mit dem Rücken an den Gitterstäben. Er sieht aus wie ein Gefangener. Ich sage es ihm. Ja, ich bin ein Gefangener, antwortet er. Wir verschwinden in entgegengesetzter Richtung. Ich muß ihn retten, er wartet darauf, daß ich ihn befreie. Ich bin aufgekratzt und fühle zugleich, wie er mich herunterziehen will in eine bleierne Ausweglosigkeit. Ich entschließe mich, nicht darauf einzugehen. Ich muß bei mir selbst bleiben, sonst werde ich schwach und kann nichts mehr für ihn tun. Ich muß meine Position festigen, mich im alltäglichen, normalen Leben verankern, denke ich, ich brauche Halt, um ihm Halt geben zu können.

Ich schreibe Sternberger lange Briefe. Die Briefe widersprechen einander. Erst habe ich ihm nach dieser Begegnung gesagt, daß ich ihn nicht wiedersehen kann, dann endlich schreibe ich ihm, daß ich ihn liebe. Er will mich sehen. Wir gehen über die Brücke und flußaufwärts. Wir setzen uns unter eine große Trauerweide, deren Äste bis auf die Erde reichen. Es ist ein Haus aus Blättern. Er ist ernst. Er sagt, ich warne Sie. Ich sage, ich weiß jetzt alles. Ich habe keine Angst. Ich sage es, weil ich nichts weiß und meine Angst verdecken will. Aber es gibt jetzt keinen Ausweg mehr, plötzlich ist es passiert.

Noch sind wir nicht wild, aber wir sind von gezügelter Wildheit. Er spielt mit mir, wie man mit einer Katze spielt. Es ist, als ob plötzlich alles Leben in seinen Körper zurückkehrt. Seine Berührungen sind fest und sicher. Ich habe das Gefühl, daß er gewohnt ist, sich nur das Beste zu nehmen, und daß er sehr genau weiß, wie er es bekommt. Jetzt vergißt er sich. Wir krallen uns ineinander, saugen uns aneinander fest und schwimmen doch haltlos wie in einem Meer. Unter seinen Liebkosungen stürze ich in einen Taumel, einen beängstigenden Verlust jeder Orientierung. Ich löse mich in ihm auf, ich versinke in ihm bis auf den Grund, der mir langsam, nach und nach vertraut wird wie eine andere Wirklichkeit mit anderen Gesetzen, aus der wir nur zögernd wieder auftauchen, um erneut zurückzusinken, stürzend und taumelnd. Er tut mir weh, wenn er meine Schenkel auseinanderpreßt, er frißt mich auf, indem er es nicht wirklich tut, er verweigert sich und mir die endgültige Befriedigung. Wenn ich atmen will, nimmt er mir die Luft, drückt mir, während er mich küßt, für Sekunden die Luftröhre zu. Eine seltsame Art von Liebe. Ich befreie mich mit einer einzigen Bewegung und reibe mich schon im selben Augenblick wieder an ihm. Das Tuckern der vorbeiziehenden Schiffe. Hinter den Büschen die Stimmen der vorübergehenden Spaziergänger. Das leise, beständige Rauschen des Verkehrs auf der Brücke, über die wir gleich zurückgehen werden in die Stadt.

In einem Monat beginnen die Sommerferien. Er wird dann verreisen mit seiner Familie. Sechs Wochen lang werden wir uns nicht sehen. Aber noch ist er hier, ich kann ihm schreiben, ihn berühren.

Es ist so, daß ich manchmal krank nach ihm bin, er hat

mich ganz krankgemacht, und zugleich ist er der einzige, der mich wenigstens für einige Stunden wieder gesund machen kann.

Spätestens zu diesem Zeitpunkt interessiert mich das Experiment nicht mehr, es ist mir gleichgültig, ob ich vielleicht in dieser Geschichte das Leben verkörpere und er den Tod, ich den Körper und er den Geist oder was immer man sich dabei vorstellen will. Jetzt will ich keine Schauspielerin mehr sein, keine Forscherin. Kunst zu machen interessiert mich in diesen Tagen überhaupt nicht mehr. Die Malerei, meine Bilder sind einfach da, an den Wänden, und wirken auf mich. Die Bilder leben, bestimmen, ich bin still. Ich nehme zum ersten Mal in vollem Umfang wahr, was ich getan habe, was es bedeutet. Ich kann meine Bilder betrachten, als sei nicht ich es gewesen, die sie geschaffen hat, und auch ihn, Sternberger, beginne ich mit anderen Augen zu sehen. Ich beginne ihn unabhängig von mir zu sehen, als einen freien Menschen, beinahe könnte man sagen, es scheint so, als sei er jetzt geheilt, als habe sein Körper diesen Panzer abgeworfen.

Zum ersten Mal tue ich etwas, was eine andere Frau längst mit einem Mann getan hätte, den sie liebt. Bisher haben wir uns niemals an einem ungestörten Ort getroffen, immer waren wir bedroht davon, daß jeden Augenblick jemand unser Versteck entdecken könnte, das Versteck der Liebenden. Sternberger ist ein Liebhaber, der die Gefahr braucht, weil er weiß, daß diese Gefahr des Entdecktwerdens ihn schützt, jede Sekunde ihm die Möglichkeit gibt, den Anlaß sogar, mir zu entkommen, wenn er die Angst fühlt. Vielleicht ist es nicht Angst, vielleicht ist es im Lauf der Jahre so etwas wie ein Schwur geworden, dem er ungebrochen folgt. Jetzt lade ich ihn zu mir ein.

Ich rechnete damit, daß er eine Ausrede finden würde, aber er kam. Ich führte ihn überall herum. Wir gingen sicher eine ganze Stunde lang durch den Garten, ich zeigte ihm das Gewächshaus, die Garage, jedes Zimmer, den Dachboden, der voller Bilder steht, die ich vor Jahren gemalt habe.
Aber dies ist kein gewöhnlicher Rundgang, kein Besuch, wie Freunde ihn einander abstatten. Wir zittern. Ich habe das alles schon einmal erzählt, aber ich erzähle es wieder, und jedesmal gehe ich tiefer in dieser Beschreibung, tiefer und tiefer, bis auf den Grund.
Sternberger zittert. Wir zittern. Sternberger setzt mich abwechselnd einem Feuer von abwehrenden, mißtrauischen Blicken aus, dann wieder ist er überwältigt von der Schönheit dieses alten Hauses. Er kann auch mich, meinen Körper, von dieser Umgebung bald nicht mehr getrennt sehen, ich bin mit der Verwilderung auf eine unheimliche Weise verwachsen, ich kenne jede Spinnenwebe, und ich berühre die Ranken am Zaun mit gekonntem Griff, so daß sie uns durchlassen, ohne zu zerreißen. In der dunklen benzinstinkenden Garage wünsche ich mir, daß er mich berührt, es wäre hier aus irgendeinem Grund am leichtesten für uns, würde uns erinnern an die Dunkelheit unserer Verstecke und an die Abgase der Autos, die manchmal nur wenige Meter neben unseren halbnackten Körpern entlanggerast waren.

Aber Sternberger ist diese Umgebung völlig neu, er empfindet alles, was er hier sieht, auf eine andere Weise als ich.

Schließlich schienen wir uns ohne ein Wort geeinigt zu haben. Wir verschoben das, was uns angst machte. Ich führte ihn in die Küche, im offenen Fenster blühte der riesige Kirschbaum. Jetzt spielten wir wieder diese Geschwisterrollen, halfen einander. Während er die Avocados aufschnitt, öffnete ich den Wein. Wir trugen Tabletts in den Garten, saßen unter dem Pflaumenbaum. Wir aßen ein wenig und tranken viel, und dann wollte er wieder die Bilder sehen, die alten. Ich führte ihn wieder hinauf auf den Dachboden, wo sich die frühsommerliche Hitze staute wie in keinem anderen Raum des Hauses. Komm her, sagte er leise. Er zog mich herunter auf einen Haufen alter Kissen und Teppiche und begann, mich auszuziehen. Ich war so voller Angst in diesem Moment, es war beinahe, als täte ich es zum ersten Mal, als wäre Sternberger der erste Mann in meinem Leben.

Ich verspürte keinerlei geschlechtliche Erregung. Sternberger küßte meine nackten Füße, meine Brüste, mein Gesicht, wie ein Besessener machte er sich über mich her, bis er plötzlich erschrak und wir uns vorsichtig umarmten und er mir meine Bluse zurückgab, und wir standen auf und zogen unsere Kleider zurecht. Dann gingen wir wieder herunter. Jetzt hatten wir etwas begonnen und es dann abgewürgt wie ein Leben, das eben begonnen hat, sich zu entfalten, plötzlich zusammengestaucht wird, von irgend etwas zurückgehalten, niedergeschlagen wird. Ich würde es wieder tun müssen. Ich mußte irgend etwas tun, damit ich mich selbst vergesse, meine Angst, und damit er zu mir käme, aber ruhiger, seiner selbst sicher. Ich kochte Kaffee, wir saßen uns lange und schweigend in diesem Balkonzimmer gegenüber, wo die alten Seidenvorhänge in der geöffneten Tür zugezogen waren, und der leichte Wind blies sie manchmal auf und ließ sie wieder in sich zusammenfallen, und der Saum streifte mit seinem schweren Spitzenrand knisternd über den Teppich.

Ich verwandelte mich langsam, unaufhaltsam in ein schönes Tier, das nach und nach das Bewußtsein verliert, das seiner ehemaligen menschlichen Gestalt angehörte. Ich trank Kaffee und saß mit angezogenen Beinen auf dem Sofa ihm gegenüber, und ich wurde das exakte Gegenstück zu seinem Wesen, zu seinem Körper. Etwas, das paßt. Er kam zu mir herüber, und ich ließ ihn machen, ich lockte ihn mit meiner Konzentration über die Grenze, und selbst verging mir die Lust. Mit zwei, drei Berührungen nahm ich ihm, eine nach der anderen, seine letzten Reserven an Widerstand. Ich registrierte sein Stöhnen, dann diesen Schrei der Lust. Einen Moment lang überdeckte das Gefühl, daß nun alles überstanden sei, meine Traurigkeit. Er wusch sich, wir tranken wieder Kaffee. Als er ging, küßte er mich auf meinen Hals und lächelte böse. Wie aus Versehen riß er mir meine dünne Goldkette mit dem ovalen kleinen Marienbild und dem Goldkreuz vom Hals.

Siehst du, sagte er, das ist nicht schlimm. Du solltest ohnehin nicht so ein Kreuz tragen, es paßt nicht zu dir.

Dies war der Moment der Umkehrung. Bald würde die Nacht anbrechen.

Später hat er mir dafür dann ein anderes Geschenk gemacht. Er gab mir eine kleine silberne Hand, die er seit seiner Zeit in Marokko mit sich herumtrug. Diese silberne kleine Hand hatte er irgendwo in der Wüstenregion einem Händler abgekauft. Sie hat die Funktion, ihren Besitzer vor dem Bösen zu schützen.

Ich war so stolz. Ich habe sie nie getragen.

Bevor er mit seiner Familie diese sechswöchige Ferienreise antrat, sahen wir uns noch einmal. Wir waren beide eilig, jeder von uns hatte ausgerechnet an diesem Tag noch irgendeine wichtige Verabredung. Vielleicht war das unser Glück. Für diesen einen Tag jedenfalls war es ein Glück. Sternberger hatte beruflich einen Neuanfang in Aussicht, was ihm offensichtlich wohler tat, als er zugeben wollte. Mit Psychiatrie würde es nichts zu tun haben, es war eine Tätigkeit als Allgemeinmediziner. Er sprach abfällig darüber, aber es war ihm deutlich anzumerken, daß die Tatsache, gebraucht zu werden, ihm nicht gleichgültig war. Wir hatten kaum eine Stunde Zeit füreinander, ich bot ihm an, ihn nach Hause zu fahren, und wir gingen, kaum daß wir uns begrüßt hatten, schon zurück zum Parkhaus, wo ich das Auto abgestellt hatte. Sternberger und ich gingen herunter, immer tiefer in die Keller, die unter den Kellern sind, bis die Autos weniger wurden. Wir befanden uns in einem menschenleeren Bunker aus Beton und hörten die gelegentlichen Motorengeräusche über unseren Köpfen. Wie es Lebewesen tun, die etwas Böses im Sinn haben, die sich lieben wollen oder sterben müssen oder auch nur ungestört träumen wollen, versteckten wir uns in einer dunklen Ecke, einer steinigen, rauhen Höhle, und begannen uns hinter einem Pfeiler gegenseitig in die Hälse zu beißen wie Schauspieler in einem Vampirfilm, die sich nicht über die Rollenverteilung einigen können. Er war jetzt blaß, als flösse Milch in seinen Adern. Während wir uns küßten, zog er mich langsam aus der Ecke heraus und drückte mich auf den noch warmen Kühler eines moosgrünen Mercedes herunter. Die ausströmende Wärme des Motors jagte mir den Gedanken in den Kopf, ich könnte wieder diese Angst haben. Aber es war seine Angst, die ich mir zu eigen machte, um sie endgültig zu vertreiben. Ich hing mit meinem Absatz wie mit einem kräftigen roten Haken hinter der Stoßstange und versuchte, Sternberger von mir wegzudrücken. Es gelang mir nicht, er faßte meine nackte Wade und zog meinen Fuß aus der Spalte, indem er meine Wade an meinen Oberschenkel zu pressen versuchte. Ich gab meinen Widerstand für einen Augenblick auf, damit er locker ließ, und machte mich dann von ihm frei. Er machte einige unsichere Schritte rückwärts an die Wand, und ich kam zum Stehen. Sein Gesicht war jetzt schön, seine Augen so voller Leben, daß ich zu denken aufhörte. Langsam zog ich meinen Rock über die Hüften herauf. Wir hörten Leute kommen, zwei Autotüren schlugen unmittelbar nacheinander zu, wir blieben unbeweglich stehen, und unsere Blicke sogen sich aneinander fest, bis die Schweinwerfer an uns vorübergeglitten waren. Dann war es wieder still.

Haben Sie keine Angst? fragte Sternberger. Da glaubte ich, gewonnen zu haben. Ich hatte das Ziel erreicht. Jetzt gehörte er mir, wie ich ihm einmal gehört hatte. Er begann, die Region um meinen Hals herum zu fixieren, und kam auf mich zu. Es waren nur wenige Schritte. Dann umfaßte er mich und flüsterte etwas, indem seine Lippen meine geschlossenen Augenlider berührten. Ich weiß nicht, was er sagte. Er bewegte sich fest und doch leicht und verstand es, mich so zu halten, daß ich keinen Moment lang fürchtete, fallen zu können. Wir flogen wie die Vögel, das war der Flug, den wir so lange geprobt hatten. Mir schien dies seine größte Begabung zu sein, die vollkommenste Form der Verwirklichung all dessen, was ich immer schon in ihm wahrgenommen hatte. Wir hatten es einmal hinter den Büschen am Rhein getan und einmal in meinem Haus, aber nie war es so gewesen wie jetzt. Warum haben Sie nur so lange damit gewartet, sagte ich leise, ich konnte kaum sprechen.

Ich weiß nicht, ich weiß nicht, flüsterte er immer wieder, bis wir alles vergessen hatten.

Beim Abschied geschah alles flüchtig, das Zurechtziehen der Kleider, die Fahrt zu seiner Wohnung in der nachmittäglichen Hitze. Ich fuhr schnell und konzentriert, damit er noch rechtzeitig zu Hause ankäme. Wir sahen uns noch einmal an, als er aus dem noch langsam ausrollenden Auto sprang. Endlich waren wir frei. Um uns herum war das Getümmel von Straßenbahnen, Autos, Passanten, das spätnachmittägliche Gedränge, das an den Wochenenden, besonders an den heißen und kurz vor Ferienbeginn, überall herrscht. Dann verschwand er in der Tür seines Hauses.

Von nun an beschäftigte mich der Gedanke an einen bestimmten Wunsch. Die Art dieses Wunsches erinnerte mich an die Zeit, als ich ein Kind war und mit der Vorstellung an die Erfüllung eines bestimmten Wunsches so etwas wie eine ewige, nie mehr rückgängig zu machende Beglückung verband. So, als würde von da an alles anders werden und für immer. Ich wünschte mir, eine ganze Nacht lang mit Sternberger alleine sein zu können, eine Nacht mit ihm in einem großen, weichen Bett. Ich war zuversichtlich, daß es bald geschehen würde. Meine Wünsche wurden jetzt immer einfacher, profaner, ich war doch so leicht glücklich zu machen. Nach seiner Rückkehr aus den Ferien würde ich es ihm sagen, und ich konnte mir um nichts in der Welt vorstellen, daß er etwas dagegen haben sollte, daß er mir diesen Wunsch abschlagen würde.

Das war vor einem Jahr. Jetzt fahre ich von Paris aus einige Stunden, bis ich gegen fünf Uhr morgens Jérômes Haus erreiche. Nur noch nachts kann man dem Verkehrschaos entgehen. Hier in der Bretagne spricht man davon, daß schwarze, klebrige Fladen gegen die Klippen und an die Strände geworfen werden, das Meer treibt sie heran. Es ist die Ölpest. Ich trage diesen neuen Mantel, Jérôme hat ihn mir geschenkt. Jérôme, der Mann, der mich zurückgeholt hat aus dem Reich der gegenstandslosen Qual in die Welt der alltäglichen Scherereien, die Welt, in der sich die Qualen auf die eine oder andere Weise lindern lassen, und wenn man Glück hat, verschwinden sie sogar. Jérômes Geschenke brachten mich in Konflikt mit der Absicht, ihn bald zu verlassen. Glatteis ist tückisch, ich mußte vorsichtig fahren. Das Haus war kalt.

Ich knipse im Keller die Heizung an und machte Feuer im Kamin. Ich war nicht alleine, ich hatte jemanden mitgebracht. Ich nutze die Situation aus. Der erste Anhalter war so hübsch, daß ich mich entschließe, ihn mitzunehmen. Er ist sehr jung. Als wir im Haus angekommen sind, verlangt er etwas zu trinken. Er hat Angst, mit Recht. Ich nutze ihn bloß aus. Ich bin jetzt auch eine reiche Frau, die den Jungen das frische Leben aus dem Fleisch saugt. Er trinkt drei Kognaks rasch hintereinander. Ich gebe ihm teure Schokolade zu essen, biete ihm Pralinen aus großen Schachteln an. Es ist einfacher, es geht schneller. Ich schicke ihn ins Bett. Dann gehe ich zu ihm. Er schläft nicht, er weiß, was ihm blüht.

Mittags werden wir wach. Ich schicke ihn zum Einkaufen ins Dorf und mache Feuer. Oh, ich liebe es, Feuer zu machen, manchmal scheint es mir, als sei dies die einzige Beschäftigung am Tag, auf die ich mich freue. Oh, ich möchte verbrennen, verbrennen, irgend etwas, irgend jemanden. Ich schiebe Jérômes Arbeitstisch in die Nähe der Flammen und beginne den Tisch aufwendig mit Mengen von Geschirr und Bestecken zu decken. Eierlöffel aus Perlmutt, Obstmesser mit Horngriffen. Alle möglichen Lebewesen haben dafür herhalten müssen.

Der Junge kommt zurück. Ich kenne nicht einmal seinen Namen. Er preßt Orangensaft aus, und ich mache heiße Milch. Ich könnte mich in ihn verlieben, sein sanftes Wesen. Er spricht kein Wort. Nach dem Frühstück gebe ich ihm Geld und sage ihm, er soll gehen. Er zögert einen Moment, aber dann nimmt er das Geld und geht den Weg, der zur Straße führt. Dann verschwindet er hinter dem Hügel.

Für mich gibt es hier nichts zu tun. Ich stelle mich tot. Ich liege am Feuer und höre Musik. Ich habe mich mit einer großen, weichen Decke zugedeckt und studiere das aufgestickte Firmenschild. Lilly White, Picadilly Circus, All Mohair. Jérôme achtet auf Stil. Auch ich achte auf Stil, sogar wenn ich ganz alleine bin, geschieht alles, was ich tue, als halte eine Kamera jede meiner Bewegungen fest. Letztlich wird es darauf hinauslaufen, daß ich wieder einen Film mache, ich bin so etwas wie eine geborene Schauspielerin. Nachts nehme ich ein heißes Bad und lege mich in einem gelben Seidennachthemd ins Bett. Jeanne hat mir die Hunde geschickt, einen schwarzen und einen honiggelben Labrador. Ich öffne das Fenster, es ist eisig kalt. Die Hunde beginnen aus irgendeinem Grund zu jaulen. Ich lasse sie jaulen. Ich habe keine Angst. Ich schlafe bis zum Mittag.

Jeanne hat Brot und Milch eingekauft. Sie fragt nicht. Ich sehe sie nicht. Sie ist wie ein Geist. Nachts lege ich ihr Geld auf den Tisch, und wenn ich mittags wach werde, sind Blumen da, Brot und Milch. Ich weiß nicht, aber ich habe das Gefühl, daß sie mich beobachtet, wenn ich schlafe. Ich gehe immer erst um vier oder fünf Uhr morgens zu Bett und werde mittags wach. Nachts male ich. Ich male schreckliche Bilder. Aber sie leuchten schön.

Dank Jérôme kann ich mir Farben mit den intensivsten, teuersten Pigmenten leisten.

Morgens, wenn Jeanne kommt, wird sie sehen, was ich getan habe in der Nacht. Sie wird es mit einem nüchternen, klaren Blick erfassen. Ich beneide sie darum. Sie kommt früh, und mittags schon ist sie verschwunden. Von den Nächten weiß sie nichts. Sie schläft nachts. Ich möchte so sein wie sie. Sie hält das Haus sauber und fegt die Kacheln in der Halle. Sie ist eine arme Frau. Sie weiß es. Es wird nie anders sein. Meinen Waschbärmantel hängt sie sorgfältig auf einen Bügel und streicht mit der Hand das Fell glatt, während ich ihn achtlos in einem Sessel liegen ließ. Warum tut sie das?

Jetzt trage ich eine alte schwarze Samthose als Verhöhnung von Madame Matsuzawa und ganz Paris. Trotzig, kindisch. Diese Hose habe ich viele Male verändert, weiter und wieder enger gemacht, so daß sich im Samt die Rillen der ehemaligen Nähte eingegraben haben wie Falten in ein Gesicht. Diese Samthose ist fünfzehn Jahre alt. Und wie bin ich hierhergekommen? Vor meiner Vergangenheit habe ich jetzt keine Angst mehr, ich habe keine Angst mehr vor mir.

Jérôme mußte heute abend alleine ausgehen, ohne seine reizende kleine Frau. Ich begnüge mich derweil in seinem verlassenen Haus mit dem Konfetti meiner Erinnerung. In dem Schutz, den diese Umgebung mir bietet, kann ich es, denn es ist eine gefährliche Beschäftigung. Jérôme wird bald sagen, jetzt ist es genug, Eva. Er wird vorschlagen, daß wir uns einige Monate lang nicht sehen, daß ich zurückkehre nach Köln, daß ich mich entscheide. Jérôme hat keine Ahnung, wie wertvoll meine Auftritte sind, was sie mich kosten. Er weiß nicht, daß die Attraktion, die manchmal von mir ausgeht, aus einer Art von Versenkung in einen Traum hervorgeht, daß es nicht nur eine Frage von Äußerlichkeiten ist. Deshalb mein Eigensinn, mein Trotz, was die Kleidung angeht.

Es ist Winter geworden. Ich könnte den ersten Geburtstag meiner Narbe feiern. Sternberger. Seinen Namen schrieb er auf meine Haut. Er ritzte meine Haut auf mit einem Messer, und alles war blutig, ein blutiges Leben. Ich erinnere mich an Wörter meines Lebens, sie lauteten: Engelshaar, Kornmuhme, scharlachrot. Es sind diese seltsamen Kombinationen. Dann hießen sie: Perlenkette, Seeteufel, Limonensaft.

Ahnungslos, Streifzug, Trennungsstrich.

Aussichtslos, eigensinnig, unerbittlich.

Letztlich ergab sich jede Situation meines Lebens unerbittlich aus der vorherigen. Ich vollziehe gewisse Erinnerungsschlaufen nach, die sich verfangen haben wie verblichene Luftschlangen eines vergangenen Festes an Türklinken, Ästen, Neonreklamen, zwischen den Buchstaben von Namen, und hinter den Namen tauchen die Gesichter auf, Albertos Gesicht, mein Gesicht. Ich war achtzehn Jahre alt. Die ersten kalten Januartage.

Alberto war mit der auffälligen Akkuratesse eines jungen Mannes gekleidet, dem winterliche Kälte und Schnee nie selbstverständlich gewesen sind. Er trug gefütterte schwarze Lederstiefeletten, obwohl der Schnee in der Kölner Innenstadt längst von den Bürgersteigen und

Straßen verschwunden war. Im Halsausschnitt seines schweren dunklen Mantels lagen die Enden eines grünen Wollschals sorgsam glattgestrichen über der Bust. Ich bin diese junge Frau, die sich mit einem Arm bei ihm untergehakt hat und ihn zu ziehen scheint. Mit dem anderen Arm gestikuliert sie ständig. Es scheint eine sehr lebhafte Unterhaltung zu sein. Während sie redet, läßt sie die freie Hand hin- und herfliegen wie eine Mücke, die sich nicht entscheiden kann zwischen diesen beiden Gesichtern, Alberto, Eva. Die Hand fährt durch die weißen Säulen unseres Atems in der kalten Luft hin und her. Eva muß sich über irgend etwas erregen, was ihr im Grunde genommen völlig gleichgültig ist. Die Leute auf der Straße, ihre Blicke. Es macht ihr Spaß. Sie ist hochmütig. Sie ist jung. Sie spricht jetzt in einer Art von gespielter königlicher Ironie, die nur davon ablenken soll, was sie trotzdem nicht verleugnen kann: dieses Leute-Wittern aus einer absolut sicheren Position heraus. Manche Leute haben eine eigenartige Spannung, eine Anziehungskraft, vermitteln Eva das Gefühl, daß es das Unerreichbare für sie nicht gibt. Eva wird alles bekommen. Sie ist entzückt, ihnen das ins Gesicht zu sagen mit ihren Blicken und Gebärden. Sie ist übermütig.

Dann hatte Eva vor dem Spiegel gestanden und versucht, sich ihr eigenes Gesicht genau anzusehen. Nicht die Poren der Haut oder die Augenwimpern oder die winzigen giftgrünen Splitter in der bläulichen Glätte ihrer Pupillen, nicht das. Sie wollte sich selbst sehen, ihr Gesicht. Es war entmutigend zu erleben, daß dieser Versuch mißlang. Sie konnte sich nicht erkennen. Wie sie den

Kopf auch drehte, welche Perspektive sie wählte, welches Licht, wie sie sich auch um einen Ausgangspunkt bemühte, von dem aus sie sich, ihr kindlich rundes Mädchengesicht mit den herausfordernden Frauenlippen, endlich ertappen würde in einem wahrhaftigen, überzeugenden Ausdruck. Ihr Gesicht, das treffende Porträt der Eva, es fand sich nicht. Nach einer halben Stunde begriff sie, daß sie noch immer unerkannt war. Sie war die Treppe heruntergegangen und hatte gedacht, ich bin NICHTS. Und Jahre später schlich sie mit Samtpfoten eine andere Treppe herauf, ein anderes Haus an einem anderen Ort, und sie dachte, daß jetzt ein Wunder geschehen würde, so wie ein Kind die Luft anhält und an ein Unglück glaubt, wenn es nicht einen bestimmten Ort erreicht, einen Busch oder die Haustür, ohne zu atmen. Sie stieß mit dem rechten Fuß die Tür zu einem Zimmer auf, ihr Herz raste, denn jetzt würde sie ihn sehen. Albertos Gesicht war in den Kissen versteckt. Sein ganzer Körper war versteckt, unsichtbar. Sie sollte ihn nicht schlafen sehen. Sie sollte nicht herausbekommen, was geschehen war. Alberto gab keine Antwort mehr. Er war tot, schon seit Jahren. Alberto und zwei weitere Personen, die sich in seinem Wagen befunden hatten, verunglückten tödlich. Alberto war mit einer Stundengeschwindigkeit von einhundertvierzig Kilometern gegen einen Baum gerast. Ich, Eva, hatte dabeisein sollen, wir waren verabredet gewesen, doch ich konnte nicht kommen, weil ich von irgend etwas aufgehalten worden war.

Ich hatte wieder einmal überlebt. Dann geschah etwas Unerwartetes, Schreckliches. Ich war einige Stunden allein in meinem Zimmer gewesen und hatte gewartet. Ich dachte, daß ich jetzt völlig still und aufmerksam sein müsse. Irgend etwas würde geschehen ohne mein Zutun, und es geschah. In diesem Zustand größter Schwäche erwachte in mir eine wahnsinnige Lust. Es war nicht Trauer, nicht Schmerz, es war pure gierige körperliche Lust, und mein Geliebter war der Tod. Es war die Lust nach etwas Unerreichbarem, die Sehnsucht, die in der Aussicht auf gnadenlose Unerbittlichkeit wuchert und gedeiht, ohne jemals Anstoß erregen zu können, ohne jemals ein Stück Wirklichkeit berühren zu können, wild in einer Unendlichkeit aus Traum. Ich war hingerissen, herausgerissen aus der Erde, die meine Wurzeln einmal umgeben hatte. Noch Stunden zuvor war ich nichts als ein unscheinbarer Baum gewesen, und es schien, als hätte ich immer so bleiben sollen, die Form, die tragenden Äste waren vorgegeben, der einzige Unterschied zwischen gestern und morgen hätte darin bestanden, daß ich gewachsen wäre, einfach nur größer geworden wäre und älter, als sollte keine wesentliche Veränderung meine Ruhe stören. Vielleicht nisteten einige seltsame Vögel in meiner Krone. Papageiengefieder, diebische Elstern mit Aquamarinen im Schnabel. Arglos ließ ich sie nisten, wie die Erde Schlafmohn wachsen läßt, ohne sich um das Rauschmittelgesetz zu kümmern. Ich lebte in der blassen Gewißheit, so etwas wie Schönheit zu besitzen, Juwelen, die ich niemals trug, die ich nie anlegte, die ich nur betrachtete, und auch das nur, wie man Gedanken hegt an etwas, das irgendwo einmal geschehen ist, irgendwann. Ich war scheu wie ein Geist, der alles aus der Ferne betrachtet wie

Wolken, die über eine Landschaft hinwegziehen, teilnahmslos. Ich war ruhig gewesen, seltsam ruhig für mein Alter, als würde ich schlafen. Ich war achtzehn Jahre alt, ein junges Mädchen, das schlief.

Ich schlief, bis ich diese Nachricht von Albertos Tod erhielt. Von da an wollte ich es wieder und wieder, diese Sensation hatte mich verändert, doch es schien, als sollte ich sie kein zweites Mal erleben. Ich war unruhig und aufgepeitscht wie jemand, der verschlafen hat, eine, die den Kaffee heruntersülpt, während sie sich die Haare kämmt und gleichzeitig mit dem Fuß in einen Schuh fährt. Ich begann, mich herauszuputzen, ein kleines verdorbenes Biest, das die Männer unterschiedslos taxierte und unter einem einzigen Gesichtspunkt einzuschätzen versuchte, ob sie es fertigbrächten, mir diese Lust einer gnadenlosen Sensation ein zweites Mal zu verschaffen. Es kamen Nächte am Straßenrand des großen Glücks. Und manchmal stieg ich ein und fuhr die rasendste Runde. Meine Haare flatterten, ein langer Schal berührte die Speichen des Hinterrads von irgendeinem Sportcoupé, aber nichts geschah. Ich wurde nicht erdrosselt. Angesichts ihres spektakulären Todes studierte ich das Leben der Isadora Duncan in dem Glauben, es sei die Karriere einer Tänzerin, die mich faszinierte. Vielleicht wollte ich auch herausfinden, wie der Mensch sich mit der Schwere abfindet, mit dem Körper als Hindernis für den Geist. Vielleicht wollte ich verstehen, wie man die Schwere überwindet. Am 5. Januar 1905 war Isadora Duncan einmal im Dom Hotel in Köln abgestiegen, hatte dort vier Eier, zwei Apfelkrapfen, eine halbe Poularde mit Salat,

Birnenkompott mit Sahne gegessen, Tee, Champagner und Apollinaris getrunken. Jedes Detail interessierte mich. Ihre Briefe an Edward Gordon Craig, das Umherziehen und dauernde Absteigen in immer anderen Hotels, das Umsteigen in den Zug für die breiteren russischen Geleise im Dezember 1904, als sie nach St. Petersburg fuhr, und die damit verbundene Umstellung auf eine andere Zeitrechnung, den alten russischen Kalender, der dreizehn Tage später war als der westliche, und dann ging es zurück, und es erfolgte wiederum ein Umsteigen auf die schmaleren westlichen Geleise und auf den anderen, westlichen Kalender. Ich heftete mich an ihre Fersen, wurde sie leid, verwarf sie, griff etwas anderes auf. Ich begann mit der hektischen Suche nach Fetzen von Wirklichkeit, die dahinschwanden wie brennendes Papier. Darum müssen es diese Männer sein, Alberto, Sternberger, Jérôme, weil sie es sind, die verschwinden, die sich zusammenrollen, krümmen, schwarz werden, zerbröseln und zerfallen zu Nichts wie brennendes Papier. Darum, weil sie ihre Handlungen ohne mich begehen, weil sie ihre Rechnung ohne mich machen, aber einmal muß Schluß sein, einmal muß ich mich befreien, ich bin es satt, das riesige Maul der Leidensfähigkeit zu füttern, einmal noch, dann lasse ich sie verhungern mit einem einfachen amerikanischen Trick. »Der Stärkere setzt sich durch.« Einmal noch. Dann will ich diesen Satz, den mir alle immer vorhielten in Wort und Tat, dann will ich diesen Satz einmal für mich in Anspruch nehmen nach ordinärster amerikanischer Manier, denn das kann ich auch, das habe ich nur immer gehaßt, weil es so primitiv ist, so tierisch.

Aber ehe ich daran zugrunde gehe, mache ich es wie Jérôme, der in manchen Nächten eine offene Telefonleitung nach Singapur oder Tokio bestellt und mit dem Hörer am Ohr sich hinlegt, damit er im Fall des Falles sofort erreichbar wäre, damit er unmittelbar aus dem Schlaf gerissen würde von einer Sekunde auf die andere, damit er hört, was aus Simon & Byrnes in X geworden ist, damit er hört, ob der Goldpreis steigt oder fällt, was die verdammten Australier mit ihrem Dollar machen, was die ganze Welt, verdammt noch mal, mit dem Dollar gemacht hat. Und um halb sechs Uhr morgens war er bleich, und ich habe mich in ihn verliebt.

Man weiß im voraus, wie es endet. Es ist wie in schlechten Filmen, in denen man schon Minuten vorher ahnt, was kommt, vielleicht sind es auch gar keine Filme, vielleicht ist es das Leben, aus dem man einen Film macht in Gedanken, hinterher, wenn es vorbei ist, machen wir uns einen Film daraus, der uns aus einer Dunkelheit entgegenstrahlt. Wir sitzen im Dunkeln und machen uns Licht, die einzelnen Szenen entstehen aus nichts als Licht, vor dem die Spule abläuft in Farbe, und heiß, heiß muß das Licht sein, das sie durchleuchtet, und Stimmen, Geräusche und Töne gaukeln uns etwas vor, Bilder setzen sich in Szene. Wir sitzen in einem Samtsessel oder liegen auf einem Bett und sehen einen Film, den Film unseres Lebens. Billy Holliday ist abwesend und singt, don't explain, love and pain, don't explain, und ihr Blick ist glasig, a strange and bitter fruit. Der Masochismus ist die Krankheit, die am schwersten zu heilen ist, weil sie einen anderen, viel größeren Schmerz ersticken muß, einen unbekannten, großen, primitiven Schmerz, den wir Leben nennen. Anstatt »das Leben« könnte man auch sagen »das Mörderische«. Es ist ein Schock, in jedem von uns sitzt der Mörder, die Sehnsucht, die uns am teuersten ist, lehnt Haut an Haut mit dem Tod.

Ich mache es jetzt wie Jérôme und lausche auf das, was mir aus der Ferne zugetragen wird. Zum Beispiel ein Zoo, in irgendeiner Stadt dieser Erde. Schmalzstinkende Wölfe, der Tigerkäfig, ein Elefant mit Erinnerung. Und dort, das Eisbärgehege. Die Eisbären schütteln sich, soeben sind sie dem türkisblauen Wasser entstiegen mit triefendem Fell. Jetzt suchen sie aus unerfindlichen Gründen einen bestimmten kleinen Felsen auf und blicken von dort aus über das Zoogelände mit Augen, in denen es keine Verpflichtungen gibt, keine Verantwortung, nur eine grenzenlose weiße Eislandschaft schleppt sich durch ihren Eisbärensinn, tapsig und ungeschickt schlenkern sie mit ihren Eisbärenköpfen, lecken rhythmisch die Krallen mit malvenfarbener Zunge, räkeln sich, gähnen, verschwinden in einer Eisbärenhöhle, ohne Antwort zu geben, wenn man sie ruft, ohne zu achten auf die Zuschauer, die Passanten, die Tierliebhaber, die an der Brüstung lehnen und auf das Erscheinen der Eisbären warten. Einen Eisbären interessiert das nicht. Er hat keine Ahnung von seinem Gewicht, seinem tödlichen Biß, dem blutigen Muster, das entsteht, wenn seine Tatze spielend niederfährt.

Oder verlassen wir diesen Zoo, gehen wir durch die Sperre nach draußen auf die Straße, und folgen wir einer Frau, folgen wir irgendeiner Frau, und beobachten wir, wohin sie geht, was sie tut, versuchen wir, einige ihrer Worte aufzuschnappen, sie kennenzulernen, zu verstehen, wer sie ist. Betrachten wir ihr Sommerkleid, das schwarzbunte Blumenmuster, die Art, wie sie die Haare in den Nacken wirft, ihre kleinen hochhackigen roten Schuhe, die Art, wie sie geht, wie sie sich in den Hüften wiegt. Ja, jetzt erinnere ich mich, ihr Gang kommt mir bekannt vor. Ich kannte einen, der ging wie sie. Sternberger schob beim Gehen die Hüften ein wenig vor und drehte sie leicht bei jedem Schritt. Er hielt die Hände in den Hosentaschen und ging mit wiegenden Schritten neben mir. Müßte ich jemanden finden, der Sternberger in einem Film darstellen sollte, so würde ich Mathieu Carrière für die Rolle wählen. Sternberger ist jemand, auf den ich überall in der Welt stoßen würde, er kann sich verwandeln und in den unterschiedlichsten Verkleidungen auftauchen. Auch Alberto kann das. Manchmal begegne ich auch ihm wieder. Seine Rolle wäre am besten mit dem jungen Alain Delon besetzt, dem aus Antonionis »Liebe 62«. Wie er in einem Pepitaanzug in sein kleines weißes Sportcabriolet springt, wie er Monica Vitti in einer großen verdunkelten Wohnung zu verführen versucht. Nichts geht verloren, alle kommen sie wieder, tauchen plötzlich auf. Nichts, was in unserer Phantasie existiert, geht jemals verloren.

Ich habe Sternberger von Frankreich aus noch einmal geschrieben. Ich habe ihm gesagt, daß ich ihn immer noch liebe, obwohl mein Verlangen nach seinem Körper erfroren sei. Er brauche sich nicht mehr zu fürchten vor meinen wilden Forderungen von damals. Davon sei nichts mehr übrig. Ich sei jetzt geläutert. Ich sei erledigt.

Im letzten Moment habe ich mich entschieden, den Brief nicht abzuschicken.

Jérôme wartet. Ich muß zurück nach Paris. Am Freitag werden wir einige Leute von der INTEC aus Deutschland empfangen. Er will, daß ich dabei bin, seine deutsche Frau. Ich kann es ihm nicht abschlagen, einmal noch muß ich es tun. Er läßt sogar zwei Warhols abhängen und zeigt statt dessen einen Penck und einen Kern, die er kaufte, weil die Preise steigen werden. Die deutschen Herren sollen sich wundern. Jérôme versichert mir, daß bei dieser Sache für ihn einige Millionen Francs herauskommen werden. Das ist seine Art zu formulieren. Ich trage das schwarze Kleid von Karl Lagerfeld. Jérôme wird beim Dessert enthüllen, daß es ein Deutscher ist, dem Frankreichs große Bewunderung gilt. Er wird dann auf dieses Kleid verweisen. Die Herren lächeln. Man spricht über den Fernen Osten. Man sagt Delhi anstatt Neu Delhi und Ratchi anstatt Karatchi. Man weiß, was gemeint ist. Die Herren sprechen mit schnarrenden Stimmen. Die Herren lächeln, und es scheint, sie sind amüsiert von den Wildenten, dem Sorbet, dem Kleid, dem honiggelben Labrador, der deutschen Frau.

Später, nachdem sie gegangen sind, gibt Jérôme mir den erfolgreichen Abschluß des Geschäfts bekannt. Es hatten noch einige Zweifel bestanden, aber diese Zweifel sind jetzt ausgeräumt. Es handelte sich um nichts Konkretes, die Herren waren sich eigentlich bezüglich der

Sachfragen ziemlich sicher gewesen, aber so ein Gefühl, ein letzter Rest von Unsicherheit und Mißtrauen, hatte die deutschen Herren noch davon abgehalten, die Verträge sofort zu unterzeichnen. Jetzt war plötzlich alles so leicht und harmlos geworden, diese überraschende Abendeinladung, so spontan und unkonventionell, jetzt hatten sie von sich aus vorgeschlagen, am nächsten Morgen noch vor ihrem Abflug die Dokumente zu unterzeichnen. Jetzt hatten sie beinahe den Eindruck, es entginge ihnen etwas, ja es schien geboten, sich dieses Geschäft unter allen Umständen zu sichern. Am liebsten wären sie noch in der gleichen Nacht durch die leeren Firmenräume geeilt, hin zu Jérômes Schreibtisch, hätten ihre Füllfederhalter gezückt, aber nein, morgen früh würde alles in Ruhe erledigt werden, das Geschäft war ihnen ja sicher, sie hatten es sich erkämpft.

So war ich damals. Ich besaß eine heimliche Kraft. Theoretisch hätte ich jeden Menschen ins Unglück stürzen können. Praktisch lebte ich diese Kraft zu Jérômes Nutzen aus, und es war nichts Böses dabei, es waren ganz normale Geschäfte, ich war etwa soviel wert in diesem Spiel, wie eine gute Werbung wert ist. Jérôme sagt, ich verwirre die Leute, ich brächte ihre Maßstäbe durcheinander, ich verführe sie, mir ins Detail zu folgen, bis sie ihr unbewußtes Konzept vergäßen, und dann brauche man dem nur das eigene vernünftige Angebot entgegenzuhalten und es würde dankbar aufgegriffen. Jérôme erklärt es sich so, meine Ausstrahlung.

Kaum daß die Herren verschwunden sind, verlasse ich

die Wohnung. Ich gehe auf die Straße, halte ein Taxi an, fahre durch die Stadt, lasse mich schließlich an der Ecke der Rue de Rennes absetzen. Vielleicht, weil ich gewisse Orte von früher her kenne, als ich ein junges Mädchen war, als alles anders war, vielleicht kehre ich deshalb manchmal an diese Orte zurück, den Drugstore, das Café Flore, die Coupole. Der Drugstore ist noch geöffnet, ich versuche, mich zu zerstreuen, lese Zeitungen, lasse mich in der Menge durch die schmalen Gänge treiben. Aber ich muß an diese Männer denken. Ich brauche nur einem deutschen Mann zu begegnen, und schon bricht dieser Haß auf ihn hervor, dieser wollüstige Wunsch, Sternberger den Hals umzudrehen. Vom Drugstore aus rufe ich Jérôme an und bitte ihn, mir dabei zu helfen, mich an jemandem zu rächen. Er macht eine so verächtliche Bemerkung, daß ich mich frage, ob ich weitersprechen soll. Liebes Kind, sagt er, hier in Frankreich gibt es ein Sprichwort, es heißt, Rache ißt man kalt.

Die Sommerferien sind vorbei. Sternberger muß längst zurück sein. Aber er meldet sich nicht. Schließlich diese Zeilen, er sei wieder in Köln, dann und dann da und da zu treffen. Ich habe inzwischen etwas Lächerliches getan. Ich habe mir einen aprikosenfarbenen Büstenhalter aus Seide gekauft, der meine Brüste nur knapp bis über die Brustwarzen bedeckt, und in der Mitte trägt er ein kleines Schleifchen, auf dem eine winzige Barockperle sitzt, puppenhaft, süß. Sternberger sagte, er liebe meine Brüste. Vielleicht liebe ich sie noch mehr als er. Sie liegen in den aprikosenfarbenen Seidenkörbchen und schaukeln bei jedem Schritt. Die Zeit ohne Sternberger war schön und harmlos. Anfangs war er noch bei mir, in mir, einige Wochen lang. Seine Liebkosungen waren härter gewesen, als ich dachte. Seine Bisse haben einige Blutergüsse hinterlassen, die sich langsam verfärbten, grün, blau und gelb wurden. Ich habe gar nichts davon gespürt, als er mich biß, meine Lust war größer gewesen und verdeckte die Schmerzen. Jetzt ist meine Haut makellos und sonnengebräunt. Soll er mir doch alles vom Leib reißen, wenn es ihm Spaß macht.

Voilà, da steht er, mein Herr. Er ist gelassen, freundlich, sein Blick ist offen, wenn er mir auch auf eine erregende Weise anders erscheint nach fast zwei Monaten der Trennung. Wo würden wir es tun? Wie? Am liebsten würde ich die Dinge auf meine Art regeln, und das wäre ohne Zweifel die direkteste. Ich liebe ihn, ja, aber er gehört nicht mir alleine, und deshalb will ich, daß er ganz für mich da ist, wenn wir zusammen sind. Ich möchte nicht mit ihm zusammenleben, ich möchte auch nicht mit Sternberger verheiratet sein, auch ein Kind möchte ich jetzt nicht von ihm. Ich möchte sozusagen die Früchte meiner Arbeit genießen, ich bin in den vergangenen Wochen ohne ihn auf eine seltsame Weise leichtfüßig und oberflächlich geworden. Ich bin sehr glücklich, ich nehme die Dinge nicht tragisch, und ich nehme das Leben nicht schwer.

Aber ich habe etwas vergessen. Sternberger ist ein besonderer Mann. Mit ihm ist etwas geschehen, ich habe etwas getan mit ihm. Ich habe ihm etwas angetan. Ich hatte ihm etwas genommen, vielleicht habe ich sogar etwas zerstört?

Wenn es so wäre, ich würde es wieder gutmachen wollen, ich würde alles tun, ich bin nicht böse, ich bin nicht schlecht. Ich liebe ihn, und ich möchte, daß wir glücklich sind. Wenn aber etwas zerbrochen ist? Was, wenn etwas Wesentliches zerstört worden ist, etwas, das für Sternberger von grundlegender Bedeutung ist, etwas, worauf er sein Leben aufgebaut hat, etwas, das für ihn lebenswichtig ist? Was, wenn ich die gläserne Wand zerbrochen hätte, wenn eine kleine gemeine Hure, die sich nicht zu schade dafür ist, einen Mann, der in dieser Welt einen Auftrag hat, und womöglich hat er diesen Auftrag sogar von Gott oder vom Teufel, diesen Mann heruntergezogen, erniedrigt hat, wenn sie ihn verletzt hat, wenn sie ihn sehr verletzt hat?

Sternberger hat inzwischen eine Entscheidung getroffen. Er würde es mir zeigen. Es war ein Unfall geschehen, in seinen Augen war eine fürchterliche Karambolage passiert, aber er hatte sich davon erholt. Er würde diesem kleinen Biest das Fürchten beibringen. Er würde mich auslöschen, Schritt für Schritt und mit ganz einfachen Methoden. Er würde sozusagen versuchen, mich mit meinen eigenen Mitteln zu schlagen. Und er würde es aus der Mitte seiner Existenz heraus tun, absichtslos sozusagen. Der Bogen war gespannt, der Pfeil angelegt. Furcht wollte er in meinen Augen sehen, mein Körper sollte zittern vor ihm.

Ich nehme die Dinge zur Zeit nicht tragisch, und ich nehme das Leben nicht schwer. Auch ein Kind will ich nicht von ihm, aber all das würde sich ändern. Alles würde sich völlig ändern.

Wir führten eine freundliche, konventionelle Unterhaltung in einem Eiscafé, Thema: Sommerferien, Wetter, Familie, Irland. Die Armut der Iren, die Bescheidenheit. Der Sturm. Bed and Breakfast. Dann gingen wir zum Rhein. Nein, vorher kehren wir noch in einer Kneipe ein. Sternberger braucht einen Schnaps. Wir trinken zwei, drei Schnäpse schnell hintereinander im Stehen. Dann gehen wir zum Rhein. Sternberger berührt mich, er fängt sofort damit an, aber er tut es, als betaste er meinen Körper mit einer Reitpeitsche, seine Hände berühren mich kalt, Sternberger bleibt unbewegt, ohne jede Erregung. Er tut alles mit seinen Händen. Er sieht mich an. In seinem Gesicht erkenne ich eine grausame Zufriedenheit. Er bringt mich fast auf den Höhepunkt, da berührt er plötzlich meine Brüste, und ich schlage ihn ins Gesicht.

Ich weiß, du willst glücklich sein, sagt er, aber es gibt Wichtigeres als das.

Als wir zurückgehen über die Brücke, sagen wir wieder »Sie« zueinander. Er küßt mich sanft zum Abschied, unter den Augen der Leute, mitten auf der Severinsstraße küßt er mich sehr zärtlich.

Du schreibst mir, wenn du mich wiedersehen willst, sagt er jetzt vorsichtig und fragend.

Ja, sage ich.

Wir sehen uns wieder, ich schreie ihn an, wir schlagen uns fast. Wir versöhnen uns. Wir liegen uns in den Armen. Laß mir etwas Zeit, sagt Sternberger.

Dann berührt er mich wieder. Diese wenigen Berührungen sind inzwischen die Nahrung geworden, von der ich zehre. Er gibt mir gerade genug. Genug, daß ich die Kraft habe, ihn zu bitten, sich mit mir zu treffen. Genug, daß ich komme. Genug, daß ich gehe. Aber nur so viel, daß ich niemals genug habe.

Dann wurde es um uns irgendwie düster. Alles wurde düster. Was er mit mir tat, was er mich lehrte, ist schwierig zu beschreiben. Wir berührten einander, aber er suchte keine körperliche Lust, keine Befriedigung. Die Wirkung der Berührung unserer Körper war bekannt und sollte nach Sternbergers Willen immer unbedeutender werden, je öfter wir zusammen waren. Sie war nur der Übergang, die Zone des sanften Windhauchs auf der Haut, die milde Wärme des Sonnenstrahls, der in eine Höhle fällt. Es war das betäubend einlullende Vergessen, dem ein anderes Erwachen folgen würde. Wir sparten unsere Kräfte, bis wir hinter der Grenze angekommen waren. Erst da erwachte die Wahrnehmung wieder mit all der Gereiztheit angestauter Lust. Es gibt ein dunkles Hinterland, es liegt irgendwo hinter unserem Rücken, hinter unserem Körper, und man erfährt es als ein Blinder, denn man sieht es nicht. Alles ist nur Gefühl, Empfindung. Selbst die Bilder sexueller Phantasien gibt es hier nicht mehr. Jegliche Art von Phantasie, Bildhaftigkeit ist ausgelöscht. Wir waren in einem toten Land, einer Zone, deren Atmosphäre sich von außen nur erahnen läßt. Wenn man aber dort ist, wenn man in dieser Zone einige Minuten verbracht hat und aus ihr zurückkehrt, zerfallen die Wörter, die sie beschreiben könnten, wie ein verbranntes Stück Holz zu Asche zerfällt, wenn man es berührt.

Ich riß meinen Verstand zusammen, versuchte zeitweilig, die Situation zu objektivieren, indem ich Diskussionen mit Sternberger hatte. Wir saßen in Cafés und unterhielten uns darüber, daß es Wahnsinn sei, Sexualität nicht wirklich zuzulassen. Ich sagte, es sei Wahnsinn, wenn er mich durch seine Berührungen erregte und dann nicht mit mir schlief. Auch er war meiner Meinung. Er paßte sich in seinen Äußerungen dem Niveau des uns jeweils umgebenden Grades an Zivilisation an. Waren wir in einem Café, redeten wir so, wie man in einem Café gerade noch reden kann. Überquerten wir die Brücke, wurden unsere Gespräche seltsamer, hintergründiger.

Waren wir dann allein, irgendwo hinter Gestrüpp oder am Rand des Wassers, dann war das, was mit uns geschah, so wie das Wasser sich bewegt, so wie das Gestrüpp wächst, so wie ein Tier das andere frißt.

Wenn ich Angst bekam, wenn er mich wieder berühren wollte, um sich dann mit seinem kalten Blick an der wilden Sehnsucht in meinen Augen zu ergötzen, die er nie mehr erfüllen würde, wenn mir fast die Tränen kamen vor Gier nach seinem Körper, dann sagte Sternberger, als trainiere er mich für einen Hochseilakt: »Nicht festhalten, gleiten lassen«, und das war Rilke. Er zitierte ihn gewöhnlich französisch, und es klang gut.

Ich sagte ihm, er sei grausam, sadistisch, kalt.

Er antwortete, ja, auch er fühle eine Schuld, eine große Schuld. Manchmal könne er kaum noch atmen, sein Herz tue ihm weh. Er werde mir alles geben, was mir zusteht, sagte er. Er werde jetzt schwach. Er lächelte. Wir küßten uns, und ich dachte, jetzt wird alles gut.

Dann sagte er wieder, man muß bis zum Äußersten gehen. Nur dann wird man begreifen.

Du mußt auf mich verzichten, sagte er. Ich werde immer dasein, es wird für dich immer die Möglichkeit auf Erfüllung in greifbarer Nähe sein, aber erreichen wirst du sie nie. Entweder wirst du deine Sehnsucht überwinden, oder du wirst daran verbrennen.

Einer von uns wird verbrennen.

Ich halte es nicht mehr aus, sagte ich.

Was denn? fragte Sternberger in einem hilfsbereiten, freundlichen Ton.

Daß Sie so sind, sagte ich zaghaft.

Wie bin ich denn? lachte er.

Bitte, sagte ich, bitte, ich flehe Sie an.

Ich faßte ihn am Arm, und er sah mich an. Ich lag da im Gras, und er saß neben mir. Er drehte den Kopf und sah auf mich herab wie auf ein kleines Tier, das man gleich zertreten wird. Aber je länger er mich ansah, um so mehr Gefallen schien er schließlich an meinem Anblick zu empfinden.

Bitte, sagte ich wieder, bitte, tun Sie es.

Du sitzt in der Falle, sagte er da.

Ja, sagte ich, und es tat mir gut, daß es endlich ausgesprochen war. Wenn ein Mann eine liegende Frau küßt, spricht man im allgemeinen davon, daß er sich über sie beugt. Aber Sternberger bückte sich. Schließlich bückte er sich über mich wie ein Tier und fraß mich auf. Nur unsere Lippen berührten sich. Ich wagte nicht, ihn anzufassen. Er fraß sich in mich hinein wie in eine Frucht oder ein Stück Beute, er biß meine Lippen, bis sie geschwollen waren. Dann sagte er, es ist genug jetzt. Du blutest. Er streichelte mir sanft mit dem Handrücken über die Wange, küßte mich noch einmal auf die Stirn und fragte, tut es sehr weh?

Ich war mir in der Wahrnehmung meiner selbst jetzt ganz neu. Siehst du jetzt, wer ich bin? fragte Sternberger.

Er war sehr stolz. Er hatte die Macht, vollständig und ganz.

Ich fühlte plötzlich, daß ich nicht so verloren war, wie es schien. Ich weiß, sagte ich, Sie sind der Tod. Das wollen Sie doch hören, oder?

Ich bin nur ein Werkzeug, sagte Sternberger. Ich tue nichts. Alles geschieht von alleine. Ich bin sein Werkzeug.

Es ist schade, sagte ich, daß ein Mann wie Sie nicht wirklich der Tod sein kann, denn Sie leben ja, Sie sind ja lebendig, das ist das eigentliche Problem für Sie. Es muß fürchterlich sein, so herumzulaufen.

Ja, sagte er, ich leide unendlich, und ich weiß nicht, wie lange ich es noch ertragen kann. Aber es muß sein.

Du bist sehr zäh, sagte er dann noch, es wäre besser, wenn du aufgibst. Sonst wird es ein schreckliches Ende nehmen.

Für mich? fragte ich.

Für uns, antwortete Sternberger.

Einige Zeitungen diskutieren in diesen Tagen die These eines Buches, dessen Verfasser für die Auslöschung der Menschheit plädierte, ja für die Auslöschung der gesamten Biosphäre.

Dieser Gedanke ist kein Zynismus. Es gibt Gründe dafür.

Der Verfasser geht davon aus, daß eine restlose Auslöschung der organischen Materie die einzige Möglichkeit sei, dem Leiden ein Ende zu bereiten, das die fortschreitende Zerstörung, die nuklearen Bedrohungen, die Manipulationsmöglichkeiten der Gene in Menschenhand für uns bereithalten.

Günter Kunert soll zu diesem Buch geschrieben haben, im Grunde lohnen nur solche Bücher das Lesen.

Ich verstehe das alles nicht. Ich will alles retten. Ich will das Leben retten. Sogar Sternberger will ich immer noch retten, ich habe noch nicht aufgegeben.

Ich verirrte mich immer mehr. Einmal glaubte ich, daß ich ohnehin unfähig sei, einem Mann jemals noch ein aufrichtiges Gefühl entgegenzubringen. Ich empfand mich als monströs, von purer Gier getrieben, hinterhältig, gemein.

Dann wieder verfiel ich in das Gegenteil. Ich fühlte, daß ich zu einer Liebe fähig sei, die dem nahekam, was Sternberger schließlich ersehnte. Ich sollte ihn lieben, für ihn existieren ohne das geringste Recht auf ihn. Ich sollte mit der Aussicht leben, ihn vielleicht monatelang nicht zu sehen, ihn vielleicht nie mehr wiederzusehen. Ich sollte mich mit ihm verheiraten, wie eine Nonne sich mit Jesus

Christus verheiratet, aber ich sollte keinem Orden angehören.

Ich sollte verloren sein. Ich weinte, ich habe ihm gesagt, ich kann es nicht, ich würde sterben, nach ein paar Tagen schon, ich würde überfahren werden oder irgendwo hinunterstürzen, wenn ich mit dieser wahnsinnigen Hingabe an das Leben existierte, ich würde jemandem einfach ins Messer laufen, irgend etwas Derartiges würde geschehen, es wäre mein sicherer Tod.

Sternberger tröstete mich, er war sanft, voller Mitgefühl. Aber seine Worte waren unerbittlich.

Eines Nachts träumte ich von einer schwarzen Welt, einer einsamen Welt ohne Leben, ohne Bewegung, ohne ein Geräusch. Und mitten in dieser riesigen Einsamkeit saß ich in einem weißen Kleid, und ich fühlte in diesem Traum, daß ich unberührbar sei, in meinem tiefsten Wesen fernab der menschlichen Welt existierte, fernab von Raum und Zeit.

Ich habe darüber geweint, als ich wach wurde, darüber geweint, daß ich überhaupt jemals wieder wach werden mußte. Aber schon nach einigen Stunden war ich wieder eine Frau, die ihn wollte. Und nicht nur ihn. Plötzlich hatte ich den wahnwitzigen Gedanken, daß ich ein Kind von ihm wollte. Unter allen Umständen mußte ich ein Kind von ihm haben. Dann könnte er gehen. Mich alleine lassen. Dann besäße ich etwas von ihm, etwas Wirkliches, Lebendiges, und Sternberger würde es mir nie mehr nehmen können.

Der Herbst kam, Sternberger fuhr nach Frankfurt. Er fuhr nach Stuttgart. Dann machte er lange Wanderungen. Wir sahen uns seltener. Wenn wir uns trafen, war alles wie immer, die Qual, die Berührungen auf der Straße, in Parks, der Abschied, der Versuch, Freunde zu werden, die Unfähigkeit, voneinander abzulassen. Ich dachte, ich hätte wieder ein wenig Kraft, weil ich jetzt doch wieder ein heimliches Ziel hatte, ich wollte ein Kind, das würde mir helfen durchzuhalten.

Es half mir auch, aber Sternberger schien förmlich zu riechen, daß ich etwas im Schilde führte.

Ich komme zu früh zu unserer Verabredung. Immer noch treffen wir uns in der Nähe des Flusses. Eine blättrige, langgezogene Dunstschicht zittert über dem Wasser, wird zu einzelnen kleinen Dunstwolken, die sich langsam im spätherbstlichen Sonnenlicht auflösen. Ich verfolge ihr Verschwinden aufmerksam. Dann bin ich zum zweiten Mal auf der Terrasse des Cafés. Ich suche Sternberger. Plötzlich sind all diese Leute da, verteilen sich im Nu an den Tischen. Selbstbewußte, wohlhabend aussehende Menschen drängen sich in einem neuen Schub an mir vorbei, ich sehe die Entschlossenheit und den braunen Glanz in ihren Gesichtern. Auch sie zögern nicht und haben schnell ihren Platz gefunden. Sie sind von der anderen Seite des Flusses von der Kunstmesse hier herübergekommen, langsam begreife ich. Schon balancieren Kellner Tabletts mit Geflügelsalat und klirrenden Gläsern. Daß es so etwas überhaupt noch gibt, ein üppiges Leben aus Fleisch und Blut. Immer neue Leute drängen nach, ein starker Parfumgeruch liegt in der Luft, dann riecht es wieder wie nach schwitzenden Pferden. Ein berühmter glatzköpfiger Künstler geht mit ausholenden Schritten auf einen Tisch zu, wo er eine Dame im klassischen englischen Kostüm begrüßt. Die ersten Sektkorken knallen. Heute ist der Eröffnungstag, und nur geladene Gäste sind in den Messehallen zugelassen. Das große Publikum kommt morgen erst. Noch ist man unter sich. Die Kunst ist doch eine wunderbare Sache. Trotz all der Veränderung der Sehgewohnheiten, um die sie sich laut ihrer Interpreten bemüht, trotz der *Verunsicherung*, die sie in uns bewirken will, tut sie doch nicht im geringsten weh. Der glatzköpfige Maler reicht jetzt jemandem seine große Hand. Auf jedem Finger steckt ein Ring, die Ringe drücken die Hand auseinander, als trüge der Mann einen goldenen Totschläger in der Hand. Unter diesen Händen entsteht das Meisterwerk. Eine Weile bin ich fasziniert von diesen Szenen. Ein bleicher, dürrer Mann in Schwarz wankt auf die Gruppe zu, wird herzlich umarmt. Diese Euphorie steckt mich an. Es könnte sein, daß es Spaß macht, daß es weiter nichts ist als ein großer Spaß. Sternberger scheint mich noch nicht bemerkt zu haben. Er sitzt unauffällig in einer Ecke. Was für ein Künstler: Gleich wird er mich niederpeitschen, meinen Übermut in die Schranken weisen. Aber wenigstens eine Minute lang habe ich es gewagt, Verrat zu üben unter seinen Augen. Und ich versuche, diesen köstlichen Moment noch ein wenig hinauszuzögern, gehe auf Sternberger zu und denke dabei diesen einen Satz, diesen obszönen, gemeinen Satz: Ein Schuß von deinem Samen nur. Und meine

Augen sagen dabei, während ich diesen Satz denke, ich werde sehr lieb sein, aus tiefstem Herzen gut. Könnte man nicht spielen? Könnte man nicht ein kleines Spiel machen? Aber Sternberger ist nicht zu Späßen aufgelegt. Er fragt mich, ob ich verrückt geworden sei. Nein, sage ich, immer noch nicht. Durch eine kleine Bemerkung wirft er mich dann um. Er sagt, du bist ein Schwein. Nein, sage ich und sinke in mich zusammen, nein, das bin ich nicht. Ich bin enttäuscht, ich bin plötzlich müde. Ich will nicht mehr.

Sternberger ist in letzter Zeit sehr sorgfältig und elegant gekleidet. Im Widerspruch dazu seine Angewohnheit, nachlässig und achtlos mit dieser Kleidung umzugehen. Im Widerspruch dazu auch dieser Anspruch, ein Heiliger zu sein. Ich trage diesen verwaschenen Pullover, einen dünnen Rock, mein Haar ist offen, unfrisiert, ich bin nicht geschminkt. Ich fühle mich plötzlich unsicher in dieser Umgebung. Sternberger sitzt auf einem rohseidenen Jackett. Er trägt ein neues Hemd.

Sie haben sich neu eingekleidet? frage ich bissig.

Was? fragt er. Er hatte nicht zugehört. Ach so, ja, sagt er dann, ach was. Zweimal im Jahr gehe er mit seiner Frau in einen Laden, und sie bestimme kurzerhand, dies und das und jenes zu nehmen. Ihm sei das völlig egal. Er wisse nicht, was die Dinge kosten, ob das eine Mode sei oder nicht. Ich fühle nur, ob es angenehm ist, alles andere interessiert mich nicht, erklärt er.

Mich macht das aggressiv, die Tatsache, daß er sich nicht einmal seine Kleidung selbst aussucht, sich von seiner Frau einkleiden läßt wie ein Kind. Aber es macht mich auch aggressiv, daß genau diese Gleichgültigkeit ihn so attraktiv macht. Es reizt mich, daß er gut aussieht und daß er so gemein ist. Ihm ist scheinbar alles egal, auch daß er diese Stelle als Arzt nicht bekommen hat. Mit dem leitenden Arzt hat er sich überworfen.

Und Ihre Frau? frage ich.

Ja? fragt er.

Was ist mit Ihrer Frau? Ich meine, sind Sie manchmal mit ihr zusammen?

Natürlich, sagte er. Nun ja, wir sind seit zwanzig Jahren verheiratet, im Laufe der Zeit ändert sich vieles.

Er sagte das nüchtern, und seine Meinung zu diesem Thema war auf eine Weise normal, die mich sehr verletzte, als wenn er behauptet hätte, er liebe seine Frau, er sei glücklich mit ihr. Warum konnte er in bezug auf seine Frau, auf diese Ehe, die noch vor einigen Monaten offenbar so quälend für ihn gewesen war, heute so normal reagieren, und auf mich reagierte er wie ein Verrückter? Er wollte alles mit mir tun, aber die Befriedigung wollte er mir unter allen Umständen verweigern. Ich sagte es ihm, daß es mich quäle, daß ich niemals zuvor eifersüchtig gewesen sei auf diese Frau. Aber jetzt müsse ich mir manchmal vorstellen, wie er mit ihr zusammen sei.

Sternberger lächelte mitleidig. Ja? fragte er ungläubig, ist es so schlimm?

Es gibt diesen Film »Liebe am Nachmittag«, sagte ich. Es ist die Geschichte von einer jungen Frau, die mit einem verheirateten Mann ein Verhältnis anfängt, dessen Ehe in einer schwierigen Phase ist. Die Ehe wird dann wieder besser, die Geliebte hat etwas bewegt, die Knoten lösen sich, und der Mann will von ihr nichts mehr wissen und kehrt in seine eheliche Beziehung zurück.

Sternberger lachte laut. Ach ja? Interessant, sagte er. Psychologisch sehr stimmig. Und? fragte er weiter. Beziehen Sie das jetzt auf sich?

Wir waren jetzt höflich zueinander. Wir waren umgeben von dem, was man die elegante Welt nennt. Es war unbegreiflich, daß dieser Mann mir vor einer Woche meine Lippen blutig geküßt hatte und heute hier mit mir saß und mit mir sprach, als wolle er mir eine Versicherung verkaufen.

Nein, was wir miteinander tun, ist damit nicht vergleichbar, sagte ich leise.

Aber nein, wieso denn? Finden Sie es so schlimm? sagte Sternberger jetzt fast entrüstet und lachte, wie man über ein Kind lacht, das Angst vorm Knecht Ruprecht hat. Aber seine Augen waren hart wie nasse Steine.

Sie sind sehr eifersüchtig, sagte Sternberger dann scharf. Sie sind eifersüchtig auf meine Frau, sogar auf meine sechzehnjährige Tochter, nicht wahr?

Ich bin sogar eifersüchtig auf Ihren Hund, antwortete ich.

Beruhigen Sie sich, sagte Sternberger, das ist der Stolz, weiter nichts. Sie sind furchtbar stolz, weiter ist es nichts. Geben Sie diesen Stolz einfach auf, dann wird alles ganz leicht.

Mir schossen die Tränen in die Augen. Begreifen Sie nicht, wie sehr ich leide? fragte ich.

Sternberger nahm über den Tisch hinweg meine Hände, küßte meine Fingerspitzen und sah mich dabei mit einem verführerischen Augenaufschlag an. Ich weiß, sagte er dann besänftigend, und sein Gesicht wurde jetzt ernst. Ich weiß, wie du leidest. Ich weiß alles. Aber es gibt keinen anderen Weg. Hör zu, sagte er, es wird Zeit, daß du begreifst. Was wir erleben, ist keine Liebesgeschichte. Du und ich, wir proben den Untergang der Welt.

Ich möchte wissen, wer alles sagen kann. Ich kann es nicht. Allenfalls ermesse ich die Tiefe des Sturzes, der vorbeiführt an den Millionen Schichten der Erde, den rasenden Fall ins glühende Innere der Welt. Es sind kindliche Bilder, die auftauchen, eine Schicht Muttererde, eine Schicht Lehm, eine Schicht Kies, eine Wasserader, Bilder, die man uns in der Schule zeigte im Erdkundeunterricht, als wir neun, höchstens zehn Jahre alt waren, rasend kippen sie, schlagen um wie die klappernden weißen Schriftzeichen und Zahlen auf den Anzeigetafeln der Flughäfen dieser Welt. Nur selten geschieht ein Unglück. Aber es kommt vor. Es kommt vor, daß man einen Punkt überschreitet, von wo an sich plötzlich alles ins Gegenteil verkehrt, wo alles, was einmal gut werden sollte, verdirbt.

Einmal alles sagen. Auch die einfachen Dinge, die, die man mit Namen nennen kann und die dadurch einfach werden.

Man kann es die Sauereien nennen, die Gemeinheiten, die großen häßlichen Heimlichkeiten der Menschheit. Darüber zu sprechen ist sinnlos geworden. Von der Umweltzerstörung zu sprechen, von der Radioaktivität zu sprechen, von Chimären zu sprechen, von ehemaligen

Nazis zu sprechen, zu spät. Zu spät oder zu früh. Es ist ja nichts zu sehen. Jérôme ist reich, elegant. Er war mir lebensnotwendig wie ein seltenes Medikament. Was kümmert mich, daß er einen jungen Mann mißhandelt hat, ein Kind noch fast, daß er sich ergötzte an seinen Schmerzen? Ich habe diesen jungen Mann nicht gesehen. Nie. Nie habe ich ihn, nie habe ich seine Wunden gesehen.

Ich kenne ihn nicht.

Und auch ich sage nur soviel, wie dringend notwendig ist, und wenn es hoch kommt, gebe ich Stück für Stück ein wenig mehr frei von diesem Bild meiner Erinnerung. Daß ich sterben wollte wegen Sternberger, damals in Jérômes Wohnung, habe ich das schon gesagt? Nein, genau davon habe ich nichts gesagt, und man könnte es auf ewig verschweigen.

Niemand würde je davon erfahren. Ich war allein, es war am zweiten oder dritten Tag, als ich diesen Nervenzusammenbruch hatte. Da wurde mir klar, daß man sich den Tod nicht aussuchen kann. Er kommt, wie er will. Vielleicht kann man den Zeitpunkt bestimmen. Andere können das. Auch das habe ich nicht gekonnt. Ich dachte immer, daß die Wahl des Todes so etwas wie eine freie Entscheidung sei, wann und wie man es tun will. Es ist nicht so. Bei mir war es anders. Es war so, daß ich nicht sterben wollte, sondern daß ich überrascht wurde. Man nennt es »sterben wollen«, aber es ist in Wirklichkeit »sterben müssen«. Es brach über mich herein, wie lose aneinandergelehnte Fensterflügel im Sturm sich plötzlich öffnen. Ich war erstaunt, weiter nichts. Es war das großartigste Erstaunen meines Lebens, und ich hielt mich an einem Bettpfosten fest, damit ich nicht aus dem Fenster springen konnte. Es muß grauenvoll ausgesehen haben. Ich bin nicht gesprungen, aber das Gefühl dieser Tiefe ist mir seither geblieben. Obwohl ich diese Tiefe nie wirklich erlebt habe, fühle ich, daß ich sie kenne. Und ihre Farbe. Es ist die dunkelste Farbe der Welt.

Im Herbst häuften sich Sternbergers Wanderschaften, die ihn in die Vulkaneifel oder entlang der belgischen Grenze führten. Diesen Teil der Eifel nennt man die Schnee-Eifel. Es ist eine verlassene, arme Gegend. Deshalb geht er dorthin. Er ist jetzt wieder schwächer geworden, zeitweilig gewinne ich immer wieder die Oberhand. Ich habe diese Idee der Wanderschaft belächelt hinter meinem aufmerksamen Gesicht, das Zustimmung ausdrückte. Wir befanden uns ja im Krieg. Ich sah seine mythische Gestalt durch die dichten schwarzen Wälder gehen, winzig wie ein Tier unter hohen Bäumen. Hirsche stellten sich ihm in den Weg, und scharlachrote Zauberer zerschlitzten die grüne Luft vor seinen Augen. Er verschwindet mit seinem Hund in der Eifel. Er schläft unter Tannen. Er verschwindet in der Ernst-Jünger-Wildnis aus »Über die Linie«, ein kleines Stück Wildnis, so zaghaft und leer, das seine Rettung sein soll. Aus den Büchern geht er, direkt aus Rilke, aus Dante geht er in den Bus Nummer 132, steigt am Neumarkt in die U-Bahn und nimmt dann am Bahnhof den Zug. Sternberger wandert.

In den Bauerngärten bogen sich schwer die späten Sommerblumen, vertrocknete Gladiolen, schwarzrote Dahlien, schießender Salat, der an den Spitzen kleine unscheinbare Blüten zeigt, als könnte er eine Blume sein.

Das künstliche Licht der tiefhängenden Sonne auf den Gebäuden am Rand der Dörfer, dann Edeka und wieder eine Bushaltestelle, eine kleine Post, das ausgeräumte Schaufenster eines Fleischerladens am Abend und wieder ein Dorfrand und wieder ein Wald.

Hundegebell in der Ferne hinter Zäunen. Die Wölfin folgte ihm. »Die Wölfin, so dich schrecket, läßt ja niemals einen Wandrer ziehn auf seiner Straße: Sie drängt ihn in den Wald und würgt ihn da. Grausam und bös ist sie in solchem Maße, daß niemals satt wird ihre heiße Gier und hat mehr Hunger noch als vor dem Fraße. Gar viel Geschöpfe paarten sich mit ihr, und derer noch wird mehr sein und wird währen, bis einst der Jagdhund töten wird das Tier.«

Der Hund bewegt sich im Traum. Deine Hand blutet. Du trägst die schwarze Jacke. Was soll ich dich jagen, wo du am Ende bist?

Ich liege auf meinem roten Teppich und fasse die Nacht in Worte.

Ich lechze nach Einsamkeit und bin glücklich ohne dich.

Ich bin das Böse. Ich habe nichts mehr dagegen. Ich habe es begriffen, und ich bin die Hölle, durch die du gehen mußtest.

Ich bin der Himmel, ich bin das Gras, ich bin die Asche, die verbrannte Stadt. Es war ein Reißen in der Luft und in den Gebäuden. Es war ein Reißen zwischen den Programmen. Ob alles bricht? Ob es zerreißt wie zehnmal benutzte Goldkordel? So einfach? Wir rissen, wir rissen entzwei wie ein morscher Strick, der seinen Zweck getan hat. Wir trugen und schleppten einander und brachen zusammen und wurden ausgetauscht, und ich bin nun straff gespannt wie ein Abschleppseil, das den Zusammenbruch hinter sich herführt, wie andere Leute ihre Afghanen oder irischen Wolfshunde an der Leine führen, indem sie damit durch die meistbeachteten Straßen promenieren.

Der Traum war aus, aber aufzuhören war unmöglich. Nicht einmal das Ende eines Traums kann man selbst bestimmen.

Sternberger schlug eine Verabredung in einer häßlichen kleinen Absteige vor. Es war Winter geworden. Die Kälte, die unsere Treffen in zugigen Bahnhöfen oder irgendeinem Hauseingang umgab, wo wir uns gegenseitig ausraubten, war auch ihm offenbar unerträglich geworden. Auch ich wurde jetzt wieder schwächer. Alle Gefühle von Haß, Wut waren überwunden, es lag mir fern, Sternberger zu beschuldigen, zu verurteilen. Ich ahnte, daß es für ihn beinahe so schrecklich sein mußte wie für mich, vielleicht schlimmer. Dies war der Tunnel der Qual, und ich hatte den Eindruck, daß Sternberger ihn schon kannte. Hier, in diesem Tunnel, war ich zum ersten Mal. Sein Blick würde geschärft sein für Blumen, die das Auge des ungewohnten Betrachters nicht sieht.

Kurz vor dem Treffen in diesem Hotel wurde ich sehr krank. Ich hatte die Vorstellung, ein zerbrochenes Gefäß zu sein, aus dem das Blut herausläuft. Dafür gibt es eine einfache medizinische Bezeichnung und eine ebenso einfache medizinische Erklärung. In Zeiten von übergroßem körperlichem oder psychischem Streß schützt der weibliche Organismus sich durch die vermehrte Ausschüttung eines bestimmten Hormons vor der Möglichkeit einer Befruchtung, indem gynäkologische Blutungen auftreten. Aber der Zustand, in dem ich war, macht nicht nur auf einem Auge blind. Der Blick ist anders, und er geht in eine andere Richtung. Ich fühlte, wie ich leichter und leichter wurde, und manchmal hatte ich den Eindruck zu schweben. Ich kam an eine Grenze, die mir sehr verlockend erschien. Der Zustand war nach ein paar Stunden sehr angenehm, aber er war mir doch auch so neu, so fremd, daß Angst in mir aufstieg, in mich hineinkroch wie ein kühler, feuchter Nebel. Diese Angst schärfte meine Wahrnehmung, und ich spürte ganz nah, unmittelbar neben mir etwas Lebendiges, Atmendes. Ich war aber ganz allein im Haus, niemand war da, und ich begann in rasender Verzweiflung meinen Verstand auszumachen, der doch ein Teil von mir war und den ich jetzt brauchte. Und indem ich versuchte, mich zu erinnern an die, die ich einmal war, verschwand dieses unheimliche lebendige Atmen neben mir, und ich fühlte, wie es zu mir, in mich zurückkehrte, und ich dachte noch, jetzt bist du einen Schritt zu weit gegangen.

Dann folgte unsere Zusammenkunft in diesem Hotel. Als ich ihm eine genaue Beschreibung meines Erlebnisses gab, sagte er, du siehst doch, ich werde dich umbringen. Aber er sagte es teilnahmslos, so wie jemand, der bereits weiß, daß er verloren ist und der an der Welt um ihn herum, an den Menschen und an allem, woran er einmal gehangen hatte, kein Interesse mehr hat.

Als er ging, sagte er, wir werden uns nie wieder sehen. Als das Blut aus meinem Schenkel herausfloß, sah es aus wie ein kleines rotes Taschentuch, das aus einer schmalen Öffnung eines Kleidungsstückes quillt. Als er es getan hatte, sagte er, und er schüttelte mich dabei an den Schultern, weil ich ruhig war, als er es getan hatte, sagte er, jetzt bring mich um, bitte, bring mich um. Ich war ganz ruhig und drückte mit einer Hand das Laken auf die Wunde. Sie war nicht tief. Für mich war er schon verschwunden, bevor er gegangen war. Ich wollte rauchen, weil ich niemals eine Wahnsinnige rauchen gesehen habe, während sie einen Anfall hat. Ich rauchte, aber als ich die Zigarette zwischen meinen Lippen hielt, fühlte ich ihre Nässe. Sie war naß von Blut.

Sternberger war jetzt verschwunden. Es waren erst wenige Minuten vergangen, aber ich dachte schon, daß ich großes Glück gehabt hatte. Ich dachte, was, wenn es ein großes Glück ist, von ihm verschmäht worden zu sein? Was, wenn es ein großes Glück ist, daß mir all dies geschehen ist und ich noch einmal davongekommen bin?

Und Jérôme? Für mich bestand er aus dieser glatten unberührbaren Fassade, wie sie imposanten Wolkenkratzern aus Stahl und Glas eigen ist, die sich an der Spitze zu verjüngen scheinen und außer einem Gefühl von Ohnmacht oder vielleicht auch staunender Bewunderung keinen Einblick zulassen für die, die unbefugt sind.

Jérôme hatte jetzt Schwierigkeiten bekommen wegen dieses Jungen. Es sah so aus, als ob der Vorfall vor Gericht verhandelt werden würde, was Jérôme nicht weiter schreckte, doch er hatte Angst, daß die Geschichte an die Öffentlichkeit dringen könnte und die Zeitungen die Gelegenheit nutzten, einen bedeutenden Industriellen in den Dreck zu ziehen. Jérôme hat immer großen Wert auf seinen Ruf gelegt. In der Regel fiel es ihm sehr leicht, einen seriösen Eindruck zu machen. Er war sozusagen von Natur aus mit der Aura eines Bischofs oder eines anderen kirchlichen Würdenträgers umgeben. Er konnte einen so streng ansehen, moralisch und unnachgiebig sein, was die Schwächen anderer betraf, und dabei war er zugleich so väterlich zugetan, so hilfsbereit, wenn es um die Überwindung von Schwierigkeiten ging. Er konnte Mut zusprechen und einem unumwunden klarmachen, daß Selbstvertrauen und Erfolg nur durch unablässige Arbeit entstünden, daß alles im Leben Fleiß, Durchhaltekraft und Geduld erfordere, daß man nur dann etwas erreiche, wenn man innerlich mit sich im reinen sei, die kleinste Barriere könne einen sonst auf dem Weg bereits aufhalten und zur verfrühten Umkehr bewegen. Nur einer, der wirklich von der Bedeutung seines Unterfangens überzeugt sei, auch von der Bedeutung, die dies für die Öffentlichkeit, für das Allgemeinwohl habe, sei fähig, etwas zu leisten, ob nun auf künstlerischem oder wirtschaftlichem Gebiet.

Während er so sprach, er sagte mir dies zum Abschied, entstand vor meinen Augen das Bild eines mit aller Sorgfalt dekorierten Schaufensters. Jérôme sprach dann wieder von dem Jungen. Er sagte, er bedauere den Vorfall, aber es sei nun mal ein Elend, wenn man es mit Leuten zu tun habe, die keine Profis seien. Mit einem Profi könne so etwas niemals passieren. Er habe in seinem ganzen Leben noch nie mit einem Profi – man könne den Begriff des Professionellen hier erweitert sehen auf alle Gebiete – vergleichbare Probleme gehabt.

Wenn er gewußt hätte, um was für einen Jungen es sich handele, er hätte ihm ins Gewissen geredet und ihn womöglich noch als Botenjungen an der Place d'Italie eingesetzt. Dieser Junge sei völlig ahnungslos gewesen, er habe sich verlaufen, weiter nichts.

Jérôme sprach gewöhnlich von der Place d'Italie, als handele es sich um einen Ort von mythologischer Bedeutung. Seine Karriere hatte hier einmal ihren Anfang genommen, und ob eine Niederlassung seines Unternehmens sich dort überhaupt noch befand, war dabei unklar. Wenn es darum ging, etwas zu erklären oder zu begründen, war die Place d'Italie immer gut genug, sie mußte herhalten, hier fand sich der Ursprung allen Glücks, die Wurzel eines jeden Mißgeschicks und aller Versäumnisse, dies war der Ort, an dem sich sogar der Keim einer neuen Hoffnung zeigen ließ, hier lagen die Zukunft, der Glanz und das Elend der Vergangenheit, die Möglichkeit des Augenblicks, ja das Unmögliche selbst ließ sich an der Place d'Italie verwirklichen, sofern man nur bereit war, daran zu glauben.

Um sich zu überzeugen, ob sein Plädoyer mich beeindruckt hatte, kam Jérôme ganz nahe an mich heran, und wir verabschiedeten uns voneinander. Einige Monate würden wir uns trennen, wer weiß, was sein wird. Er küßte mich auf die Stirn und betastete dabei meine Armmuskulatur, eine Eigenart, der ich bei Sternberger auch begegnet war und die ich bei Jérôme nun richtig zu deuten glaubte. Als Sternberger es bei mir getan hatte, war mir diese Handlung zeitweilig wie ein unterdrückter Ausdruck von Zuneigung erschienen, so wie man kleine Kinder küßt und herzt, zeitweilig aber auch als Zeichen heftigen Begehrens, damals, als wir die ersten vorsichtigen Berührungen austauschten und ich zu der Überzeugung gelangte, daß auch Sternberger mich liebte. Ich habe sehr lange an der Vorstellung festgehalten, daß Sternberger mich liebt. Schließlich, bei unserer letzten Begegnung in diesem Hotelzimmer, als ich dalag wie ein Lamm und mich nicht rühren konnte vor Schreck, als könne das den Angreifer davon abhalten, den Unterlegenen weiter zu bekämpfen, damals sagte Sternberger mir, daß er mich nicht liebe.

Ich frage mich, warum er so lange damit gewartet hatte. Vielleicht ist es ihm auch erst selber nach und nach aufgegangen. Für den, der liebt, ist es natürlich, daß er alle Anzeichen, die dafür taugen, als Gegenliebe deutet, sich gar nichts anderes vorstellen kann, als daß seine Liebe erwidert wird. Natürlich habe ich mir manchmal gesagt, daß es sich bei Sternberger und mir um eine perfekt gelungene Übertragung gehandelt hat. Das wäre eine Erklärung. Im allgemeinen beruhigen Erklärungen, aber diese Erklärung beruhigte mich nicht. Ich würde mich gedulden müssen bis zum Schluß.

Nach der Trennung von Jérôme reiste ich einige Wochen lang herum. Dann fuhr ich schließlich nach Köln. Die Stadt wirkte klein, ordentlich, harmlos. Ich dachte an das Elend in Dublin, die Zerfallenheit andernorts und daß in einer Stadt wie Köln doch eigentlich alles machbar sein müsse.

Mein Haus wirkte einigermaßen befremdend, man fragte sich zwangsläufig, wie es kommt, daß ein solches Grundstück, ein so unpraktisches und altertümliches Haus in dieser Form noch existiert.

Das waren meine ersten Eindrücke, aber nach ein paar Tagen hatte ich mich an alles gewöhnt.

In milchig trüben Frühjahrsdünsten, die das Haus umwallten wie eine übertriebene Effekthascherei, lehnte ich als Herrin aus den großen Sprossenfenstern mit den abblätternden Rahmen heraus, und meine nackten Arme berührten den Wildwuchs, das fahle Efeu, das beschlagen von Feuchtigkeit und matt, teilweise rostrot und trocken wie Schmirgelpapier, gleich einem Fell sich über die Hauswand legte, und ich griff mir hin und wieder ein braunes Blatt und zerdrückte es in meiner Hand, und es knisterte wie ein Haufen Kartoffelchips. Der Fasan schrie erbarmungswürdig, die Tauben torkelten, dick wie Hühner, in den kahlen Ästen der Bäume umher.

Im Springbrunnen stand grün das Wasser, Wasserpflanzen hatten sich im Lauf eines Jahres gebildet, moosiger Belag machte alle Steine im Garten schlüpfrig. Selbst die Katzen mieden die Steinwege und kreischten des Nachts in den bis zur vollkommenen Verwilderung gediehenen Gartenstücken herum.

Einige Streifen Walderdbeeren zogen sich durchs Gestrüpp, die ersten Rhabarberstengel zeigten sich fein wie rötliche Bleistifte, aber wegen des Reaktorunfalls würde man den Rhabarber in diesem Jahr nicht essen können.

An der Magnolie bildeten sich die Blüten wie fleischige Papageienschnäbel. Hinter dem Gartenhaus brach die Dachrinne und kippte wie eine kleine Sprungschanze den letzten Rest Schnee herunter. Fetzen von Teerpappe hatten sich den Winter über gelöst und blinkten in der Sonne.

Versunken lief ich in Nachthemd und Mantel durch den feuchten Park und zählte die Narzissenknospen. Dann trank ich Tee an der kippenden Tanne, deren Wurzeln dalagen wie das Gerippe eines verlorengegangenen Regenschirms, aufgespannt, aber nutzlos. Naßkalter Wind pfiff mir in die Ärmel, ich warf mit kleinen Steinen auf die Buchsbaumhecke, die immer gleich auszusehen schien. Dann aber fiel mir auf, daß die Lücke zugewachsen war, durch die ich zu Sternbergers Zeiten immer in den angrenzenden Obstgarten gelangt war. Ein Kaninchen zwängte sich durch den Zaun an der Westseite und begann, die jungen Triebe auf dem runden Beet anzunagen. Das Tier sah mich an, und doch schien es mich nicht wahrzunehmen. Es blickte während des Fressens immer wieder zu mir auf, und die schrägstehende Sonne blendete seine Augen. Dann zogen plötzlich schwere, fast dunkelrote Wolken über das Haus hinweg und verdüsterten die Sonne. Das Tier zuckte mit einem Mal zusammen, hörte auf zu fressen und verharrte unbeweglich, bis das düstere Licht vorübergezogen war und die Wolken ein Stück grellen blauen Himmels freigaben. Ich kippte den Rest des kaltgewordenen Tees in das bräunliche Gras und stapfte mit meinen Gummistiefeln zurück zum Haus. Es war ein eisiger Wind aufgekommen, und das aufgetaute Erdreich gluckste und quietschte unter meinen Schritten. Hunderte von Schneeglöckchen blühten wie hingeworfen unter der großen Blutbuche. Dann hörte ich wieder das Schreien des Fasans und beeilte mich, ins Haus zurückzukommen. Ich legte mich vor das Feuer wie ein Hund, und hin und wieder schossen die Flammen einige fette Funken über mich hinweg, die als kleine schwarze Holzkohlebröckchen auf den weißen Kacheln landeten. Ich lag da auf meinem Mantel wie in einem Schützengraben, und wenn die Flammen ruhiger brannten, konnte ich in der Ferne das Rauschen der Autobahn hören.

Mittags malte ich auf großen Formaten Figuren in Gold und Schwarz. Es waren mächtige, opernhafte Wesen mit schwingenden Röcken wie über sieben Petticoats, und dünnes langes Haar flog von ihren kleinen Köpfen, und in den Händen hielten sie mit bauschigen Ärmeln undefinierbare Gegenstände zum Himmel, indem ihre Rücken sich unnatürlich nach hinten beugten und im Halbrund rotgelbe Sonnenuntergänge freigaben, während sich die Spitzen überdimensionaler Schnabelschuhe im dunklen Vordergrund des Bildes wie Schiffe breitmachten.

Ich aß Weißbrot und trank Milchkaffee und holte die alten Marmeladengläser aus dem Keller herauf, strich die klebrigen Spinnwebreste von den Deckeln und buk eine Biskuitrolle mit einer schweren Füllung aus Schattenmorellen. Ich machte kleine Sträuße mit Schneeglöckchen und stellte sie in rote und grüne Tinte. Schon nach einigen Stunden waren die Blüten des einen rosa geworden, und die Köpfe des anderen sahen aus wie Pistazieneis. Eine dicke Karamelsuppe nahm ich als farbliches Vorbild für einen Fuchs im Nebel, der sich vor dem rotgoldenen Sonnenuntergang davonschlich.

Wenn ich genug gemalt hatte, putzte ich mit Seifenlauge die Stuhlbeine und das bleierne Treppengeländer, das sich in elegantem Schwung aus dem Obergeschoß herunterwand, und ich setzte all meinen Ehrgeiz daran, es in seinen ursprünglichen Zustand zurückzuverwandeln, obwohl es doch nie wieder so sein konnte, wie es einmal war, weil alles umher sich grundlegend und unabänderlich gewandelt hatte auf eine Art, die meinen Bestrebungen genau entgegengesetzt war. Genaugenommen veränderte sich alles, weil alles ins Leben Geworfene mit jedem Atemzug sich bewegen muß und alles, was man festhalten will, zwangsläufig im selben Moment verlorengeht.

Abends, als mein Blick auf die hellgrünen und rosa Schneeglöckchen fiel, erinnerte ich mich plötzlich an den Moment, in dem ich Jérôme auf dieser Silvesterparty zum ersten Mal bewußt wahrgenommen hatte. Am Revers seines Smokings trug er eine seltsame Blüte, eine völlig undefinierbare Blume, die ich zuvor nie gesehen hatte. Später dann, als wir miteinander sprachen, erkannte ich, daß die Blüte echt und unecht zugleich war. Sie bestand aus einzelnen frischen Blütenblättern von verschiedenen Blumen, die zu einer kunstvollen einmaligen Blume zusammengebunden worden waren. Einige rote Rosenblätter, die ausgefransten Blütenblätter einer rosafarbenen

Nelke, einige gelbe, sternförmig angeordnete Narzissenblütenblätter, einige rotgesprenkelte Blätter der Feuerlilie. Alle saßen auf einem Stiel und waren mit einem winzigen hellgrünen Fenchelzweig dekoriert, der in frischerem, intensiverem Grün leuchtete als Spargelkraut, und zugleich wirkte der Fenchelzweig zart wie eine Feder.

Daß ich es jemals erfuhr, ist ungeheuerlich. Daß ich ausgerechnet zu dieser Zeit in Köln war, daß ich an diesem Tag die Zeitung aufschlug und auf den ersten Blick fand, was mich aufriß, meine Augen wurden blitzartig wie von außen aufgerissen, alles in mir zerriß.

Sternberger ist tot.

Aber es dauerte lange, bis ich begriff.

Empfindungen stoben auseinander, Panik war in mir. Zugleich sah ich nur diese Todesanzeige und war verwundert. Nicht über die Tatsache seines Todes, sondern zuerst verwunderte mich, daß in diesen wenigen Worten sein Tod enthalten sein konnte. Einige schwarze Zeichen auf weißem Grund, kaum größer als eine Zigarettenschachtel. Es handelte sich um ein schlichtes Inserat, die Familie hatte sich jeder Gefühlsbekundung enthalten, die Beerdigung hatte im engsten Familienkreis stattgefunden. Diese Angaben waren an den Rand gerückt und klein. In der Mitte stand in Großbuchstaben dieser Name, Michael Sternberger. Darunter standen die Daten. Die Geburt. Der Tod.

Ich empfand keine Trauer, keinen Schmerz, vielmehr dachte ich, daß es nicht möglich sei, ich war verblüfft. Ich dachte, ich sei mit ihm verwoben, auf irgendeine Weise für immer mit ihm verbunden gewesen. Ich dachte, ich hätte ihn gekannt, ich hätte alles über ihn gewußt. Ich dachte, ich sei allwissend, was Sternberger betraf, ich hatte gedacht, daß er mir gehöre, mir ganz allein, trotz allem.

Dann kam so etwas wie Empörung in mir auf, beinahe, als wollte ich mich irgendwo beschweren, Anklage erheben, als sei hier ein fürchterliches Unrecht geschehen.

Ich ging in den Einkaufsstraßen umher, wo alle gehen. Ich lief durch die Straßen und suchte die Blicke der Menschen. Sie gingen schnell und wichen mir aus. Ich war die Angeklagte. Die Anklage lautete auf permanente Verletzung der Grenzen. Auch Sternberger hatte es dauernd getan. Ich hatte ihn herausreißen wollen aus dieser Qual, die ihn manchmal kaum atmen ließ, die ihn sich ans Herz fassen ließ, das ihn schmerzte. Ich hatte ihn herüberreißen wollen zu mir. Und ich hatte ihn dabei nur noch tiefer sich verstricken lassen. Irgendwann wird sein Herz versagt haben. Es hat aufgehört, ein Herz zu sein, und in seiner Brust ist nichts geblieben als ein schwarzes Loch. Endlich wird mir unheimlich vor ihm. Ich kehre um, gehe zurück in mein Haus.

Dann ging ich dorthin, wo ich mit Sternberger oft gewesen war. Einige Straßen, der Fluß, der Baum, unter dem wir gelegen hatten. Alles hatte sich auf seltsame Weise verändert, schien mir größer oder kleiner zu sein als in meiner Erinnerung, häßlicher oder harmlos, als könnte hier nichts Böses geschehen. Der Fluß war breiter, die Plätze, wo wir gesessen hatten, ungeschützt und leer. Es war, als seien wir nie hier gewesen. Hier war nichts. Nichts von uns war zurückgeblieben. Inzwischen war es Winter gewesen, Frühling, Sommer, Herbst, und noch ein Winter war gekommen. Andere Paare hatten hier gelegen. Hunde hatten hier gespielt. Eine leere Zigarettenschachtel war weggeworfen worden. Hier waren wir gewesen.

Ich fand das sehr seltsam, es schien wahr zu sein, aber ich konnte es nicht glauben.

Als ich dann endlich über seinen Tod weinte, über diesen Menschen, der gestorben war, den ich geliebt hatte und der mir doch fremd geblieben war bis zum Schluß, da wurde mir auch mein Weinen mit einem Mal fremd. Denn ich weinte nicht eigentlich über ihn, diesen Menschen, den ich in meinen Gedanken immer nur Sternberger nenne und dessen Vorname ich zu seinen Lebzeiten nicht kannte, der mich auch nie wirklich interessiert hatte, sondern ich weinte über die Welt, so wie ich sie mit ihm erfahren hatte, über das dunkle Land hinter unserem Rücken, über die Zerstörung überall.

An Sternbergers Grab bin ich nie gewesen. Aber vor wenigen Tagen ging ich abends durch die Stadt, mein Blick fiel zufällig auf das Schaufenster eines Schuhgeschäfts. Für die Damenschuhe gibt es dort ein sehr langes Schaufenster, es ist sicher zehn oder fünfzehn Meter lang. Direkt neben dem Eingang liegt dieses kleine Schaufenster, auf das ich jetzt blickte, es ist kaum zwei Meter breit, und hier sind die Herrenschuhe ausgestellt. Es sind immer nur drei oder vier Paar Schuhe in diesem Fenster, und beinahe immer dieselben. Es ist ein italienisches Schuhgeschäft und führt eher klassische Modelle, die sich über die Jahre in der Form kaum ändern. Dann sah ich zwei Paar Herrenschuhe, das eine waren einfache Sandalen mit einer dünnen Sohle und zwei schmalen, seitlich übereinandergekreuzten Lederriemen. Das andere waren braune geschlossene Wildlederschuhe mit einem Lochmuster, das sich über die abgerundete Spitze spannte. Sternbergers Schuhe. Indem ich diese leeren Schuhe in einem Schaufenster ausgestellt sah, schien es mir, als stünde ich an seinem Grab. Ich fühlte den Verlust noch einmal und so schmerzhaft wie nie zuvor. Dieser gläserne, leere Sarg war schlimmer als jedes Grab, das doch mit der Vorstellung an den darin liegenden Körper des Toten verbunden ist, der dort beerdigt liegt wie alle anderen auch. Auf einem Friedhof hat beinahe über den Tod hinaus noch alles seine Ordnung. Der Anblick dieses kleinen Schaufensters aber war unerbittlich, zeigte mir, daß es ihn wirklich nicht mehr gab, war das Zeichen dafür, die Suche nach ihm endgültig aufzugeben.

Uwe Timm
Vogel, friss die Feige nicht

Römische Aufzeichnungen
Gebunden

Vogel, friß die Feige nicht ist Uwe Timms persönlichstes Buch. Rom, die fremde, von Geschichte und Utopien pralle Stadt, in der er für längere Zeit lebt, wird trotz aller Widrigkeiten zum magischen Ort und macht ihm die eigene geschichtliche und literarische Position bewußt.

Kiepenheuer & Witsch

Erwin Strittmatter
Der Laden

Roman in zwei Teilen
Gebunden

Erwin Strittmatter, einer der meistgelesenen Autoren der DDR, dessen Werke in 37 Sprachen übersetzt wurden, ist in der Bundesrepublik nahezu unbekannt. In *Der Laden*, der Kindheitsgeschichte Strittmatters, gilt es zweierlei zu entdecken: einen meisterlichen deutschen Erzähler und einen bisher noch nie beschriebenen Ort – Bossdom, ein halbsorbisches Dorf in der Niederlausitz, in dem Esau Matt der kindliche Held des Romans, heranwächst.
»Erwin Strittmatters Werke gehören zu derselben Art konkret realistischer Kunst wie die Werke Faulkners und Scholochows.« *Lew Kopelew*

Kiepenheuer & Witsch

Hansjörg Schertenleib
Der stumme Gast

Gedichte
Englische Broschur

Eine begrenzte Zahl von Bildern wird in den sechzig Gedichten dieses Bandes variiert, Reisen zwischen den hügeligen Landschaften der Heimat, den Asphaltstädten und fernen Ländern. Bis in den Rhythmus hinein entsteht ein eigenwilliges Geflecht von Bezügen: Georg Büchners Lyrik, Gottfried Kellers Prosa und die Musik John Cales oder Tom Waits'.

Kiepenheuer & Witsch

Keto von Waberer
Der Schattenfreund

Liebesgeschichten
Gebunden

Die neuen Erzählungen von Keto von Waberer handeln von der ambivalenten Komik im Spiel der Geschlechter. Diesmal sind es die Frauen, die das Spiel inszenieren. Selbstbezogen und in ihre Wünsche verstrickt, locken sie sich selbst und den Mann in die Falle der Fantasie. Im Irrgarten der Gefühle entwickelt sich die Groteske einer Liebe, die noch im Scheitern Ja sagt zur Lust an der erotischen Imagination.

Kiepenheuer & Witsch